JEAN CAU

SÉVILLANES

JULLIARD
8, rue Garancière
PARIS

IL A ÉTÉ TIRÉ DE CET OUVRAGE VINGT-CINQ EXEMPLAIRES SUR INGRES M.B.M. ARCHES DES PAPETERIES ARJOMARI DONT VINGT EXEMPLAIRES NUMÉROTÉS DE 1 À 20 ET CINQ EXEMPLAIRES HORS COMMERCE NUMÉROTÉS DE H.C. 1 A H.C. 5, LE TOUT CONSTITUANT L'ÉDITION ORIGINALE.

ISBN 2-260-00508-X

A Julio Pérez « El Vito », torero.

« En la vida, todo se torea »
El Gallo

Sevilla. 30 kilomètres. Pourquoi ne pas rebrousser chemin, après avoir parcouru deux mille kilomètres pour aller à ce rendez-vous ? Puisqu'elle est là, Sevilla, Séville, ma ville que je rêvais et qui me rêvait, pourquoi ne pas rompre avec elle et lui dire que, décidément, je ne veux pas la revoir parce que je l'ai trop aimée pour la désirer encore. Parce que j'ai peur de ce moment où nos regards vont de nouveau se croiser, peut-être se voiler ensuite, et nous nous tairons lorsque nous ne nous reconnaîtrons pas. Ce serait un bon tour, Gitane, que je te jouerais là, par caprice et tu dirais, apprenant la nouvelle, qu'au moins je suis resté capable d'humeurs que la raison ne comprend pas. Tu en rirais. Moi aussi. « Je ne te reverrai pas parce que tu es devenue trop grosse et trop riche... » « J'en suis ravie parce que tu es devenu moins cruel et trop vieux... »

A-t-on idée – mais ce fut la mienne – alors que Séville est là, à portée d'étreinte, de s'arrêter à Carmona et de s'y masquer d'une mine tranquille, pour déjeuner dans le parador d'où l'on domine, du haut d'un formidable trône de pierre, la plaine par le printemps offerte au soleil. Il n'est pas amoureux ou ne l'a jamais été celui qui ne sait pas que l'on peut broncher, comme un cheval, et refuser de bondir sur l'autre rive du bonheur. Il n'est pas ou n'a jamais été amoureux celui qui ne sait pas, pour qu'il dure ensuite, faire attendre le plaisir. Un pied botté à l'andalouse posé sur le tabouret, le guitariste éprouve son instrument en caressant les cordes d'où crépitent, en étincelles, quelques notes sèches, ou une flamme dardée et que la main étouffe. Il écoute, tête penchée, les secrets qu'à lui seul murmure la guitare. Près de lui, le cantaor, en court boléro noir, à la taille si mince prise dans la large ceinture, frappe de la main droite, à trois doigts – pouce et auriculaire écartés – dans la paume de sa main gauche. Doucement. Tête penchée, lui aussi. Tout est attente avant que le chant, soudain, gonfle et crève l'abcès brûlant de la gorge. Ay, amor! Et la copla chante : « Je suis allé réciter un credo » / Pour dire « Que Dieu me garde »! / Mais j'ai dit : « Je t'aime, ma gitane... » Ay, dolor! « Ma guitare tu as une bouche / Et tu sais chanter / Mais il te manque des yeux / Pour m'aider à pleurer. » Ay, toro! « Filles de Guadalajara / Mettez vos belles mantilles / C'est aujourd'hui qu'ils arrivent / Les toreros de Séville. »

Giralda, Tour de l'or, Patio des Oranges, Plaza de toros qui s'appelle noblement « La Maestranza », Guadalquivir, Alcázar et, cloué sur le cœur de la ville, l'immense œillet blanc du quartier de Santa Cruz; et au-dessus de la Calle Sierpes (la rue des serpents) on tendra des vélums, cet été, quand le soleil-lion posera sa patte de feu sur l'Andalousie. Et autour des yeux des chevaux, pendant que les picadors mouilleront les bois des lances, les mouches poseront leur rimmel.

Sevilla. 30 kilomètres. A Carmona, perché au sommet de la dune, assis sur mon chameau blanc, mon regard fouille la plaine pour y deviner l'oasis. Ou bien, au choix, je suis le croisé, dressé sur ses étriers et, là-bas, Jérusalem. Délices de l'attente. La guitare égrène ses notes et, si de la main j'en frappe le bois, on dirait de coups sourds qui ébranlent le cœur. Que « dure le plaisir » avant l'offrande. Le temps s'écoule, dans le patio, hors de la vasque.

Nous faisions toujours une entrée remarquée, la cuadrilla

et moi, il y a des années, trop d'années, dans cette auberge des faubourgs, à la Pañoleta, où le patron s'écriait : « Ah! Voilà les toreros! »; et El Vito, premier banderillero du maestro, s'écriait : « Si señor! Voilà les toreros qui viennent manger le meilleur jambon du monde! » Alors nous regardions le patron pencher ses favoris noirs de caballero au-dessus du jambon et en découper, à l'aide d'un couteau à la lame interminable, les fines tranches qu'il déposait religieusement sur l'assiette. « Il arrive ce jambon? » hurlait El Vito. « Il arrive... Attends... » disait l'officiant qui, avant de déposer chaque tranche, la proposait comme pour une élévation. « Taisez-vous, hommes, et respirez-moi cette merveille! »

Trente kilomètres. Dans quelques instants, s'il me plaît et une fois encore, je mangerai Séville. La Giralda, la plus belle glace à la pistache du monde, je la lécherai. Ce sera mon dessert mais, auparavant, j'aurai dévoré la Maestranza et mon visage heureux en sera barbouillé de crème rose et blanche.

Tout autour de la plaza, les drapeaux pendent, inertes. Il y a complot du vent et du soleil, immobiles, pour que la corrida soit bonne, si les toros ont fantaisie d'être nobles et les toreros quelque envie d'avoir la grâce brave. A la porte des cuadrillas, bras gauche solennellement replié en écharpe dans la cape de parade, c'est l'éblouissement de leur apparition. En tête, derrière des alguazils à cheval, les matadors. L'escarpin racle le sable. Un furtif signe de croix terminé par un baiser qui effleure le pouce. La montera arrimée au ras des yeux. On s'avance mais si un torero a été récemment tué, dans n'importe quelle plaza d'Espagne, c'est tête nue, en signe de deuil, qu'on effectue le paseo. On s'avance au son de la musique. On salue la présidence. J'ai quitté Carmona. Je roule vers Séville. J'entre dans l'arène. Je salue la Giralda, main droite portée à ma montera. Elle s'incline et me rend mon salut. « Quand apparaissent les maestros / Entre musique et bravos / Elle reste seule la Vierge / Qui prie pour les toreros », chante la copla. Dans les chambres de l'hôtel, devant les Vierges, brûlent les veilleuses.

Les capes de parade ont été offertes à des belles qui les étalent devant elles. Les matadors, au bord des barrières, déploient les capes de combat et des fleurs jaunes et roses, en longs ralentis, jaillissent de leurs poignets doucement balancés et à leurs pieds se meurent, alanguis, les lourds pétales. C'est l'attente et le jeu négligent et lentement virtuose des maestros fleuristes qui, dirait-on, disposent leur étal devant les regards fascinés. J'ouvre ma valise. J'enfile une chemise blanche. Dans quelques instants, peut-être me signerai-je en franchissant la porte de l'hôtel. Voici la rue. C'était l'heure, enfin, et j'allais toréer Séville.

Mais c'est l'une de mes douleurs : l'Espagne ne pue plus, délicieusement, l'huile d'olive. Passé la frontière, autrefois, à Irún ou à Port-Bou, l'odeur jaillissait en volutes de toutes les maisons et je l'engouffrais dans mes naseaux ouverts. Les yeux fermés, vous reconnaissez, un fin mouchoir mis sous votre nez, le parfum d'une femme. Aveugle, je reconnaissais l'Espagne. Fini, tout ça. L'Europe, Air-Wick, Dior ont répandu encens convenable dans le temple espagnol et l'huile d'olive, la malheureuse, est désormais – j'ose à peine écrire ce mot – *raffinée*. Pour le coup, l'Espagne *sent* beaucoup moins qu'autrefois et mon cœur s'est brisé, à Séville, à la vue, dans les grands magasins, « El Corte Inglés » ou « Galerías Preciados », des étals déchaînés de parfums français aux arômes distingués. C'est grave et les âmes de qualité comprendront ce que je veux dire. Heureusement, quelques odeurs s'obstinent encore à inonder l'Andalousie, celle des cierges, des lys et des œillets de la Semaine Sainte sévillane, des crottins de chevaux dans les patios de caballos et des merdes de toros crevant hors des intestins dans les desolladeros [1] des plazas. Tout n'est donc pas perdu et, au hasard de ce livre, je reparlerai de ce qui peut être sauvé. Une odeur. Une âme. Même *essence.*

– Et demain, tu viens avec moi. On ira *al campo.*

El campo, ça n'est ni la campagne ni les champs mais, pour l'afición taurine, les élevages de toros. Ou ganaderías. Si je suis là, ça n'est pas pour visiter des musées, a justement estimé El Vito mais parce que mon afición, d'une énorme poussée, m'a irrésistiblement expédié une nouvelle fois à Séville.

Vito, d'ailleurs, ressemble moins à un homme qu'à un toro de la plus haute caste. Il en a la puissance physique rayonnante dans sa soixantaine athlétique, la manière de charger, les cornes hautes, l'alegría brave, et il faut le voir se promener dans les rues de Séville, jarret tendu, rein cambré et le regard en alerte, comme si à chaque instant – il redevient alors le matador et le banderillero número uno qu'il fut – allait bondir, hors d'un palais à la porte cloutée, le toro noir.

– Et maintenant, je suis toujours dans les toros et je choisis des corridas pour le compte des plazas et des matadors ou novilleros.

Cela se dit *apartar corridas.* Que l'on me pardonne, mais je serai obligé, au fil de ces pages, de poivrer ma prose de beaucoup de mots espagnols. Il y a des précédents : dans les romans de Tolstoï, on parle « français dans le texte » et les phénoménologues parisiens jamais ne nous ont épargné le « Wesen », le « Dasein », la « Weltanschauung » et autres

1. Endroit de la plaza où l'on dépèce les toros.

barbelés barbares. Comme la tauromachie est plus compliquée que la philosophie...

Plongeon immédiat. Eau délicieuse. Afición mon amour. J'aparte. Plus modestement, mouche aficionada du coche, j'aparte avec El Vito minotaure.

La France, comme dans ces films de science-fiction où l'on voit un engin étrange s'éloigner vertigineusement dans « ces espaces infinis » et s'y dissoudre, la France a disparu. Je bois, mange, parle, marche, pense et respire espagnol. Pourquoi suis-je immédiatement chez moi dans ce pays? Pourquoi les visages me sont-ils si familiers? Pourquoi ai-je l'impression de revenir à des rendez-vous d'enfance et même, plus loin encore, d'au-delà de mes enfances? Quelle est cette mémoire qui met en branle, et au plus profond, des souvenirs qui n'ont pas de mots? Pourquoi cette amitié rude et brutale qui me jette, d'un *abrazo*, tout contre l'Espagne? Pourquoi m'éprouvé-je, toujours, peu ou prou invité dans d'autres pays alors que je m'étonne, à Séville (à Madrid et à Barcelone aussi), de devoir décliner une identité française? Pourquoi ces ruses miennes, dès que j'ai franchi les Pyrénées, afin d'éviter tout contact avec mes congénères, comme si le seul fait d'entendre, à une table voisine, parler français ou de voir un quidam, à une terrasse, lire un journal français, me faisait courir le risque d'une contamination? Comme si, heureux de vivre avec une amante qui m'ensorcelle, j'apercevais, au coin de la rue, l'épouse aux aguets? Ou, adolescent en galante fortune, mes parents courroucés. De quoi suis-je à la fois innocent et coupable en Espagne? Dis, est-ce que tu ne serais français que par hasard? Dis, un caballero, jadis, ne s'est-il point glissé dans ta lignée et, depuis, quelques gènes ne refuseraient-ils pas de renoncer à leur origine? Ou bien le secret serait-il plus simple? Tu es né dans un Midi où l'Espagnol pullule et la première langue que burent tes oreilles d'enfant fut cette langue d'oc si proche de l'espagnol, sa sœur dans les scansions et les rythmes; et les hommes, dans ton village, discutaient gravement debout, et les femmes, assises sur des chaises de paille, bavardaient « à l'espagnole » et arboraient des chignons noirs. Quand on hélait tes grand-mères, tu entendais « Louiso! » « Josefino! ». On allait « al camp » et « la camiso » séchait « al sol » et j'allais « a l'escolo » apprendre le « francès ». Musiques. Peut-être la patrie profonde serait-elle musique, reniée mais jamais oubliée et elle renaît, « al sol », et de nouveau son chant, on ne sait plus pourquoi, de l'aile vous caresse l'âme. Docilité et naïveté avec lesquelles j'aime l'Espagne s'expliqueraient alors puisqu'elles seraient celles de ce temps où l'on donne sa confiance ou, plutôt, où l'on est en accord avec le pire et le meilleur de sa petite vie, où révoltes, caprices, joies et pleurs confusément s'inscrivent dans un ordre que l'on vit, même si on ne le comprend pas, dans ce désordre ordonné qui s'appelle l'enfance. En somme, l'Espagne m'infantilise. Et mon Midi, lorsque j'y « descends »? Oui, aussi, mais moins violemment. On n'y parle guère plus « le patois », il y a moins de bœufs et de chevaux dans les champs, les chaises de paille sont vendues chez l'antiquaire, les paysans regardent la télévision au lieu de discuter sous les porches, les églises sont vides pendant « le mois de Marie » et, dans les cafés, les adolescents écoutent du rock. Ma mémoire, et donc ma sensibilité, ne s'y retrouvent plus, alors qu'en Espagne restent encore intacts, ici ou là, d'énormes fragments de ce passé dont les vagues, quoi que fasse et *pense* le « Parisien » que je suis devenu, ne cesseront jamais de ballotter mon cœur. Maintenant, par pudeur, arrête ta confidence et, de même que tu allais glaner avec ta grand-mère, va donc « al campo », toujours naïf, mais cette fois pour apartar des corridas. Va!

Travail subtil. Il faut choisir à bon escient, dans les troupeaux. Il faut avoir le coup d'œil impeccable, le flair, l'intuition, la plus fine connaissance des plazas, des goûts des toreros pour tel ou tel bétail et leur style de toreo, des désirs des apoderados (impresarii). Et de la différence des publics car on n'envoie pas la fanfare des Beaux-Arts au Festival de Bayreuth et une troupe d'avant-garde jouer *Hamlet* à Castelnaudary. « Ça, c'est une corrida pour Madrid, ça une novillada pour Benidorm et la bonne pointure pour *los Niños...* » (*Los Niños* sont les fils encore quasi imberbes du Litri et de Paco Camino – qui furent matadors illustres – en train de monter au ciel de la tauromachie.) Il faut aussi prévoir, quand on choisit des toros en mars pour les courses de septembre, quel sera leur poids quand ils auront six mois de plus. Bref, il faut jouir de la confiance de personnes aux intérêts divers car, évidemment, le public d'Aranjuez, par exemple, souhaiterait voir apparaître des monstres de férocité mais le maestro X, lui, préférerait obtenir un triomphe avec des bestioles en forme de moutons cornus.

Nous parlions de ça, en allant *apartar* dans l'élevage de Jandilla qui appartient à l'un des rejetons de la dynastie Domecq. Auparavant, nous avions déjeuné à Medina-Sidonia, au restaurant « El Duque » d'où l'on dominait le village, lui-même posé sur une haute colline, et blanc, tout blanc, sous la coupole bleue d'un ciel de printemps. Dans notre Provence, les villages sont de couleur ocre, en Castille de couleur grise et d'argile sombre, en Andalousie on dirait de tapis de neige, jetés sur les collines, et qui ne fondent jamais, même sous les soleils d'août et de feu.

Il y avait là El Vito, Pepe Marca, apoderado (impresario) de Paco Ojeda, Piedrola dont le métier est aussi d'apartar et moi-même. D'abord, debout devant le bar, nous avons englouti des « tapas », autrement dit du jambon, des gambas, de la salade d'œufs et de pommes de terre, etc. C'est l'Espagne. On mange avant de manger. On tapea avant le déjeuner, le dîner, le matin, dans l'après-midi, à n'importe quelle heure on se tape des tapas avec jerez ou cafecito, bière ou café au lait. On mange. Il y a là comme une faim espagnole qui doit venir (je crois) du fond des siècles, du fond des misères et de ventres autrefois creux, d'antiques pénuries et l'on croquait la galette au hasard, on gobait l'œuf, on cuisait à la hâte le poulet dérobé, on ne mangeait pas à table, on picorait, goinfre un jour et pícaro picoreur affamé le reste du mois. Et si le macho ibérique prend encore aujourd'hui un tel soin de sa chevelure qu'il plaque ou fait onduler à grand renfort d'huiles et de parfums, ça n'est pas seulement parce que Figaro était sévillan...

(Un pèlerinage te conduira à l'angle des rues Tomás de Ybarra et Rodríguez Jurado, en face du Banco de Vizcaya, et tu seras triste de voir se dresser, là où s'ouvrait la boutique de Figaro, une sorte de château hideux de brique rose, siège de sociétés; et tu connais aussi, dans le quartier de Santa Cruz, la maison où habitait Rosine.)

... mais parce que, ça aussi, ça vient des antiques misères et des anciennes odeurs de chevaux, de crottin, de poussière, d'huiles trop cuites, d'oignons écrasés entre les chicots, de vie. Le parfum était le Bien et la richesse, qui combattait le Mal et la pauvreté. Monté sur Rossinante, l'odeur de ses pets était vaincue, à l'auberge, par celle du laurier.

A table. La veille, un escándalo s'était produit à Zafra, où toréait le grand Ojeda, parce que le sixième toro s'était révélé d'une lâcheté si remarquable qu'il avait dû être renvoyé aux corrales. Et pas de sobrero [1]. On n'avait toréé donc que cinq toros. Ojeda, un seul. Le public avait braillé. Piedrola est atterré. Pepe emmerdé pour Ojeda mais déclare que ça passera. Vito arbitre et crie le plus fort. Chacun cite des précédents, évoque d'autres affaires qui remontent à la nuit des temps, Pepe défend ses toros car quatre d'entre eux venaient de son élevage et si l'un des deux autres n'avait pas été renvoyé pour défaut de la vue, on aurait eu le sobrero!

1. Le *sobrero* est le toro de secours au cas où l'un des six toros de la course doit en être retiré, soit parce qu'il se blesse (parce qu'il se brise une patte, par exemple), ou se révèle d'une couardise excessive.

Qui pouvait prévoir ? Grande est leur colère. Mais elle est andalouse, ce qui veut dire qu'elle s'élance à jets puissants mais qu'elle peut retomber soudain comme si l'on fermait, quelque part, un robinet dissimulé. Je me risquai à déclarer que, l'affaire étant arrivée dans un bled comme Zafra, on l'oublierait. On s'émerveilla de ma sagesse et, l'esprit plus calme et la voix moins rauque, on dévora les perdrix.

Après Medina Sidonia, on a filé sur Jandilla en empruntant une route zigzaguant à travers un polypier de ganaderías dont les noms, pour tout aficionado, sont la plus belle des musiques et les fers les signes cabalistiques que sa mémoire retient, gravés au cœur et qui le sont au feu sur le flanc des toros. Montjoie ? Saint-Denis ? Non, mais ça chante aussi haut : Bohorquez, Camacho, Salvador Domecq, Alvaro Domecq, Nuñez, Manolo Alvarez... En Andalousie, en Estrémadure, en Castille, il pèlerine, l'aficionado, et son cœur saute lorsqu'il voit, gravé sur les blancs piliers du porche qui ouvre sur la finca (ferme) ou la dehesa (pâturage), le fer noir d'une ganadería. Parfois, cette chance : il aperçoit, piquées sur une colline ou dessinant au haut d'une crête des lavis d'ombre sur le ciel bleu, des taches noires et ce sont des toros braves qui paissent, tranquilles, grains de beauté sur le corps de cette géante pâmée au soleil : la terre d'Espagne.

On a bu tout de même une copita dans une auberge et rempli d'essence le ventre de la Mercedes de Pepe, aussitôt repérée par trois ou quatre gamins postés sur ces chemins de Compostelle taurins. Une Mercedes ? Quatre hommes à l'intérieur ? Sûr qu'il y a une tienta [1] dans le coin et peut-être même un matador dans la voiture... L'un des gamins, muleta rouge roulée sous le bras enveloppant l'épée

1. Épreuve (elles sont toréées et piquées) à laquelle on soumet les vaches braves avant, mais aussi parfois après, qu'elles aient mis au monde, pour savoir si leurs produits sont dignes de devenir toros de combat.

de bois, demande : « Vous allez à une tienta ? Vous m'emmenez ? Non, niño, pas aujourd'hui. » Gentiment dit. La famille taurine est douce à tous les gosses qui rêvent d'être toreros et, sait-on jamais, qui le seront peut-être un jour. Ils sont nombreux, ceux qui sont devenus « figuras » ou membres ennoblis par l'habit d'or ou d'argent, et qui eux aussi ont parcouru les routes, campé aux portes des plazas ou couru la nuit à travers la campagne en agitant, sous la lune, des muletas devant veaux, vaches, toros et le grand Ojeda lui-même a joué à ces jeux, du temps de ses culottes courtes. Le niño n'a pas insisté et a repris sa station. Ses copains nous ont vendu, pour quelques douros, des bottes d'asperges sauvages.

– Alvaro Domecq! dit El Vito. Tu sais que c'est avec un de ses toros que j'ai inventé la pénicilline, en 46, à Jaén. Je m'étais fait attraper et j'étais mort. Le curé est arrivé pour m'administrer l'extrême-onction et me confesser. Il ne m'a pas dit que j'allais mourir mais qu'il connaissait mon père, que peut-être j'avais fait des bêtises et que je pouvais les lui confier, à lui, curé, comme s'il était mon père. J'ai compris, moi, qu'il voulait m'administrer parce que j'allais mourir et je lui ai dit : « Padre, j'ai vingt ans et je suis torero. Alors, quels péchés voulez-vous que j'aie commis, à mon âge et avec ce métier ? » Il m'a béni et la pénicilline a fait le reste. J'ai été le premier torero pénicilliné et ça mériterait une statue. Ensuite à Fuente León, un novillo de Miura ne m'a pas fait un cadeau. Puis, en 47, un toro du marquis de Contadero... On dit Miura, Fraile, Guardiola... Oui, oui, d'accord, mais ce n'est pas vrai parce que tous les toros sont dangereux. Tous.

La ganadería de Jandilla et c'est le paradis terrestre, ce qui prouve qu'il n'avait jamais été perdu puisque je le retrouve. La maison du mayoral et la vaste demeure du maître posées comme des morceaux de sucre, au milieu des collines couvertes de chênes et d'eucalyptus, et autour desquelles explosent les fleurs des géraniums et des jacarandas. Là-bas, l'horizon poudré d'autres collines bleues. Comme nous sommes au paradis terrestre, il est naturel que viennent nous accueillir, au seuil des morceaux de sucre rutilants de soleil, des dindons blancs à gorge rouge et à tête bleue, des poules, des perdrix, des cochons noirs, des oiseaux et il est juste qu'ait été pendue à un jeune chêne la dépouille du méchant, un chat sauvage insensible à la lyre d'Orphée.

On a sauté dans la Land-Rover et on est allé apartar à travers collines, ravins, garrigues, bosquets, pâtures criblées de fleurs et, ici ou là, bardées de barrières de cactus géants. On roule, secoué plus durement que Regulus dans son tonneau. On grimpe, on dévale, on file sous les arbres, on évite des masses de rochers blonds et le jeune Fernando Domecq vous conduit ça avec la maestria d'un rallyman spécialiste de ces parcours insensés. On stoppe près des brutes noires, à quelques mètres, à les toucher presque. Sabots cloués au roc ou des fleurs jusqu'au ventre, les monstres regardent tranquillement. On tourne autour. Ils sont habitués, depuis l'enfance, à voir ce compère en acier monté sur quatre pattes rondes. Jamais ils ne foncent sur Land-Rover ou voitures martyrisées mais au contraire s'en détournent volontiers et s'en éloignent, d'un trot majestueux, en faisant avec mépris ballotter leurs couilles considérables. Quand ils sont décidément trop indifférents, on pousse des « Raah! Rah! Toro! Toro! » pour les inviter un peu à se remuer le cul et montrer leur flanc, leur ligne, leur dessin, leur « trapio [1] » en somme. De face, d'arrière-train, de côté pour voir aussi comment ça porte la corne. On tape sur les tôles des portières. On choisit. « Le 27, tu marques le 27. » Je marque le 27. « Regarde! Regarde ce toro! Une maravilla! Quel numéro? Le 64. Tu marques le 64. » Je marque le 64, conscient de mon importance usurpée et ça

1. Trapio : allure du toro de combat. Son « dessin » pourrait-on dire.

n'est pas la peine, au cas où le 64 me serait sympathique et m'aurait expédié un clin d'œil, de « marquer » sournoisement le 74, car, désormais, entre mille toros Vito, Pepe et Piedrola se souviendront du 64. C'est gravé dans leur mémoire qu'aucun adjectif – fabuleuse, inouïe, démentielle... – ne saurait définir. « Ça, diraient-ils, trois mois après, en voyant trotter dans une plaza perdue le 74, ça ce n'est pas le toro que j'avais choisi... » « Tu sais à qui il ressemble, le 64 ? A un toro du marqués (id est le marquis de Domecq) qui a été toréé il y a trois ans à la San-Miguel, à Séville. » « Oui... Moi, il me rappellerait plutôt un toro envoyé à Badajoz, l'année dernière... » L'afición est une mémoire. De tout. Vous allez, par exemple, dîner chez « Donald », l'un des bars-restaurants les plus taurins de Séville où, comme vous le savez, il y en a des dizaines et des dizaines aux murs tapissés de photos, de tableaux et d'affiches qui d'ailleurs voisinent volontiers avec de grandes photos en couleurs où pleure « La Macarena », vierge entre toutes révérée, ou le sublime « Cachorro », Christ tendant vers le ciel un visage de guetteur torturé. Chez « Donald », donc, les murs sont couverts de tableaux que j'échangerais volontiers contre la Joconde pour en éclairer mes murs aficionados et Mariano, le garçon moustachu, me pose des colles : « Qui c'est, ça ? – C'est Rafael de Paula donnant une véronique. – Et ça ? – Ça, c'est Ordoñez de dos et rematando [1]. – Et ça ? – Paco Camino, de dos, se profilant pour tuer. – Et ça ? – El Gallo offrant un toro. – Hé, dit Mariano, c'est que vous êtes un bon aficionado, don Juan ! » Comme il est, lui, de Camas, faubourg de Séville et vivier de toreros, à mon tour de lui poser des colles. « Qui est né à Camas ? – Bon, Curro Romero et Paco Camino, bien sûr. Et puis Antonio Chacón, qu'on appelait El Pela, El Almendro, Soto Vargas, des banderilleros comme

1. Rematar : dernière passe qui termine – et signe en quelque sorte – une série de passes. Et laisse le toro immobile et coi.

Guillermo de Alba, Marqueño qui a été avec Paco Camino, Antonio Cobo avec le Cordobés, Juanili, Joaquín Camino, frère de Paco, banderillero puis matador, El Gamero qui a été un bon picador et... » Et Mariano, serviette sur l'épaule et mains croisées sur le ventre, pieusement psalmodie.

Et on choisit. On aparte. On gueule pour que ces fainéants, hôtes comblés du paradis, acceptent un peu de trottiner au milieu des pâquerettes et des hauts buissons de fleurs blanches aux pétales marbrés de roux. Deux ou trois vaqueros-centaures surveillent de loin les opérations, piquent un trot pour ramener vers la Land-Rover les fainéants. Ceux-ci, je l'ai dit, ne chargent jamais et l'on peut mettre pied à terre – mais prêt à se réfugier dans la voiture aux portières laissées ouvertes – à une vingtaine de mètres. Leur sauvagerie est *bue* par la nature qui les entoure, lorsqu'ils sont en liberté, et ne se condense et ne se durcit que lorsqu'ils sont faits prisonniers et soumis à l'alchimie, de cornue en cornue, des embarquements qui vont les conduire, à travers un labyrinthe, jusqu'à la plaza où ils combattront jusqu'à la mort.

Un toro me parla ainsi : « Tant qu'il y a de l'espace, de l'herbe sous mes sabots et un ciel démesuré au-dessus de mes cornes, pourquoi attaquer – et me défendre ? La terre libre appartient à tout le monde. Mais, voici, ma brutalité est naïve, je n'ai que quatre ans, même si je pèse une demi-tonne, possède des armes d'airain et des muscles de pierre ; et je ne sais rien du monde. Je suis très bête et, ce qui aggrave mon cas ou le magnifie, très noble. Chez nous, toros, ça va souvent ensemble. A preuve, dès que nous sommes malins (" listos "), le vice s'en mêle et la noblesse s'envole. En est-il de même chez les humains ? Je l'ignore. Des villes, des hommes et de leurs jeux, je ne connais rien. Je n'ai jamais vu de corridas. Aucun de mes frères, lorsqu'il a été entraîné par les bœufs sans odeur, car un châtré ne dégage plus l'odeur enivrante du mâle, n'est jamais revenu.

Où est-il allé ? Brouter, je suppose, d'autres verts pâturages. Au ciel, peut-être, où notre roi est dessiné avec des étoiles. Non plus je ne connais l'obscurité absolue. Je vis sous le soleil ou sous la lune et n'ai jamais été noyé dans l'encre aveugle d'une nuit parfaite. Je suis parfaitement heureux. Parfois, certes, je me demande pourquoi cette force qui me hante, pourquoi ces cornes, ces poignards sur mon front? Vrai que je me bats contre mes frères. Ça arrive mais il est assez rare que l'un massacre l'autre. En général, nous nous fonçons dessus, fronts heurtés, ça donne un choc sourd, une poussée et puis c'est tout. Le plus faible des deux comprend vite qu'il n'a pas intérêt à poursuivre le combat et s'éloigne. Le vainqueur mugit un bon coup et se remet, de la langue, à râper la pâquerette.

« Alors, les grands bœufs aux cornes inutiles en forme de lyre sont arrivés et cinq de mes frères et moi, habilement regroupés et séparés du troupeau, les avons suivis. Ils secouaient leurs clochettes aimables, les cavaliers criaient : " Raah! Ah! Ah! Raah, toro! " et nous avons suivi les bœufs. Après tout, il arrive que nous changions de pâtures et les mansos [1], on dirait, connaissent les chemins. Et soudain, pour la première fois de ma vie, enfermé dans un petit enclos tout rond, sans herbe, et au-dessus de moi, un petit bout de ciel également tout rond. Ensuite, un couloir, seule issue pour sortir du cercle. Ensuite, un petit rectangle entouré de murs. Ensuite, des portes qu'on ouvre en tirant sur des cordes, qu'on franchit, qu'on entend être sèchement rabattues derrière soi. Et l'on va, ahuri, de rectangle de ciment en rectangle de ciment pendant que les hommes, là-haut, perchés sur des passerelles, tirent diaboliquement sur des cordes, ouvrent, rabattent, ouvrent encore, rabattent encore et nous allons en avant, nous, parce que nous ne

1. Le contraire de *bravo*. Les bœufs sont évidemment mansos, mais un toro, hélas, peut se révéler l'être.

savons pas reculer; et nous nous engouffrons vers l'issue jusqu'à ce trou noir, ce court tunnel en pente, c'est vraiment la seule issue, et je me suis retrouvé, moi, toro, debout dans une sorte de cercueil taillé à mes mesures. Encore une porte qui a chu dans mon dos et j'étais enfermé dans le cercueil à l'intérieur duquel j'ai cru que j'étais devenu aveugle. Le camion gris du señor Guerrero, spécialisé dans le transport de toros et qui fut lui-même torero, avance d'un cran et aligne les uns après les autres ses caissons où chaque cornu, connement mais que faire d'autre, engouffre sa masse après avoir grimpé le raidillon constitué par le tunnel amovible.

« Le camion a démarré. J'ai entendu quelqu'un qui disait que nous allions rouler toute la nuit et que nous serions demain à Salamanque. Pour quoi faire ? Je me le demandais, dans le noir, pendant que le sol en bois de mon cercueil semblait, étrange impression, glisser sous mes sabots et j'entendais mes frères donner du flanc ou de la corne contre les parois qui nous séparaient. Où allions-nous et pourquoi ? Pour moi, j'en voulais surtout non pas aux hommes qui nous avaient embarqués mais à ceux qui, quelques semaines auparavant, étaient venus nous rendre visite, en faisant bondir comme une chèvre une Land-Rover de caillasses en ravins et d'herbes en chaos de rochers, et qui criaient : “ Le 41. Regarde-moi le 41 ! Quelle beauté ! Quel toro magnifique ! ” Et parmi ces hommes, il y en avait un qu'on appelait El Vito et qui me ressemblait comme une goutte d'eau, avec son front, son torse, ses mouvements de tête vifs comme s'il essayait à coups de cornes de démolir un mur de pierre, et je ne savais pas que l'admiration qu'il me portait, “ Haha ! Toro ! Marche un peu ! Pour voir ! Haha ! ”, était infernale et que les regards de jais dont il m'enveloppait étaient mortels. Au fond, et tout bien réfléchi, non, je ne lui en veux pas. J'ai été distingué à cause de ma caste, de ma beauté et de la bravoure qu'on m'a supposée. J'en suis mort. Tout se paie.

« A Salamanque, de nouveau des bruits inconnus et les cris des hommes. Débarqué avec mes frères dans un corral de ciment boueux et piétiné avant nous, depuis des années, par des toros aussi étonnés que nous l'étions. On a attendu, cent jours, cent nuits, deux jours, trois nuits, je ne le sais pas parce que nous vivons un autre temps que celui des hommes et parce qu'il n'y avait pas d'oiseaux, à l'aube, pour nous annoncer le soleil et pas d'arroyo où chaque matin nous allions boire. Toujours un ciel carré, au-dessus de nous. Au cœur, comme une espérance et une certitude, le désir de l'espace perdu, la grande respiration aux poumons infinis de la terre et du ciel, les parfums des sierras apportés par le vent qui souffle de l'océan, acide l'hiver, lourd dès le printemps et qui fait cuire doucement l'odeur des arbres et des fleurs et y mêle parfois, inattendu, un parfum d'orangers qui monte des plaines et que nous buvions à gros naseaux. Un ciel carré. Pas d'herbe. Un morceau de terre torturée et stérile sous mes sabots. Un immobile ennui, sur mes pattes fines, me fige. Parfois, je me couche. J'attends. Grand remue-ménage, enfin, sur les passerelles et, de nouveau, un beau matin, à coups de perches et de cris, de portes et de herses, de glissières et de chicanes, et de nouveau un parcours dans un labyrinthe. Il y a même des sortes de trappes, dans les plafonds de ciment, afin de vérifier que nous sommes bien en place et chacun à la nôtre dans les chiqueros. “ Vaya! Bien! ” (Ça va! C'est fait!) et, boum! la trappe se referme. De nouveau, la nuit comme dans les cercueils du señor Guerrero. Le temps qui passe. Notre temps étrange, à nous toros. Notre rêve d'espace, de ciel, de liberté, d'arbres rugueux où frotter notre flanc. Nous n'avons connu que ça. C'était notre terre et nos pattes s'y prolongeaient en racines, c'était notre eau, un ventre énorme et vert et illuminé dans lequel nous nous promenions comme un roi dans son palais. Mais il y a eu ces embarquements, ces égarements dans labyrinthes et lacis de ciment. Ces nuits.

« La bonne issue, enfin, à la fin de la dernière nuit. Cette fois, le rectangle s'ouvrait avec au bout comme un vaste entonnoir inondé de lumière et donc béant de liberté. Je me suis rué. Pas de doute, j'allais retrouver Jandilla, ses chênes, ses eucalyptus, ses buses dans le ciel, ses dindons à tête bleue et ses cochons malins et noirs, et mes frères. “ Où étais-tu passé, frère Incendio ? ” (Incendio, c'est mon nom.) Je me suis rué. Pas d'herbe. Du sable dur. Pas d'arbres. Une barrière couleur rouge-mauve. Du soleil, oui, mais dans un ciel rond. Ronde cette pâture sans herbe. Rondes les collines formant cercle parfait autour de l'herbage stérile. Des hommes, habillés comme ça n'est pas croyable et d'une espèce inconnue, sont accourus vers moi, fou de rage d'être enfermé et de ne pas retrouver ma finca, ma dehesa, mon royaume. Derrière ces barrières, et si à coups de cornes je les crevais, il y avait mon pays et j'en étais sûr. Et si, par quelque sortilège, j'avais arraché de terre et expédié en l'air ces barrières et ces collines grouillantes de je ne savais quelle vie accrochée à elles en mousse multicolore, j'aurais foncé dans la nature, ma nature retrouvée, puis mon trot se serait ralenti, puis, tout calme, je serais allé brouter mes marguerites des champs. J'aime leur goût. Il m'arrive, quand je relève la tête, d'en avoir un petit bouquet collé à mes lèvres épaisses et je ressemble à un homme qui rêve et en a oublié, au coin de la bouche, un blanc et pauvre mégot. Les hommes habillés incroyable m'ont provoqué. J'ai foncé dessus mais ils sont rusés et, j'ai appris ça après ma mort, savent qu'à cause de la disposition de mes yeux, j'y vois en faisceau. Du coup, ces créatures diaboliques présentaient à mon œil gauche ou droit une étoffe sur laquelle je me ruais. Sauf que j'espérais rencontrer du dur et fonçais toujours dans du mou. Bref, je l'ignorais mais je participais, en tant que toro, à une corrida et les hommes qui me bernaient étaient des toreros. J'appris, au ciel, trop tard, que l'un d'entre eux s'appelait aussi matador et qu'il était, tout d'or cuirassé, le plus perfide et aussi le plus brave de la bande mais chargé, à la fin de notre combat et de notre danse, de me tuer. L'eussé-je, moi, tué auparavant, je n'en éprouverais aucun remords. Que le meilleur gagne. J'ai perdu mais bravement. Vive la corrida! Arriba España, terre de ce que furent mes bonheurs et berceau de ma mort. »

Espagne. Je t'écris ce livre-lettre d'amour au hasard d'impressions et d'étreintes. Tu verras, à le lire, qu'il n'y a ni plan ni calcul dans les « figures libres » de mes mots. Ce n'est pas un roman et personne ne se marie à la fin mais tout le monde meurt et ressuscite. Les toros qui depuis des siècles meurent et renaissent – ils sont Le Toro – dans l'arène; les Christs qui, le Vendredi triste, entrent en agonie et jaillissent hors du sépulcre le dimanche de Résurrection. Les toros mais il n'y en a qu'un. Les Christs de Semaine Sainte mais, *en vérité*, il n'y en a qu'un aussi. Quant aux Vierges, innombrables et en somptueux atours, elles pleurent. Ce sont des mères.

« Incendio », maintenant, médite sur sa mort :

« Ce fut un beau combat, à Salamanque, entre l'homme et moi. J'ai perdu mais certains de mes frères ont gagné. Après tout, il ne faut pas oublier que nous avons tué beaucoup de matadors et, parmi eux, quelques-uns qui furent les plus glorieux : Joselito, Granero – en plein dans le crâne, la corne est entrée par le trou de l'œil! – Sánchez-Mejías,

Manolete, etc. et plus récemment Paquirri et El Yiyo... »

On est passé, l'autre jour, logée au cœur des terres braves, devant la superbe finca que possédait Paquirri. On eût dit, posé sur les champs émeraude au pied d'une lente colline, d'un immense drap blanc qui séchait au soleil et qu'un souffle gonflait, par-dessous. Pepe, au volant de la Mercedes, a dit : « Regarde, personne autour. Quand on pense à toutes les voitures qu'il y avait, autrefois et n'importe quel jour, quand il était vivant... – Maintenant, plus personne. Et lui tout seul au cimetière », a conclu El Vito.

Il est mort, Paquirri, le belluaire aux yeux verts, tué le 26 septembre 1984 par le toro « Avispado » (Éveillé, vif) à Pozoblanco, petit village andalou situé entre Cordoue et Almadén. A l'affiche, ce jour-là, il y avait aussi un prince-torero de vingt ans, « El Yiyo », dont l'afición se demandait s'il n'allait pas devenir l'une de ces « figuras » qui règnent sur la tauromachie, après son triomphe absolu, l'année précédente, aux corridas de la San Isidro. Il avait, Paquirri, plus que tout autre torero, ce geste qui consiste à remonter les épaules comme pour arrimer sur celles-ci le lourd boléro dont un mouvement a dérangé l'ordonnance; et ce geste paraissait être chez lui un défi au fauve. Comme le boxeur, quand sonne le gong et qu'il s'avance vers l'adversaire, fait jouer ses épaules pour vérifier la bonne obéissance de ses muscles. « A nous deux, toro! » A Dax, quelques semaines avant sa mort, alors qu'il entrait dans sa chambre d'hôtel, des chauves-souris tombées de la cheminée où elles s'abritaient, s'étaient mises à voleter autour de son visage. Il les avait chassées par la fenêtre à grands coups de serviette de bain. « Vous croyez que je n'ai pas assez à faire avec les toros pour que je sois obligé de toréer des chauves-souris, dans ma chambre et avec une serviette ? » avait-il dit au patron de l'hôtel. Mauvais signe que l'apparition de ces affreuses bêtes. « Il va falloir que j'oublie ça... »

« El Yiyo », tué le 30 août 1985, un an après Paquirri à Colmenar Viejo (Castille), était moins superstitieux, car sa jeunesse balayait les signes que fait le destin. Catholique, oui, et tous les toreros le sont qui embrassent des Images pieuses et se signent devant elles avant de quitter la chambre d'hôtel, cape de paseo sur le bras. Images de Christs, de Vierges, parfois glissées dans un porte-cartes à soufflet que le valet d'épée déplie et pose sur la table de la chambre comme un petit paravent. Souvent, il allume aussi une veilleuse qui flotte sur l'huile et brûlera, dans la chambre déserte et plongée dans la pénombre, tout le temps de la course. « Vamos! » On allume la lampe. On sort. Ordre strict : que personne n'entre jusqu'au retour du matador. Les Images doivent être seules à veiller sur lui et, en outre, imaginons que quelqu'un, en ouvrant la porte, provoque un coup de vent qui ferait vaciller et s'éteindre la flamme de vie. Le toro l'apprendrait et penserait dans sa tête de brute : « Puisque tu viens de mourir, dans ta chambre d'hôtel, il ne me reste plus qu'à te tuer... » Pas superstitieux, « El Yiyo », mais pourtant, quelques jours avant sa mort, alors qu'il se vêtait de lumières, une petite araignée, qu'il n'avait pas vue, se mit à trottiner sur un rideau. Il fallut voir alors le manège de Sioux d'un vieil aficionado ami pour massacrer l'insecte. Il vise, il a un geste large pour ponctuer une phrase en visant bien l'araignée. Il la rate. Il recommence. Elle tombe sur le plancher. Il esquisse un pas glissé, un autre, et, victoire! il l'écrase. « Qu'est-ce que tu as, Antonio, à te remuer comme ça ? » lui demande le matador étonné par sa vaste gesticulation et ses pas de danse. « Rien, ça va... » Mais en sortant de la chambre, le vieux me dit : « Heureusement que j'ai tué cette sale bête. Il ne l'a pas vue... »

Chauves-souris, araignées, chats noirs – surtout s'ils viennent de la gauche pour traverser la rue – gros bourdons qui ronflent autour de vos oreilles, il faut se méfier de ces petites bêtes maléfiques lorsqu'on va en affronter une autre qui pèse une demi-tonne. C'est de la superstition? Voilà qui est vite dit. L'illustre Cagancho, génie gitanissime de la tauromachie et fameux pour ses paniques déclenchées par le moindre « signe », déclarait : « On dit que je suis superstitieux mais ce n'est pas vrai. A preuve, quand je vois entrer dans l'arène un toro à cinq pattes, je n'ai jamais peur... » On riait mais le maestro ajoutait : « Si, si, ça existe les toros à cinq pattes, mais, pour les voir, il ne faut pas être superstitieux... »

Paquirri à Séville, José Cubero dit « El Yiyo » à Madrid eurent des obsèques dignes de leur gloire avec tour d'honneur dans la Maestranza pour le premier et la Monumental pour le second, pleines à craquer et où la foule criait : « Torero! Torero! » en lançant des brassées de fleurs. Et devant la Monumental dont la porte principale était voilée de lourds rideaux de crêpe, « Torero! Torero! » scandaient des milliers de personnes. Et à l'extérieur de l'église del Camino, encore des milliers de Madrilènes; et vingt mille au cimetière de Nuestra Señora de la Almudeña, patronne de Madrid, criaient aussi : « Torero! Torero! » (A mon ami Antonio Olano, son frère en affection, « El Yiyo » avait dit : « Tu vois, quand on sort porté en triomphe par la porte grande – " puerta grande " – d'une plaza, que ce soit à Séville ou dans un village, et que les gens crient " Torero! Torero! ", c'est la plus belle chose qu'un matador puisse entendre. Moi, je suis tellement heureux que ça me donne la chair de poule... » Et à Colmenar, lorsque le cadavre du « Yiyo », étendu sur une civière mais visage découvert, avait été porté dans une ambulance rangée dans le patio de caballos, la cinquantaine de personnes qui par privilège se trouvaient là – picadors, banderilleros, amis aficionados, officiels, valets d'arène – avaient crié : « Torero! Torero! » jusqu'à ce que l'ambulance démarre et disparaisse sur la route de Madrid. Et cela, femme Narsés – comme eût dit un Giraudoux aficionado – ne s'appelle pas l'Aurore, cela s'appelle l'Espagne.) Derrière le cercueil porté par des matadors et amis se relayant, la famille et, derrière elle, la cuadrilla et toute la gent taurine; et « Chocolate », le valet d'épée au visage rond stupéfait de douleur. « El Yiyo » avait été cueilli par le toro alors qu'il venait de le tuer d'une « estocada de antología » après « una faena de retina » (qui reste gravée sur la rétine, ainsi dit-on). Un moment de distraction du matador et l'animal, agonisant mais encore debout, avait trouvé la force de s'arracher une dernière fois pour lui plonger sa corne en plein cœur. Torero et toro moururent ensemble. Dans l'infirmerie de la plaza où gisait « El Yiyo », on vit cela : tout le monde pleurait, Tomás Redondo, l'apoderado, le père qui étreignait le corps de son fils, le frère – et péon – du « Yiyo », Juan Cubero, son autre frère, le novillero Sánchez Cubero et, enfin, « Chocolate » qui se frappait la poitrine des deux poings. Mais il avait oublié qu'il tenait, dans ses deux poings serrés, les oreilles et la queue accordées au matador par le public et la présidence; et les cartilages tachaient la chemise de sang; et la queue ballottait... « Bien sûr, je savais qu'un toro, tôt ou tard, coucherait l'un de mes fils dans un lit, puisque je suis mère de toreros, mais je ne savais pas qu'il le tuerait », murmura, statue de la douleur, Marta, la mère. Un an après la mort de Paquirri, ce fut un véritable « été sanglant » que celui de 1985 : Pedro Soriano, banderillero de Campuzano, à qui il manque déjà un poumon à la suite d'un coup de corne reçu il y a des années; Curro Alvarez, García Barroso, picador; Jaime Abellán, amputé d'une jambe, « El Rondeño » blessé à Salamanque; Victor Mendés, Julio Robles, Esplá, Antoñete, Ortega Cano (coup de corne de 40 cm), Campuzano, d'autres encore, tous blessés – et « El Yiyo » mort. Pourtant, il avait l'œil vif et s'y connaissait en toros, le jeune maestro de vingt et un ans. Mais le glorieux vétéran Antonio Chenel « Antoñete », dont le toreo est une merveille de grâce et de science, disait un jour : « Personne ne s'y connaît, en toros. A commencer par moi... »

PREMIER CAPRICE
ET QUI CONCERNE LES OS DE CHRISTOPHE COLOMB

Paquirri au cimetière et Colomb dans la cathédrale où l'on entre par la porte de San Cristobal et là, dans un bras du transept, se dresse, couvert de majesté et de fine poussière, le monument de Christophe Colomb porté par des hérauts à dalmatiques aux armes des États d'Espagne. On s'incline puisque là gisent les restes du Découvreur. On s'incline avec gravité mais on se redresse pour apprendre qu'il se pourrait fort bien que le tombeau ne contienne que des rêves dc restes...

En 1498, Colomb exprima par écrit son désir que fût, après sa mort, érigée une chapelle dans l'île d'Hispaniola (aujourd'hui Saint-Domingue) mais sans dire en quel lieu il souhaitait reposer pour l'éternité. En mai 1506, il meurt à Valladolid. On l'enterre et, à partir de là, le corps du Grand Amiral de la mer Océane, impénitent coureur de terres et de mers même après sa mort, se met à voyager. En effet, trois ans plus tard, son fils Diego déclare que son père eût désiré être enterré à Hispaniola. Soit! En 1537, Charles Quint décide d'exaucer ce vœu et Colomb traverse une fois de plus l'Atlantique pour être enseveli dans la cathédrale dominicaine. Est-ce certain ? Non, la chronique vacille, le témoignage est rare et flou. En 1795, l'Espagne cède à la France la partie est de l'île mais, comme il serait sacrilège d'abandonner Colomb aux démons révolutionnaires que sont les Français, les os révérés sont transférés à La Havane où va rouler, dans la cathédrale, un solennel Te Deum. Hélas, en 1898, l'Espagne perd le dernier morceau de cet Empire où, jamais, autrefois, ne se couchait le soleil et Colomb entreprend sa dixième traversée de cet océan qu'il avait le premier vaincu et cingle vers Séville, « port et porte du Nouveau Monde et mère de l'Océan ». Donc, le Grand Amiral repose à Séville ? Oui. Non, car, en 1872, les dominicains de La Havane – prévoyant qu'un jour l'Espagne exigerait peut-être que les restes de son illustre fils soient mis à l'abri des vicissitudes de l'Histoire dans sa mère patrie – les rusés dominicains auraient procédé à un échange d'os entre deux cercueils si bien que ceux qu'emportèrent les Espagnols seraient faux et ceux de La Havane vrais! Et l'aventure n'est pas finie puisque l'archevêque de Saint-Domingue, un consul d'Italie et un directeur de fouilles se seraient approprié de la poudre osseuse pour l'offrir en trois parts à la ville de Gênes, au Vatican et à l'Université de Paris. Et voilà comment Christophe Colomb se retrouve avec cinq tombes. Et voilà l'un des charmes infinis de cette terre d'Espagne dont les enfants tant errèrent morts ou vifs, à travers le monde, avec sur le dos la cuirasse rouillée du Quichotte ou la cape usée de Colomb : on ne sait pas mais on jure que « eso es la verdad ». On imagine. On conte. Et la chronique dit que « Cristobal alla pendant sept ans importunant les puissants auxquels il promettait, si on lui armait des vaisseaux, de rapporter or et trésors pour la gloire de la couronne de Castille mais, comme il était pauvre et portait cape usée, on ne le tenait que pour rêveur et fabricant de contes... ». Lorsque, enfin, ses trois caravelles aux noms qui chantent si doux, *La Niña*, *La Pinta* et *La Santa María* s'envolèrent hors de la côte andalouse, « le fabricant de contes » avait réussi. Non seulement il avait pu armer ses vaisseaux pour découvrir la nouvelle route des Indes mais obtenu, en discutant âprement avec la couronne, d'être nommé vice-roi des Indes et Grand Amiral de la mer Océane avec le droit de porter des éperons d'or. Des trois requêtes, ce fut évidemment la dernière qu'il obtint le plus difficilement. Il n'était qu'un rustre aventurier à la cape usée, après tout. Pourtant, Ferdinand et Isabelle cédèrent. « Quién sabe ? » Qui sait ? L'Espagne aime les déraisons (la « sinrazón » hallucinée de Goya...) et, qu'ils s'appellent Quichotte de la Manche rêvant de Dulcinée ou Cristobal Colomb d'Indes fabuleuses aux moulins de marbre faisant tourner leurs ailes d'or, l'Espagne aime les fous.

Au cimetière de Séville, à l'entrée, à droite, un gisant de marbre blanc porté par huit hommes, pleuré par cinq femmes et accompagné par cinq enfants de bronze. Toute la tribu gitane qui conduit le plus illustre de ses fils et marche vers l'éternité. C'est le tombeau de Joselito, tué par « Bailador » (Danseur), le 16 mai 1920 à Talavera de la Reina et que tout aficionado bien né, jusqu'à la consommation des siècles, ne finira jamais de pleurer, comme se désolent les hauts cyprès qui entourent son tombeau. Sous des plaques qui entourent le socle du gisant porté en funèbre triomphe, les noms de Sánchez-Mejías, le beau-frère (tué par « Granadino », en 1934, à Manzanares) et le frère « El Gallo », dit « le divin chauve » et qui fut aussi le divin maître, le divin froussard superstitieux et l'artiste divin. Condensé de grâce, de gitanerie, de caprices et de bons mots transformés en sentences pieusement recueillies au versant de son âge – il mourut en 1960 –, El Gallo, à la fin, nourrissait sa légende et sa sagesse de cigares et de cafecitos et, dans un café de la calle Tetuán, à Séville, racontait l'épopée à des auditoires pénétrés de respect.

A côté de Joselito, la tombe du grand rival. Un chaos ordonné de marbre noir et un seul nom gravé : Juan Belmonte. Six œillets, sur le marbre. Point de statue. Elle a été dressée, la statue, de l'autre côté du Guadalquivir, à l'entrée du pont de Triana, haut lieu à Séville du peuple gitan et, ma foi, bien que « moderne », elle est tout à fait réussie. L'ilustrísimo matador, bronzifié, enveloppé dans sa cape, montera sur la tête, pointe la galoche de son célèbre menton vers la plaza de Séville – la Maestranza que l'on aperçoit, aérienne, de l'autre côté du fleuve et, – le sculpteur a eu une idée sentimentalement géniale – si vous vous placez derrière la statue, dans le trou dessiné par le mouvement du héros, à la place du cœur, vous apercevez, absolument encastrée, comme telle image que l'on voyait sur nos antiques porte-plume lorsqu'on les collait à l'œil, la Real Maestranza, cœur fragile battant dans un bloc de bronze.

Mais, allons! je raconterai une histoire vraie sur Joselito et Belmonte pour vous donner une idée de ce qu'est l'afición – d'elle je reparlerai d'abondance et qu'on se tranquillise – et de ce que fut le fanatisme merveilleux que la rivalité entre José et Juan éveilla parmi leurs partisans. En réalité, ils étaient, à la ville, les meilleurs amis du monde et lorsqu'ils débarquaient des trains poussifs pour aller toréer ici ou là, ils étaient convenus à l'arrivée de descendre l'un à l'avant du train et l'autre à l'arrière... « Sinon, les gens croiraient qu'on est amis. » Je raconte. Or, Joselito allait toréer à Jerez et, à l'affiche, il y avait aussi Belmonte. Sur l'épouvantable route de l'époque, il s'arrête dans une épouvantable auberge de l'époque – je dis « épouvantable » alors que j'en porte le deuil – où deux muletiers misérables s'attrapaient au collet à propos de la corrida de Jerez. L'un était fana de José, l'autre de Juan. Aucun ne reconnaît, dans ce voyageur qui mange du jambon, le matador car, en cet heureux temps, les muletiers n'avaient pas la télévision, ne lisaient pas de magazines illustrés, étaient sevrés de photos et parfaitement illettrés. « Oui, criait l'un, Joselito est le meilleur torero. Il pose les banderilles comme Jésus, il torée à la muleta comme la Vierge et il tue comme le Bon Dieu. » L'autre répondait que Joselito toréait comme une brute et que l'orteil de Belmonte en savait plus à lui tout seul que les dix doigts de Joselito. On décida d'un arbitre. On se tourna vers le mangeur de jambon.

– Hé, compadre, toi, tu t'y connais en toros ?

– Heu... Ben... Un peu, dit Joselito.

– Alors, à ton avis, qui est le plus grand, José ou Juan ?

L'interpellé réfléchit puis :

– A mon avis, c'est Belmonte. Mais vous jugerez à Jerez, tous les deux. Vous y allez, hein ?

– Non.

– Pourquoi ?

– On est trop pauvres, on n'a pas un douro.

– Mais vous avez quand même vu toréer Joselito et Belmonte ?

– Non, jamais.

Admirable ! La passion pure. La dispute à propos de Dieu qui existe ou n'existe pas. Deux muletiers théologiens. L'afición épurée jusqu'à devenir foi intraitable. L'a priori de l'amour. Le nuage radioactif des passions belmontistes et joselistes irradiant l'Espagne tout entière.

– Ah ! dit l'idole présente mais invisible aux muletiers, ah ! J'ai justement deux billets dans ma poche, deux très bons billets de barrière et je vous les donne. Je devais aller à cette corrida avec un ami mais comme j'ai autre chose à faire... Et vous jugerez.

Les muletiers, stupéfaits, deux barreras ! gracias, gracias, remercièrent.

Le lendemain, à Jerez, la corrida. Au premier rang, les deux copains. Belmonte n'est pas bon. José triomphe mais que voit-il ? Le muletier joseliste, qui l'a enfin reconnu, l'acclame. L'autre, le belmontiste, qui l'a aussi reconnu mais qui a mis dans sa poche et à tous les sens du mot sa « reconnaissance », le hue à pleins poumons. Ce qui prouve non seulement ce que peut être la passion mais qu'il ne suffit pas que Dieu lui apparaisse pour qu'un athée se convertisse. C'est la fin de ma belle histoire. Pour la parfaire, je citerai deux sentences de Joselito immolé. Un jour où le public avait « exigé » plus encore : « Mais qu'est-ce qu'ils veulent ? Que je m'assieds sur une corne ? » Et cette phrase immortelle : « Dieu, au ciel, répartit les coups de corne mais c'est les toros qui les donnent. » Voilà qui est beau et grave puisque j'entends le Seigneur déclarant : « On me reproche sans cesse, alors que je suis l'infinie bonté, de tolérer sur terre l'existence du Mal. D'où, discussions sur la grâce, le libre arbitre et autres petits problèmes. Eh bien, je vais réconcilier tout le monde grâce à la tauromachie. Cette temporada [1], je dispose d'un stock divin d'une quarantaine de cornadas [2] dont deux mortelles. Qui les recevra ? Des hommes qui ont choisi *librement* d'être toreros. Moi, ce n'est plus mon affaire. Je considère la question du libre arbitre et de la prédestination comme définitivement réglée et si les théologiens et les philosophes étaient aficionados, il y a longtemps qu'ils auraient compris... » Il ouvre la main et, au hasard, jette les cornadas sur un immense troupeau de toros.

Dans ces sentences, dans la belle histoire des muletiers, une vibration de l'âme espagnole est enclose. Écoutez donc son bruit de guitare qui accompagne le sanglot d'un cantaor [3]. C'est pourquoi tout est juste et si un matador perd la tête jusqu'à avoir un geste brutal de colère (par exemple frapper le toro du plat de la main ou le fouetter de l'épée) une violente indignation s'élèvera sur les gradins. Si un animal est rétif ou dangereux, ça n'est pas sa faute mais de sa nature contre laquelle il est vain de se révolter.

1. Saison.
2. Coups de corne.
3. Chanteur flamenco.

Heureusement, ces gestes indignes sont rares et, au contraire, vous verrez plus souvent, à la fin d'une série de passes harmonieusement liées, le maestro effleurer de la main le frontal du monstre immobile ou, d'un mouvement lent, faire glisser l'épée, de la poignée à la pointe, entre les cornes. Comme une caresse.

J'ai dit guitare. Pas mandoline. Pourtant, j'ai longtemps, trop longtemps, abandonné l'Espagne pour épouser l'Italie. Florence qui est sévère et Venise où les rêves glissent sur la lagune pendant que le cœur (« Entendre de ton cœur la délicate forge... ») bat très doucement et que le regard caresse les îles aux contours pulvérisés par le crépuscule et bientôt effacés par la nuit. A Florence où les enfants, dans l'église Santa-Croce, jouent à la marelle sur les tombes; où, au Carmine, sur la fresque d'Allori, Judas a la tête sympathique d'un brigand métèque. A Ognissanti, une rose avait été déposée sur la tombe de Botticelli par – je le veux – une jeune touriste blonde jaillie ce matin, de nudité vêtue, hors de sa baignoire comme Vénus botticellienne de la mer. Et si vous cherchez bien, à San Marco, vous découvrirez, scellée dans le mur, la tombe du dernier des Médicis qui s'appelait Pier Paolo de Averardo. J'aime l'Italie parce que les églises y sont pleines d'enfants qui babillent, rient sous cape, esquissent des sprints vite stoppés et lèvent le nez vers des tombeaux juchés sur d'énormes étagères avec l'envie d'y grimper comme d'agiles écureuils et de s'asseoir en croupe derrière quelque condottiere au visage de pierre ombré de poussière pour l'éternité. J'aime l'Italie parce qu'on y marche en espadrilles d'été sur d'immenses tombes au marbre poli par des millions de fidèles ou de flâneurs. On devine un blason, un cimier, une inscription latine, un visage fondu et qui coule presque, comme cire, sur la dalle, un profil qui fut altier mais auquel des millions de pieds ont donné une illisible bouffissure. Papes, princes, cardinaux, grands-ducs, chefs de bande et poètes, peintres, musiciens, et doges au bonnet phrygien, et saints et saintes prodigues de miracles oubliés, et abbés, et moines. Entre tous ma rêverie va vers les dominicains à la robe blanc et noir parce qu'on les appelait « chiens de Dieu » et qu'il n'est pas de plus grande joie que d'être redouté parce qu'on fait partie de la meute céleste lancée aux trousses du Mal et du Diable. Ô seigneur jaloux, comme j'eusse aimé, cuirassé de bure et de foi, être l'un de vos solennels inquisiteurs! Maigre et de haute taille, j'aurais mangé la soupe d'orties et le pain noir mais le bruit de ma robe frôlant les dalles aurait glacé les cœurs hérétiques. Dévoré par l'amour de Dieu et brûlé par la haine du Mal. Étrangement silencieux en écoutant mon prochain me faire l'aveu de l'égarement ou du doute. Étrangement doux en le bénissant avant qu'il ne monte au bûcher; et j'embrasse, après lui, la croix tenue dans mon poing de fer et sur laquelle une dernière terreur a fait se poser ses lèvres. Ainsi Savonarole au bec d'aigle qui crève la capuche est-il de ma famille lorsque j'ai des nostalgies de foi et d'absolu. Ensuite, la beauté profane revient autour de moi danser sa ronde et je le maudis, ce moine fou, d'avoir dressé les « bûchers de vanité » où flamboient les trésors de Florence. Inquisiteur ou débauché? C'est ici le combat du Ciel et de la Terre, du pur amour de Marie entourée d'anges jouant du théorbe (mais parfois ils sont rouges comme des démons chez Bellini ou écrasent sur la mandore qui devient un sein de femme – chez le Rosso – la joue la plus coquine qui soit) et de Vénus alanguie, une main caressant le trésor qui me damne. C'est ici le combat de mes fièvres. De moi et de mon double. De ma faim d'absolu et de celle, païenne, de toutes les nourritures de la vie et de la chair.

A Trebbio, où nul ne va parce que les bergers n'y conduisent pas le troupeau touriste, j'allai par un jour de mai. On grimpe vers la colline, la voiture est secouée sur le chemin de terre. Au bout de ce chemin bordé par une triple allée de cyprès qui montent une impassible garde et s'effilent vers le ciel bleu, le château-forteresse et sa tour crénelée. Le moment est sacré. Là, je suis venu saluer la race du vieux Cosme, pater patriae, qui s'envola vers la gloire en déployant des ailes de brocart. Mais la vraie raison de mon pèlerinage, la voici : ici naquit et vécut ses enfances mon très cher Jean des Bandes Noires, fils de Giovanni de Médicis, au visage de femme, et de la Sforza, au caractère d'homme. Jean des Bandes Noires! Dans mes rêves, l'un de mes plus beaux noms. J'aimais guerroyer en tête de mes reîtres et mon méchant oncle, le pape Clément VII, tant me redoutait qu'il encourageait ma passion. Je mourus sous les murs de Mantoue, à Governolo, d'un coup de fauconneau qui brisa ma cuirasse d'acier noir et Alphonse d'Este, mon meurtrier, poussa un cri de triomphe quand il retourna mon cadavre. J'avais vingt-huit ans et ma bravoure était chantée par les poètes.

A Trebbio, sur le portail de fer, il est écrit qu'« on ne visite pas ». Me refuserait-on l'entrée de ma forteresse? J'ai osé secouer la sonnette. Trois petits chiens ont aboyé et les cigales se sont tues. Trois petits chiens anglais, peignés, luisants, aux yeux pleins de poils, se sont précipités et une dame affolée est accourue, leur intimant l'ordre de se taire, qui m'a regardé comme si j'eusse été une apparition infernale. « Qui êtes-vous, où allez-vous? » demande-t-elle en anglais. Lui dire que je suis Jean des Bandes Noires revenu? Non, rien qu'un écrivain français dont le plus cher désir serait de visiter Trebbio. « On ne visite pas... – Oh, un seul coup d'œil! » J'implore. Elle ouvre le portail avec mille précautions. Elle a peur mais elle m'aime parce que je viens de loin voler des souvenirs sur cette colline perdue. Elle me dit, dans un murmure, qu'elle est écossaise et dame de compagnie de la Signora Scarlatti. Mais la Signora est terrible, solitaire, et ne veut voir personne. Elle est aussi très vieille, la Signora, et à demi aveugle. En ce moment, elle dort – elle dort beaucoup – mais attention! si nous la réveillons, elle entrera dans une colère inouïe. Elle criera. Et la gouvernante tremble, à cette pensée. Et je visite furtivement, sur la pointe des pieds, accompagné par mon Écossaise qui frissonne, la villa-forteresse. « Chut... dit-elle. « Chut... » je réponds. Nous allons, comme des voleurs. « Ici a vécu Jean des Bandes Noires... – Oh, je ne sais pas, je ne sais pas... » dit-elle comme pour se disculper. Surtout ne pas réveiller la Signora dragon! Dans le jardin, sous la pergola soutenue par des colonnes de brique rose, des vases et j'y reconnais, gravé, le profil du Magnifique. « C'est Laurent le Magnifique... » dis-je. « Oh, je ne sais pas, je ne sais pas... » chuchote l'Écossaise. J'ai quitté Trebbio. La Signora Scarlatti dormait toujours et je n'avais réveillé que des fantômes. Sur le chemin du retour, je sortis de ma poche un objet volé : un rameau de laurier dérobé dans le jardin, le même que celui dont me couronnaient mes soldats du temps où je repoussais tantôt les Espagnols et tantôt les Français, hors de ma Toscane.

Et si j'aime l'Italie, c'est aussi parce que la mort, même féroce, y semble douce. (Et si j'aime l'Espagne, c'est, en mouvement de balancier de mes passions, pour des raisons contraires.) Botticelli n'y résiste pas et dessine les pendus – ces traîtres de Pazzi ni chair ni poisson mais hippocampes (tel est leur blason) – accrochés aux balcons – du Palazzo Vecchio. On poursuivra Baroncelli jusqu'en Turquie, on le ramènera à Florence, on le pendra dans la cour du Bargello et Léonard aussi dessine avec amour cette chose qui se balance, les mains liées derrière le dos et le fascinent les chevilles maigres et les pieds lamentables que découvre la robe remontée. Ah! que l'on me pende si Léonard, assis sur une marche du palais et son carton sur les genoux, transforme ma loque de chair martyre en chef-d'œuvre. Ensuite, on me dépendit et les enfants de Florence, sur le pont Santa-Trinita, jouèrent au football avec ma tête, comme ils le firent (c'est historique!) avec celles des Pazzi conjurés contre les Médicis.

On marche sur des tombes. Ils sont heureux, les morts illustres, dans leurs appartements souterrains. Ils entendent les vivants, à l'étage au-dessus, marcher et marmonner, le nez plongé dans leurs guides. Et l'étage au-dessus, c'est la terre. Il arrive qu'un mort, avide de sommeil, soit tenté de taper au plafond avec sa lance pour que les vivants, là-haut, soient moins bruyants; mais ses amis le prient de n'en rien faire. « Pose ta lance et laisse-les s'amuser, Teobaldo. Ils nous distraient et d'ailleurs le jour est proche où ils nous rejoindront... »

Italie aux joyeuses églises. Un jour, à Venise, dans Zanipolo, un enfant glissait sans bruit sur des patins à roulettes aux roues de caoutchouc. Un gros prêtre l'aperçoit et ses gros sourcils se rejoignent en une grosse colère. Il pose les poings sur ses hanches mais l'enfant si gracieusement vole que les poings se desserrent, les bras tombent le long du corps, les sourcils s'apaisent – et le gros prêtre sourit à contempler l'ange. En Espagne, les églises sont plus secrètes. Sur autels et retables, l'or déversé par les galions, à Séville, au pied de la Torre del Oro, ruisselle pour éblouir. L'Italie s'est enivrée de couleurs, l'Espagne d'or. Arlequin, carrelé de couleurs, est italien; les toreros, vêtus d'ors, sont espagnols. A Venise, un bambino patine à roulettes dans Zanipolo; à Séville, pendant les fêtes du Corpus, les Niños, en habits du XVIIIe siècle, chantent des villancicos et dansent des menuets devant l'autel de la cathédrale. En l'honneur de qui? Du veau d'or ramené des Indes et dont la dépouille gravée en retable (le plus grand de la chrétienté) flambe au fond de l'autel? Non, cette idée est d'un banquier. Admirez plutôt la gravité des enfants dont les mains font claquer les castagnettes où flottent des rubans bleus et blancs : ce sont de jeunes David qui dansent devant l'Arche.

Je pense à l'Italie où toutes les statues sont pensives. Laurent, duc d'Urbino, médite dans la Nouvelle Sacristie. Judith va trancher la tête de l'Holopherne endormi à qui Donatello a donné une face de Christ. Elle rêve en brandissant une sorte de cimeterre. Mais qui est-elle? Déesse païenne décapitant le Christ vaincu? Et Persée, il pense, lui aussi, non pas à sa victime dont il brandit le chef mais à sa beauté, à sa pose dans la beauté qui est son seul souci. Vierge Don Juan tueur de la femme. De la femme, cette Méduse.

Salut, Italie. Je dois m'arracher de tes bras. Je dois, cette année, retrouver mon Espagne et, là-bas, aux profondeurs, mon Andalousie dont le seul nom de velours m'accable d'anciens bonheurs et dont la musique jalouse m'appelle. Elle a un nom : *el cante jondo.* Le chant profond.

Et si, longtemps, je ne suis pas revenu en Espagne, ce n'est pas par manque d'amour mais, au contraire, parce que j'avais la certitude que la violence de mon attachement à cette terre était tranquillement intact. Trésor enfoui dans le coffre de ma mémoire et dont je savais que je le retrouverais si j'allais, au gré de mon caprice, en soulever le couvercle. Certaines fidélités, certaines amours n'ont pas besoin de présence. Loin des yeux, près du cœur lorsque ces amours sont justement logées dans le cœur même. Un ami, grand collectionneur, me parlait un jour de ses chefs-d'œuvre rangés dans un coffre suisse. « Mais vous ne les voyez jamais... » lui dis-je. Il me répondit : « Quelle importance?

Mon imagination les revoit quand il me plaît. Je sais où ils sont et que je les possède. *Pourquoi les voir?* » De même, mon rêve possédait à jamais l'Espagne nue et ce joyau, à sa ceinture, l'Andalousie. Pourquoi l'aller revoir et avec elle revivre, puisque j'en étais le propriétaire ? Il est des pays et des êtres qui ont besoin, pour être aimés, que l'on alimente sans cesse le rapport que l'on entretient avec eux. « Chaque année, me dit X, je vais à New York. Tout s'y renouvelle, tout y bouge... » Or, moi, amoureux d'éternité, qu'irais-je faire à New York alors que je sais qu'à Séville la Giralda et la Maestranza n'ont pas bougé et que les mêmes toros noirs paissent, au printemps, au milieu des fleurs, dans les pâturages où se traîne le Guadalquivir ? Comme des voitures trop luxueuses, New York ou la Californie consomment trop d'essence sentimentale. Sans cesse, il faut remplir le moteur. Avec l'Espagne, en revanche, vous faites le plein une seule fois et vous en avez pour la vie. Mieux encore : la voiture n'a pas besoin de rouler.

Comme la France, l'Espagne en somme m'est une mère. Et comme une mère délaissée parce qu'on quitta la maison, elle attend, immobile. Elle sait qu'elle a un fils et que rien, ni l'absence, ni l'éloignement, ni le silence, ne peut briser ce lien.

Je sais qu'elle a changé, ma mère, et qu'il restait à « civiliser » ses enfants, c'est-à-dire à leur apprendre à hisser John Wayne sur Rossinante, et à promener les Ménines dans Disneyland.

Souvenez-vous : vous étiez la honte de l'Europe et du monde blanc frais rasé et désodorisé, avec vos barbes bleues et cette odeur, dans vos rues, d'huile d'olive, d'oignon et de jasmin. Vous étiez pauvres. Vous portiez des bérets. Vous alliez sur des ânes. Vous adoriez un nombre incroyable de madones qui se querellaient entre elles de village à village et même de quartier à quartier. Vos curés arboraient la soutane et quatre-vingt-dix pour cent de vos jeunes filles, il y a trente ans à peine (déclare la statistique), se mariaient sottement vierges. Vous n'étiez, même dans vos villes, que des paysans, des pagani, de sombres païens non encore convertis aux dieux du siècle. Vous viviez dans un enfer de pudeur, serrés dans les corsets de « la vergüenza », lourds de passé et raides amidonnés de « pundonor ».

DEUXIÈME CAPRICE GOYESQUE
ET QUI CONCERNE LES OS DE LA DUCHESSE D'ALBE

Une jeune femme, sans « pundonor », mollement étendue sur de lourds coussins, bras repliés derrière la tête et le regard posé, sans ciller, sur les voyeurs qui admirent sa nudité. Ses cuisses sont bien rondes, ses beaux seins fermes et étrangement écartés. « Et ce tableau de Goya, disait le gardien, est le portrait de la duchesse d'Albe. C'est la Maja nue. A côté, vous avez la même habillée... » La jeune femme, impassible, continuait de regarder les voyeurs, sans pudeur ni trouble, comme si elle avait été habituée à s'exhiber ainsi depuis toujours, vive ou morte.

Mais il reste, dans la race des Albe, quelque chose de farouche hérité d'ancêtres guerriers et, notamment, du terrible Ferdinand-Alvarez de Tolède, duc d'Albe, qui, au XVIe siècle, à la grande bataille de Mühlberg, où il tailla en pièces les protestants allemands révoltés, aux Pays-Bas, au Portugal, se couvrit d'une gloire sanglante dont le souvenir ne s'est pas effacé. Une main de fer dans un gant de fer. Un visage sec d'une indomptable énergie. Une sombre volonté tout entière mise au service d'un sombre empereur, Charles Quint.

Et c'est pourquoi, à la fin, son descendant – aujourd'hui

décédé et père de l'actuelle duchesse – en eut un jour assez d'entendre les guides du Musée du Prado réciter : « Et ce tableau de Goya... » Que Cayetana de Alba ait eu des bontés pour le peintre, passe encore et il était difficile de faire taire les mauvaises langues érudites prêtes à la riposte. En outre, même noble, la chair est faible et, même bleu, le sang a des impatiences. Mais qu'une héritière d'Albe se fût exhibée sans voile aux regards voyous de la postérité, voilà qui était impossible – et donc faux. Oui, mais que faire et comment, sous le talon, écraser le serpent de la médisance ? Le duc, alors, eut une idée espagnole. Il convoqua des médecins, chirurgiens, ostéopathes, métreurs, tous fort savants. Messieurs, la plaisanterie a assez duré. Je vais déterrer mon ancêtre. Ce qui fut fait. On déterra, on examina, on mesura, on soupesa, les yeux de la science revêtirent les os de chair imaginaire. On compara avec la dame du Prado, centimètre par centimètre, volume par volume – et, enfin, le verdict tomba : non, l'impudique offerte au pinceau de Goya n'était pas la duchesse d'Albe. Il y avait impossibilité scientifique. Le duc réajusta les os, en bon ordre, dans la tombe de Cayetana désormais lavée de tout soupçon, et s'assit, satisfait, à l'ombre de son arbre généalogique maintenant nettoyé du lierre du mensonge. Je suis, pour ma part, de l'avis des savants et du duc. Cayetana de Albe, il suffit de voir ses portraits, était plus grande, moins potelée, possédait cheville plus fine et regard plus impérieux. La « Desnuda » du Prado était une gitana. « Gitana desnuda », « Gitana vestida », ainsi d'ailleurs la désigne un inventaire de 1808. Et si l'on s'étonne que l'honneur gitan ne s'enflamme pas en entendant cette assertion, c'est parce qu'elle est belle, la Maja desnuda, et a certainement glissé, sous le coussin où repose sa tête, la carte du tarot protecteur ; et ôté de son cou la médaille de sainte Marie-Madeleine qu'elle a posée, là, voyez, sur une commode, derrière le peintre. « Pourquoi fais-tu cela ? » a demandé Goya. Elle n'a pas répondu et s'est allongée. Il a dit alors : « Oui, tu as raison, il ne faut pas confondre la beauté du diable et celle des anges... »

Qui, en France, aime l'Espagne « pour de vrai », comme disent les enfants ? Rien qu'une poignée d'aficionados ! Rien qu'une secte quasi secrète et fermée et à laquelle j'ai, pour mon bonheur, la gloire d'appartenir. Et pourquoi l'afición est-elle la seule clef qui ouvre à l'amour *profond* de l'Espagne ? Parce que la corrida est, de cette terre, le miroir d'éternité où elle se réfléchit tout entière et de manière unique. Et lorsqu'un matador, lors de la corrida de Beneficiencia, à Madrid, offre la mort du toro au roi Juan Carlos et dit : « J'offre ce toro à Votre Majesté et à toute l'Espagne » et que le roi se lève pour saluer à son tour le belluaire et accepter l'offrande, des siècles – et un mystère – sont, en cette minute, dans une arène et au soleil, au rendez-vous. Tout est en ordre.

L'afición. La secte. Jalouse et folle, comme il se doit. Confite en ses souvenirs. Ravagée de querelles mais unie et formant bloc contre le profane. La secte dont les membres parlent entre eux un sabir incompréhensible hors de son cercle et qui leur est une sorte de latin de communication international, dont les Cicérons et les Virgiles sont, évidemment, les aficionados espagnols qui le parlent, eux, dans toute sa pureté classique. Je ne moquerai pourtant pas l'afición française qui a mis au point un délicieux charabia franco-tauromachique car je ne veux voir, en cet effort à parler toro, que l'admirable acharnement de sa passion. Naguère – ou plutôt il y a longtemps – je n'éprouvais qu'une indulgence amusée à l'égard de l'afición française et de ses débordements aussi enthousiastes qu'ils étaient naïfs. Parfois de l'irritation lorsqu'elle se manifestait sous la forme d'un snobisme ibéro-parisien fonçant avec un savoir autodidacte hâtivement engouffré dans les capes que se tendait à elle-même sa propre ignorance. L'afición française, surtout, m'apparaissait très impure et entachée d'éblouissements provoqués plus volontiers par la cambrure des toreros que par « El arte de torear » selon Pepe Hillo. Je confesse aujourd'hui que cette afición a fait de louables progrès même si, comme me le disait un grand critique taurin espagnol, « elle restera toujours adolescente ». Mais je lui répliquai que l'adolescence, après tout, était le plus bel âge des amours et qu'elle obtenait, par sa fougue, le pardon de ses ignorances – et même émouvait grâce à je ne savais quel charme.

Pour moi, très chers à mon cœur sont les vieux aficionados espagnols de race et complètement blasés qui ont vu mourir des milliers de toros, naître et s'éteindre des centaines de « figuras » et qui se dirigent d'un pas lent vers la plaza comme ma grand-mère centenaire allait ponctuellement à la messe. Je veux dire par habitude, par devoir devenu habitude, parce qu'il faut bien croire en Dieu même si ses prêtres ne sont pas sérieux et au miracle même s'il y a peu de chance qu'il se produise. Ça n'est pas du tout de l'enthousiasme, ça, mais de la foi qui, à la limite, n'a plus besoin des preuves de l'existence de la divinité. Le toro *est* – comme Dieu – tout simplement et la corrida est sa messe où l'on s'ennuie le plus souvent, d'où l'on sort lèvres serrées sur le cigare mâchonné et dont on ne daigne même pas commenter le déroulement. On laisse ces bavardages aux néophytes, aux convertis, aux touristes, à n'importe qui. Reste que ce serait d'une impiété inouïe que de ne plus se rendre à la plaza et qu'en outre, sait-on jamais, il est possible que Fulano ou Mengano – et miraculeusement Curro Romero! – fasse « des choses » avec ces toros dont un ami qui les avait vus vous a dit, calle Sierpes [1], qu'ils étaient « jolis ». Ce qui veut dire le contraire de ce que cet adjectif signifie en français. Ce qui veut dire, en afición, redoutables.

Je vais mon pas dans ce livre. Il sera chronique, récit, souvenirs, réflexions, etc. et tout ce qui viendra à lui. Feintes et retours. Allées et venues. Vacances de l'humeur et de la plume. Et, reparlons de l'afición, culture close. On s'y encoconne, on s'y barricade, on s'y fortifie, on n'en sort pas. Pour l'aficionado, l'Espagne tout entière n'est qu'une gigantesque plaza où, par hasard, vivent d'autres êtres, d'existence vague et totalement inintéressants, les non-aficionados. Oui, mais cette culture est immense, maniaque, exclusive. De Velázquez ou de Góngora, elle ignore tout et peu lui chaut. Du Ninõ de la Capea ou de Paco Ojeda, pour ne citer que des contemporains, elle sait infiniment. J'ai un ami qui, depuis quarante ans, n'a pas raté une seule corrida de Feria, à Séville, et de San Isidro à Madrid. Il ne vit que pour et par les toros. Il a l'âme tranquille de ceux qui, dans la vie, ont découvert le moyen de s'exiler du monde et de débarquer sur une île dont ils deviennent jusqu'à la mort les Robinsons propriétaires. Où, là, est la (leur) vraie vie et d'où ils ne reviendront jamais. Lorsque dans son île j'aborde, croyez-vous que nous parlons de politique, d'atome ou de romans? « Alors, les toros, cette temporada? » Et, aussitôt, attrapée par le bon bout, la pelote de nos gâtismes délirants se déroule. Quarante ans d'afición! Une dame lui disait un jour : « La corrida! Tout ce sang! » Il la regarda, étonné : « Quel sang? – Celui du toro, voyons! Ça ne vous fait rien, tout ce sang? – Mais non, madame, je ne le vois pas.

1. La rue la plus célèbre de Séville.

La pique, oui. Le sang, non. » Ça profanes, c'est l'afición. Le sang, nous ne le voyons pas. Rien qu'une couleur rouge sur des robes noires.

Un saut en Espagne par-ci, un autre par-là. Des courses vues chaque année dans mon Sud et mon Sud-Ouest. Mais, pourtant, l'Espagne enfermée dans les caves de ma mémoire, c'est en Italie, en Allemagne, en Suisse ou ailleurs que j'allais pour de plus longs séjours. Lorsque soudain, à Bayonne, dont j'aime les arènes couleur sang de bœuf dressées sur la colline, j'assistai, le matin d'une corrida d'août, à l'apartado [1], juché sur la passerelle dominant les corrales. Savez-vous ce que sont les corrales ? A ciel ouvert, le labyrinthe du Minotaure. Et vaqueros, mayorales, apoderados que font-ils, sur les passerelles en poussant de bas et gutturaux : « Ha, toro! Aara, toro! » et en ouvrant à l'aide de poulies et de cordes, les portes des successifs chiqueros dont les dimensions vont se réduisant – dans lesquels le toro est invité à entrer ? Ils conduisent vers l'ombre de sa dernière loge le monstre – portes vite rabattues, guichets qui retombent avec un bruit de guillotine – d'où il ne sortira, cornes hautes pointées vers le soleil, éternuant sa fureur et son étonnement, que pour voir, devant lui, une cape de soie rose se dérober. Je pensais que je voyais là l'une des cérémonies les plus belles et les plus étranges du monde. J'étais Thésée glissant d'un pas avisé sur les passerelles au-dessus du labyrinthe. Je pensais aussi que le toro, sombre poète (et

1. Opération qui consiste à séparer les toros parqués dans les corrales attenant à la plaza et à les faire entrer, séparément, un par un, dans les boxes d'où ils sortiront vers la lumière.

l'illusion fut parfaite lorsque j'entendis un vaquero qu'on hélait en l'appelant « Virgilio! »...), descendait les cercles de l'enfer vers la plus profonde des nuits d'où il ne remonterait à la lumière que pour avoir rendez-vous avec la mort. Alors, une émotion me secoua. Que faisais-je, en France, loin des mystères de ma Séville, de mon Andalousie et de mes toros au-dessus de tout adorés? Lorsque le dernier guichet tomba et qu'un apoderado ami, me tapant dans le dos, me demanda : « Ahí, Juanito, cuándo te vienes otra vez a España? » Je répondis : « El año que viene, Manolo! » Un grand poids de remords se souleva qui oppressait mon cœur. C'était décidé. L'année prochaine, j'irai revoir Séville.

Il était donc une fois un Anglais, grand amoureux de l'Espagne, que deux aficionados, des vrais, des obsédés, des cuits et recuits, écoutaient pérorer. « Ah! s'écriait-il, l'Espagne, quel pays de grands hommes! » « Oui, opine l'un des deux Andalous, Lagartijo, Frascuelo, Joselito... » « Velázquez, Goya, Murillo! » psalmodie l'Anglais. L'un des deux aficionados regarde interrogativement son copain avec un affolement dans le regard. Quoi, il ne connaît pas, lui qui sait tout, le nom de ces matadors? Mais l'ami le rassure : « Ce devaient être des banderilleros... »

L'aficionado n'est pas un individu normal. Il y a le Prado, à Madrid, la mosquée à Cordoue, le tombeau de Colomb et un retable extraordinaire à la cathédrale de Séville, des plages sur la Costa del Sol? Il s'en fout. Il ne le sait pas. Un tableau n'a pas de cornes, on ne torée pas dans la mosquée et Charles Quint, au lieu d'y incruster une église aurait mieux fait d'y arrondir une plaza; Colomb n'était pas torero et quel plaisir, seigneur, peut-on trouver à se baigner dans de l'eau salée et à rôtir au soleil alors qu'on est si bien, à l'ombre, sur le tendido n° 9 ? La mer, à quoi ça sert ? A la rigueur à être traversée pour aller au Mexique. Et au Mexique (ou en Colombie, etc.) qu'y a-t-il ? Des ganaderías, des ferias et des toreros. « Il paraît que Mendés a été bon à Aguascalientes et Campuzano très bon à Acho... » Et que se passe-t-il à Séville, Madrid, Valence, Cáceres, Bilbao ou Cordoue, quand il n'y a pas de toros ? Il ne s'y passe strictement rien et ces villes retombent dans un affreux néant. Vous avez dit Cordoue ? Oui oui, bien sûr, c'est la patrie de Manolete. Ronda ? Berceau des Ordoñez. Vous prétendez qu'il y a un Ordoñez ministre ? Est-il de la célèbre dynastie taurine ? Tolède ? C'est Domingo Ortega, né dans cette province. Ojeda le conquistador. Jamais entendu parler. Le seul Ojeda, pour moi, s'appelle Paco. Quant au quartier de San Bernardo, à Séville, quel serait son intérêt si Costillares, Pepe Luis Vázquez et Diego Puerta – pour ne citer que quelques noms – n'y avaient pas vu le jour ? Pour l'aficionado, il n'est qu'une géographie en Espagne, dans le sud de la France et même en Amérique latine où sont rayés de la carte le Brésil et l'Argentine, terres non taurines : une géographie aux seuls noms de provinces, villes ou villages gravés sur la carte de son unique passion. Un seul temps et un seul calendrier, celui des ferias : Feria d'avril à Séville, Fallas à Valence, Semana Grande à Bilbao... Quant aux saints, je vous en recommande trois, particulièrement aficionados : San Isidro à Madrid, San Fermín à Pampelune et San Miguel à Séville. Des villes, l'aficionado ne connaît rien d'autre que son hôtel et la plaza et son seul trajet consiste à aller de l'un à l'autre. Monuments, musées, palais, jardins, quartiers pittoresques, rien ne l'intéresse. N'existent, par exemple, à Madrid que Las Ventas et à Séville que la Maestranza, et toutes les rues ne sont chemins que pour conduire au temple. Autre chose encore dont l'aficionado a une idée tout à fait particulière et c'est le temps qu'il fait. « Beau temps, hein, Filiberto ? » Le soleil rayonne dur. Une brise, cependant, rafraîchit l'atmosphère. « Pas tellement. Il y a trop de vent. Espérons qu'il se calmera avant la corrida » (Le vent, comme chacun sait, est l'ennemi n° 1 des toreros; une gifle donnée dans cape ou muleta et le corps se trouve à découvert et offert à la corne.) Reste un autre temps, celui qui passe. Qu'en faire en attendant l'heure de la course? Rien. Le tuer. S'ennuyer à périr dans sa chambre d'hôtel. Descendons plutôt dans le hall où, au fur et à mesure que l'heure approche augmentent jusqu'à devenir énormes bouillonnements, les groupes qui discutent avec force cris, interjections, interpellations, embrassades et gestes divers. Qui discutent de quoi? De politique, du coût de la vie, du bras de fer Reagan-Kadhafi, de Tchernobyl, des élections anticipées par le gouvernement de Madrid? Non. Soyons sérieux : de toros y toreros. « On verra peut-être Curro toréer enfin... » « Il paraît que les vétérinaires ont refusé trois toros! » « Mais qu'est-ce qu'ils veulent les vétérinaires, des bêtes de six cents kilos, à Séville? Ils se croient à Bilbao? » « Robles, je vais te le dire, il a eu tort de vouloir templar [1] à tout prix son second toro parce qu'il croit qu'il faut faire ça à Séville. Et ça n'est pas parce qu'on s'avance à pas lents, trop lents, interminables, qu'on va lier les muletazos [2]. Aller comme une tortue vers le toro est une chose mais c'est pas pour ça qu'on lui arrachera cinq ou six passes... » « Ce qu'il y a eu de meilleur, hein, c'est les banderilles de Mariscal. Appeler de loin, aller au toro lentement, se laisser voir " alegrando [3] " au toro, puis, arrivé à juridiction, provoquer la charge, y aller et placer les bâtons " en todo lo alto ", à la perfection, avec sortie dangereuse mais retenue, ça, c'est banderiller. Comme ça, regarde... » « Non, ce toro ne convenait pas à Espartaco, c'était

1. Donner un rythme lent à l'étoffe.
2. Passes de muleta.
3. En éveillant l'attention du toro.

un toro pour Ojeda. Trop court pour Espartaco. » « Mais non! La vérité c'est que ce toro ne voulait pas humillar [1], n'avait que des demi-arrachées et puis, stop! il regardait tête haute la barbe du matador. Très dangereux. » « Parce qu'il ne lui avait pas trouvé la distance. Il le citait [2] de trop près. » « No, señor, avec ce genre de mansos, à arrachée courte, y'a pas de distance qui tienne. » « Sí, señor! Il n'y a pas de toros qui ne contiennent pas de faena. C'est le matador qui ne sait pas la sortir... » Etc. Pendant des heures. Ainsi de suite. Ça dissèque, ça discute, ça dispute. Le cigare s'éteint. Dans les immenses halls des hôtels, éleveurs, apoderados, critiques taurins, aficionados chevronnés, amis des amis font s'élever un fabuleux brouhaha qui monte jusqu'au plafond, s'y écrase, reflue, grimpe dans les étages, déborde dans la rue des Reyes Católicos, opère sa jonction avec celui du bar « Los Reyes Magos », de l'autre côté de la chaussée, roule jusqu'à la terrasse de « La Lina » et, si l'on ne prend pas l'héroïque décision d'y pénétrer, en fonçant sur un groupe de connaisseurs, vous repousse comme un mur. En vérité je vous le dis, qui n'a pas vu l'afición portée au rouge, avant mais surtout après une corrida, dans les bars situés entre Maestranza et pont de Triana, qui n'a pas entendu le grondement des tertulias [3], style quarantièmes rugissants, de partisans ou adversaires échevelés et mimant et remimant la course, eh bien celui-là ignorera toujours que l'Odéon, en mai 68, n'était, si on le compare au hall de l'hôtel Bécquer, après une corrida de Feria, qu'un havre de silence et de paix. Notons un prodige. Tout le monde se connaît, se retrouve, se rencontre et point du tout ne s'en étonne. Métier, condition, classe sociale, cela n'a aucune importance. « Voici Untel qui est un grand aficionado... » Le

1. Obliger à baisser la tête.
2. Appeler, solliciter le toro.
3. Réunions où l'on bavarde à n'en plus finir.

mot de passe lâché, il est tout naturel que Untel soit en ces lieux, déclare qu'il ira voir trois ou quatre corridas de San Isidro, a l'intention cette année d'aller à Pampelune, et espère vous retrouver à la Feria de Dax. Comment se débrouille-t-il pour avoir pareils loisirs, quel étrange métier de rentier exerce-t-il, d'où lui viennent les fonds qui lui permettent de sautiller de plaza en plaza, ce seraient là questions saugrenues. Se demande-t-on si les personnages de Proust ont des soucis d'argent et des problèmes de loyer ? Eh bien, demander à un aficionado par quelles ruses il alimente le fourneau de sa passion et s'approvisionne en drogue tauromachique relèverait de la même incongruité. Enfin, s'il vous déclare que demain il va faire un tour « al campo », ne croyez surtout pas qu'il aime la campagne et a l'intention de s'y promener en se gorgeant d'oxygène. El campo, pour lui, c'est *toujours* un élevage, et s'il s'y rend, demain, ce ne peut être que pour visiter une ganadería, voir des toros et, éventuellement, assister à une tienta que l'éleveur aura organisée dans la petite plaza. « En mai, j'étais à Madrid », « Demain, je vais al campo », « Cette année, je n'étais pas à Valence », etc. supposent toujours que vous opériez une traduction automatique lorsque ces phrases sont prononcées par un aficionado. En leur premier sens immédiat, elles ne veulent rien dire.

Je dis la drogue. L'heure de la piqûre arrive enfin et c'est lorsque sonnent les clairons aigres et que les cuadrillas s'avancent vers la tribune de la présidence, saluent, offrent la cape de parade à des bienheureux de la barrera. Alors la paix en attendant le « flash » – en l'espérant en tout cas – qui de la gorge arrachera les « Olé... ». La campagne, ça n'existe pas. Pour l'aficionado farouche, il n'y a pas, en Andalousie, d'orangeraies, de champs de coton, pas d'oliveraies, pas de blé, nada. Il y a (ou il n'y a pas) des ganaderías dont il épelle le nom, au bord des petites routes, ou déchiffre le fer. Moutons, chèvres sont à ses yeux de déplorables animaux à la présence très ennuyeuse; quant aux bœufs, méprisables mansos, que font-ils là, dans les champs, avec leurs cornes stupides et leur pelage ridicule tout juste bon à être transformé en bottes? Pourquoi n'élève-t-on pas que des bravos, en Espagne, et, dans les villages, pourquoi les enfants ne toréent-ils pas les autos au lieu de jouer au football? L'aficionado pur est un malade halluciné.

Existe encore un spécimen assez répandu : le malade halluciné mais perpétuellement écœuré bien qu'il ne rate jamais une course. Pendant quinze jours, à Séville, j'eus pour voisins deux exemplaires chevronnés de cette race. Ils grommelaient entre les dents, bavardaient entre eux, ne daignaient même pas regarder les maestros. Parfois un coup d'œil, un haussement d'épaules, un sarcasme lancé : « Pourquoi tu ne rentres pas à l'hôtel puisque tu as raté ta sieste ? » « Tu ne vois pas que ce toro a épuisé son Butane ? Y'a plus de gaz. » Et le repapotage recommençait. Ils ont crâne déplumé et poil blanc. Ils ont tout vu, ils savent tout. Ils ne regardent même pas la course, ils la suivent à l'oreille; si les orgues des « Ooolé... » se mettent à rouler, alors ils risquent un œil. Mou. Mais leur silence est déjà, pour ces crocodiles, manière macho de louer.

Parfois, ce n'est qu'un songe, on croirait, tant ce pays est d'*hommes,* que les femmes n'y ont été qu'invitées. Pour que les mâles à elles se donnent en spectacle en se promenant vaillamment, comme coqs, autour de croupes souvent rebondies aux frémissantes plumes. A l'origine, on jurerait qu'il n'y avait sur cette terre que des hommes qui un jour se livrèrent à une gigantesque razzia de Sabines; captives qui, en deux œillades et trois roulements de hanches, eurent tôt fait de conquérir leurs féroces vainqueurs. Et les voici, ces étalons qui, dans le flamenco, trépignent du fer pendant qu'autour d'eux virevolte la pouliche. Et d'un coup de tête, elle dénoue sa crinière noire d'alezane et la secoue pour rappeler au mâle qu'elle n'acceptera d'être vaincue qu'au prix d'une sauvagerie.

Œillades d'Andalousie à nulles autres pareilles. Regards entraînés depuis des siècles à se couler à travers grilles, jalousies, volets à peine entrouverts et portes cloutées de fer donnant sur le jardin ou le patio où grelotte le jet d'eau. Doucement, le loquet est abaissé et, à travers la fente, luit le long regard. Œillades derrière l'éventail qui bat et dont on dirait que le souffle attise « des yeux de braise ». Œillades qui glissent, sous la mantille, à travers la herse des cils. Il y a de l'Orient, de l'Afrique, de l'Arabie et du harem dans ces jeux et manèges. Œillades habituées à se faufiler à travers mille obstacles, à éviter la silhouette du prêtre, à s'allumer à la flamme du cierge tenu trop près du visage, à luire derrière une colonne, à se distraire de la contemplation d'une Vierge et les plus belles qu'on reçoit, Seigneur, Marie, Joseph et tous les saints pardonnez-nous, c'est, toujours parce qu'elles y brillent plus fort, dans la pénombre des églises.

Ce n'est pas vrai, me dit une voix. Elle n'est plus cette Andalousie des éventails et des paupières baissées sur des regards de feu. Carmen, décédée, ne roule plus le cigare sur sa cuisse dorée, à la « Fábrica de Tabacos » dont la superbe bâtisse a été transformée en Université d'où s'écoule une jeunesse en blue-jeans. Carmen ne chante plus qu'à l'Opéra et ses arrière-petites-filles se glissent entre le flot des automobiles. Votre Espagne est de chromos et de contes; et les guitares aujourd'hui sont électriques et raclent le rock infernal. Elle s'est épluchée de ses volants et de ses châles, l'Espagne, de ses capes et de ses mantilles. A Madrid, aux Toros, vous verrez même des belles manier, en guise d'éventails, de petits ventilateurs à piles importés de Taiwan.

Épluchée de ses falbalas et toute nue – nu intégral, « con pelo » – dans les boîtes de nuit.

Elle a peut-être raison, cette voix, mais qu'il me plaise et je ne l'entends pas. Une seule jupe à volants, à Séville, pendant la Feria, un seul éventail, une seule chevelure aux bandeaux lisses et noirs tirée en arrière par un chignon serré, un œillet à la tempe, un seul regard coulé par-dessus l'épaule du cavalier et tout est immobile. Rien n'a changé. L'éternité se venge et l'Espagne « moderne » se transforme en poussières envolées vers des lunes.

Ainsi, à Florence, il me suffit d'un heurtoir de porte, du dragon de bronze d'une fontaine devant laquelle passent, indifférents, passants et automobiles (ils ne savent pas, ces misérables, qu'il est de Buontalenti, le dragon!), il me suffit du petit griffon de Gianbologna, accroché au coin des rues degli Strozzi et di Viecchieti et que personne ne regarde pour que s'effondrent toutes les vitrines des boutiques « de luxe » et que le Médicis, dans la cour de son palais où je volerai un citron, me souhaite la bienvenue.

Ainsi, à Venise, une seule gondole, échouée près d'appentis de bois où sèchent deux chiffons, l'un bleu et l'autre rose, et aussitôt, de l'autre côté du rio, Whistler et Chahine gravent la scène; et Guardi vient à passer. Elle est retrouvée, quoi? L'Éternité.

Je le prétends, alors, que l'Andalousie brille toujours de milliers d'œillades, puisqu'une seule l'illumine toute. D'ailleurs, à la Maestranza, lorsque le matador promènera son triomphe autour de l'arène, vous verrez les regards de milliers d'Ariane, toute pudeur balayée, dévorer Thésée en escarpins, éclaboussé d'or et de sang mais brandissant l'oreille du Minotaure. L'Espagne « moderne » dans un plateau; un cartilage poilu dans l'autre et mon cœur vers celui-là déséquilibre le fléau.

Rassurons-nous, le maire de Séville, socialiste rose bon teint, préside les cérémonies de la Semaine Sainte, le señor

Floranes, édile socialiste, portait cette année sur ses épaules le « paso [1] » de la Confrérie de San Estebán et toutes les autorités, appartenant à tous les partis, soit se sont inclinées au passage des processions, soit y ont participé comme Nazarenos [2] encagoulés, pénitents porteurs de croix ou humbles « costaleros » halant sur leurs épaules les fabuleux « pasos ». Allons, toros, saints, vierges, christs et danseurs, respirons... Tout n'est pas perdu. D'ailleurs, en voici la preuve. La fille de Pepino le Gitan, seize ans, se fait engrosser par un Anglais qui disparaît. Terrible colère paternelle. Mais le séducteur était un gentleman, très amoureux de la gitanilla et, s'il avait disparu, c'était parce qu'il était allé à Londres prévenir sa famille et chercher des tas de papiers afin de réparer, par un mariage, sa faute. Il revient à Séville, bondit chez Pepino qui habitait une rue – du côté de San Román – dont j'ai oublié le nom et s'écrie : « Pepino, me revoici et voici les papiers, j'épouse ta fille. » A quoi le vieux gitan répondit : « No! – Y por qué? Et le niño qui va naître? » demande le fils d'Albion. « Porque je préfère que le petit soit un fils de pute plutôt qu'un fils d'Anglais. » Olé, Pepino! Ça, c'est flamenco et, ici, n'est pas Don Juan qui veut.

1. Les pasos sont des sortes d'énormes pavois rectangulaires (ils peuvent peser plus de deux tonnes) sur lesquels sont juchés les Christs, les personnages de la Passion et les Vierges de la Semaine Sainte. Ils sont dorés, argentés, drapés, couverts de centaines de cierges et de fleurs. Et portés, à dos d'homme, par des volontaires appelés « costaleros », dont on n'aperçoit, au ras du pavois, que les pieds.

2. Nazarenos : ceux qui sont vêtus de robes et masqués de cagoules.

TROISIÈME CAPRICE GOYESQUE ET QUI CONCERNE LA TÊTE DE GOYA LUI-MÊME

N'est pas Don Juan qui veut, en Espagne. Ni os de Christophe Colomb. Ni Gitana « desnuda » se faisant passer pour duchesse. Ni crâne de Goya. C'est difficile et Monsieur le Consul d'Espagne à Bordeaux était atterré. Il se faisait une joie non pas macabre mais patriotique à la pensée que le cadavre de son glorieux compatriote allait enfin regagner l'Espagne. Pour la France qui a jeté ses rois à la voirie, et où le culte des grands morts est prétexte à banquets politiciens avec envolées républicaines, rien de grave. Pour l'Espagne, une catastrophe. Et Monsieur le Consul avait beau regarder, il y avait bien deux cadavres, dans la tombe, mais une seule tête. On savait, certes, que le peintre avait été enterré avec l'un de ses amis, comme lui exilé, et la présence de deux cadavres n'était pas anormale mais, première question, où était passée la deuxième tête et, deuxième question, à qui appartenait celle qui restait ? A l'ami ? A Goya ? Que faire ? Envoyer à Madrid un cadavre sans tête ? Il ne restait plus qu'à appeler au secours la science, c'est-à-dire, en l'occurrence, la phrénologie qu'un docte Allemand (le professeur

Gall) avait eu la bonne idée d'inventer au début du siècle et dont la vogue n'était pas encore éteinte sous l'entonnoir du ridicule. Lors, on examina les crânes et leurs protubérances. Goya, ayant été génial, ne pouvait pas ne point posséder la bosse du génie. On examina et tâta, mais la tâche s'avérait difficile car, comme la deuxième tête avait disparu, aucune comparaison n'était possible entre un crâne génial et un autre qui ne l'était pas. Enfin, s'il s'avérait phrénologiquement que l'unique tête était celle de l'ami, allait-on rapatrier Goya décapité ? En ces cas extrêmes, ne reste plus qu'une solution et elle est d'autorité. Oui, c'est la bonne tête! Et c'est ainsi que Goya, tête sur les épaules (la sienne ?), fit son entrée à l'Ermita de la Florida – à Madrid – dont il avait peint les fresques. Mais alors, l'autre crâne, où est-il ? Et si un admirateur fanatique du Maître avait violé la tombe ? Ne m'a-t-on pas assuré qu'il existe une honorable famille qui se vante de posséder le crâne de Goya ? Oui, mais l'ancêtre voleur a-t-il pris le bon ou le faux ? Comment a-t-il reconnu celui du Maître ? Était-il expert en squelettes ? A-t-il tâté les bosses, à la lueur d'une lanterne sourde et drapé, sous la lune blême, dans une cape couleur de nuit ? Il s'enfuit, lanterne éteinte et crâne sous le bras. Le ciel fut zébré d'un éclair. Le tonnerre gronda. C'était Don Francisco Goya y Lucientes qui, là-haut, poussait un rire qui fit trébucher le voleur.

Nous sommes au pays de Don Juan, burlador de Séville. Burladero : cet abri de planches où le torero se glisse comme anguille pour échapper à la charge ou regagner tranquillement le couloir intérieur (callejón) à la barrière. Et ce mot, burlador, signifie « trompeur ». Et *burlarse* c'est se moquer. On trompe le toro comme l'autre les femmes. On se dérobe à sa furie, on s'évanouit dans la barrière comme un passe-muraille, mais la règle correcte exige que l'homme, en se dérobant, donne un envol à la cape pour que l'adversaire lève haut la tête et n'abîme point son armure en frappant les planches de l'abri diabolique. Don Juan agit de même. Il accueille les femmes à la cape, il les enroule autour de lui en lentes séductions et les enchante. Il les torée de main de maître mais, si l'assaut est trop fort, il s'évanouit derrière un invisible burladero. La mise à mort a eu lieu dans une autre arène et ce fut une autre immolation. L'épée a été fichée sans que la victime en meure. La véritable mise à mort, c'est, dans les murs complices de Séville, l'évanouissement du séducteur. Les femmes, en Espagne, ça se torée. D'ailleurs, d'un coup de plume, rien ne me serait plus facile que de faire basculer tout le vocabulaire et toutes les conduites de l'amour dans la tauromachie. Le féminisme n'y trouverait pas son compte mais Vénus, conquise par le dieu de la Guerre, renaît toujours de l'onde pour approuver mon indigne propos, souillé de passé depuis des millénaires.

J'accorde que si doña Elvire avait pris la pilule et si les toros étaient rendus dociles par quelque anesthésique, le Commandeur n'aurait rien à reprocher à Don Juan.

Elvire tout imbécile, devant le burladero. Où est-il passé, après tant de promesses? Il était si beau et si douce notre danse...

Une autre vision « des choses » est possible, grâce à un autre regard. Le torero serait, ai-je entendu déclarer par des doctes, la féminine créature qui séduit le mâle brave et naïf pour, à la fin, le tuer. A preuve quel est, des deux sexes, celui qui possède le mieux la ruse, qui fuit, revient et le plus habilement esquive, qui s'offre et s'efface après avoir, derrière lui, entraîné celui qui croyait l'avoir capturé? Et quel est celui qui se retrouve coi devant la porte fermée ou debout sous le réverbère avec son bouquet de fleurs à la main? Qui, sinon Albertine, disparaît derrière les miroirs des burladeros? Torero-femelle, toro-mâle. Oui, si l'on veut. Non, je n'y crois pas, et si je m'aventure hardiment dans ce genre de parallèle d'où quelque imbécillité, fût-elle profonde, n'est pas absente, et si je me mêle à mon tour à cette discussion sur le sexe angélique des toros et des matadors, je prononcerai que le torero est le mâle Don Juan, louche d'une androgynie, allons je l'accorde..., et que le toro...

Alors, quoi, le toro? Alors, la Terre, la Bête, la Mer, la Vague, la Force, la Ruée, la Beauté vierge et tous ces mystères, hantés par l'immense puissance primitive, qui sont la Nature. Alors le torero affronte peut-être une femme mais elle est LA bête. Alors, le toro, c'est LA Nature avec des testicules. Allez vous y reconnaître!

N'essayez pas. Laissez-vous aller et arrêtez de vous poser ces oiseuses questions. Laissez que tout soit femelle et mâle en même temps, dans cette alcôve qu'est une arène, dans ce couple qui s'y étreint, s'aime et se hait, se caresse et se tue en plein soleil (car, prodige! l'alcôve est par la lumière dévorée...), soyez voyeur de ce mélange et de ces amours. Une précision cependant : si vous êtes aficionado, votre regard sera plus vicieux et distinguera, dans la pénombre éblouie, qui, au gré des rythmes, est tantôt le forniqué et tantôt le fornicateur. De la Bête ou de l'Homme qui – tiens c'est Elle, non c'est Lui, tiens c'est de nouveau Elle... – baise l'autre. C'est bien de posséder une culture aficionada, ça permet de suivre les ébats d'un œil connaisseur et vicieux et, évidemment, ça ajoute quelque chose au plaisir.

Hier, X s'est fait baiser par son deuxième toro. Bien sûr, il l'a tué, à la fin. Mais il a été proprement baisé et son coup d'épée n'a été que manière de s'enfuir de la chambre en claquant la porte n'importe comment. Tragédie, la tauromachie, mais aussi, à l'occasion, vaudeville lorsque le combat tourne à la scène de ménage. Mais qui, de celui (ou de celle) qui lance des assiettes en forme de capes à la tête de l'autre ou des rouleaux à pâtisserie en forme de cornes vers le ventre de l'autre, qui est l'homme ou la femme ? Difficile, dans ce tourbillon, de le deviner. Sifflons!

Espagne, Pays macho. L'Andalousie, de toutes ses provinces, étant à la fois la plus femelle et la plus mâle. Nécessairement, la plus torère puisque tremble, dans la tauromachie, une équivoque. Il y a du louche dans ce qui se passe sur le sable d'une plaza et personne ne me l'apprendra et, inutile de se donner cette peine, c'est hyper-homo, hyper-macho, hyper-femino, hyper-tout cela mélangé. Chacun, s'il retrouve à la fin celui qui lui appartient, n'en change pas moins plusieurs fois de sexe, sur les gradins de la colère ou de l'enthousiasme. Des femmes se transforment en hommes, des hommes en femmes, et les deux sexes s'entre-toréent et se mêlent et se confondent comme l'homme et l'animal dont le combat soulève les broncas [1] ou les olés.

Séville de mes pèlerinages où je tourne comme le toro dans l'arène en marquant, ici ou là, mes territoires. Mes *querencias*, en langage de l'afición. Ainsi, aujourd'hui, je me rendrai d'abord, après avoir traversé les neiges du tout blanc Barrio de Santa Cruz, plaza de los Refinadores. Peut-être déjeunerons-nous à « La Cueva », calle Rodrigo Caro, dans le fond du restaurant, à droite, et sous la tête empaillée d'un magnifique novillo qui eut l'honneur d'être estoqué à Cáceres, en 1912, par Joselito âgé de quinze ans. « Sur ce piano joua Mozart... » et j'étais fort ému, à Salzburg, en visitant la maison natale de Wolfgang-Amédée. Ce novillo de Don Juan Contreras (Badajoz) fut toréé et tué par un autre enfant prodige. A Salzburg, j'effleurai pieusement un piano; à Séville, des cornes. Ou bien nous casserons une

1. Tollés. Huées.

croûte chez l'ami Bartolomeo, en plein air, sur la petite place ourlée, à droite, lorsqu'on arrive par la calle Agua, par les « Jardines de Murillo » où des magnolias au tronc plus gros que les piliers de la cathédrale hissent vers le ciel de gigantesques dais de feuilles luisantes. Bartolomeo, ça, c'est un vrai aficionado.

– Qu'est-ce que tu veux manger ?

– Du jambon et des œufs au chorizo.

– Jambon, œufs au chorizo. Tu as vu la corrida de Murcie, hier. Et alors ?

– Cascales a coupé une oreille à son troisième.

– Évidemment, c'est leur pays.

– Le quatrième a dû être changé mais le sobrero a été très bon.

– Ortega Cano a banderillé ?

– Oui et il a raté sa troisième paire. Moins bon que Mendés, aux banderilles.

– Mendés est le meilleur. Dommage qu'à la muleta il ne fasse presque rien. C'est ça, Mendés...

Et Bartolomeo, cambré, main ouverte, torée une chaise pendant que le garçon apporte les œufs.

– C'est ça. Ce n'est pas ça...

Et, entre les tables, Bartolomeo donne une naturelle « de antología », comme disent, en Espagne, les aèdes critiques taurins.

– Cano est beaucoup aimé à Madrid. Ici pas beaucoup. Ici, on aime les artistes.

C'est vrai. Hier, à la terrasse de « La Lina », je lisais mon *ABC* et mon *Correo de Andalucía*. Et, comme la Feria approche, toute la gitanerie cireuse de bottes avait rappliqué à Séville pour y faire des affaires à trois cents pesetas. C'était donc le septième ou huitième lascar qui, sa boîte en bois sous le bras, venait me courtiser.

– Non, merci.

Mais le jeune bougre est obstiné.

– Ils sont jolis, tes souliers. Allemands?

– Non, français.

– Tu es français?

– Oui. Et toi, tu es gitan?

– Oui, de Grenade, des grottes de Sacromonte.

– Ah! Et tu es ici pour la Feria! Tu aimes Séville?

– Non, je préfère Grenade. Elle est beaucoup plus flamenca, Grenade...

(J'expliquerai plus tard ce qu'est le flamenquismo...)

« ... Je connais la France. Je suis allé y vendanger, une fois. J'ai traversé Toulouse. Je connais très bien. Et toi, tu es gitan?

– Non.

– Je croyais. Tu n'as pas une tête de Français. Tu as une tête de gitan.

Comment résister à ce rare compliment? Allais-je céder? Un argument me décida.

– Je te cire les souliers? Tu verras, je suis un artiste, moi.

Vaincu, j'allongeai la jambe. Trois cents pesetas. J'en donnai cinq cents. Une fortune mais comment, à se souvenir de Mécène, ne pas récompenser un artiste?

Cela dit, les limpiabotas ne sont plus ce qu'ils étaient. Naguère, oui, c'étaient des Velázquez du zapato, à la conscience professionnelle digne de tous éloges. Hop, hop, coups de brosse! Clap, clap, battement sec de la main culottée de cirage sur le cuir. Hop, hop, coups de brosse avec changement de main comme si l'outil volait d'une paume à l'autre. Un crachat sur les souliers, non de mépris mais – à mon avis et si l'on est poète – pour rendre grave la cérémonie (« Ceci est mon cirage, ceci est ma salive ») et prouver que l'artiste se donne au chef-d'œuvre de tout son corps. Encore un soupçon de cirage ici ou là et, enfin, les derniers envols triomphants de la brosse. Si vous lisiez le journal, durant l'opération, un petit « Toc! » sur la boîte ou sur votre soulier pour vous annoncer que « Ite missa est ». Au bout de vos jambes, deux diamants qui font prisonnier le soleil et vos vieilles pompes, naguère funèbres, transformées en joyaux. C'était de l'art. Aujourd'hui, l'officiant y va plus rapidement et, même si le coup de brosse reste virtuose, il faut déplorer un peu une légère diminution de l'antique conscience professionnelle. Heureusement, parfois le limpiabotas chante. Quelques bruits de gorge flamencos, pas plus, et distraits, mais c'est toujours ça; il chante. Je me souviens qu'en des temps anciens, lorsque mon génial Caudillo (cela est une provocation) gouvernait mon Espagne, de miens amis (qui aujourd'hui ne le sont plus) s'indignaient de l'existence des limpiabotas, misérables martyrs du franquisme. J'objectais que se faire couper les cheveux ou accepter qu'un tailleur raccourcisse votre pantalon relevait également d'une conduite fasciste. Et ne parlons pas de l'esclave qui, au restaurant, vous apporte les plats ou de l'opprimée qui lave vos chemises et chaussettes sales. Butés, les amis. Jamais ils n'auraient accepté qu'on leur cirât les bottes sauf quand ils publiaient un livre et soupiraient après une bonne critique complice en promettant de cirer à leur tour l'ouvrage à venir du confrère. J'expliquais aussi la grandeur sacrée et antique du limpiabotas. Je rappelais que le pape, chaque année, va plus loin et lave des pieds. Je citais Homère et la vieille Euryclée : « Or, à peine à ses pieds pour lui donner le bain, la vieille reconnut le maître (Ulysse) à la blessure... » Butés toujours, les amis. Une vieille n'a pas à s'agenouiller aux pieds d'un soudard. Homère, Franco, même fascisme. Tant pis. Retour à Séville et dissimulé derrière le papyrus de mon journal, j'abandonne mon soulier au limpiabotas. Il reconnaît, après tant d'années, la forme de mon pied. Il s'écrie : « Ulysse, c'est donc toi! Et moi qui ne t'ai pas aussitôt reconnu. Il était devant moi, je le palpais, mon maître! » « Gitano, garde mon secret et laisse faire aux Dieux! » (*Odyssée,* XIX.) Gitano, chut! après les mille épreuves de mille voyages, je suis revenu à Séville où de ce temps mes Pénélope brodaient et rebrodaient, en m'attendant, des capes de paseo. Nous en étions là, en France, dans cette ganadería appelée Saint-Germain-des-Prés, où ruminait la race intellectuelle « de mala sangre ». Obligation, à cette époque, d'allonger la tauromachie sur les lits de Procuste de la politique. Un hic : Hemingway, auteur de *Mort dans l'après-midi* et d'un républicain *Pour qui sonne le glas*, sans oublier *le Soleil se lève aussi*, n'était pas fasciste. Casse-tête. Sournoisement, je l'enveloppais de coton.

Gloire éternelle aux limpiabotas. Un coup sévère, pourtant, a été porté à leur art avec la diabolique invention des baskets. Il faut les voir, alors, jeter un regard écœuré sur ces ustensiles de plastique, de toile et de caoutchouc. On dirait des picverts s'acharnant du bec sur les colonnes de Buren. Ulysse en baskets! Ils se dirigent vers une autre terrasse à la recherche du héros aux pieds gainés de cuir.

Et gloire aux mendiants! Séville en possède un stock qui reste stable durant toute l'année mais qui augmente aux approches de la Semaine Sainte et de la Feria grâce aux arrivages de toute l'Andalousie. Mendiants, estropiés, montreurs de moignons, gosses qui supplient piteusement, fous, idiots, aveugles, descendus des tableaux de Zurbarán, de Murillo et de Valdés Leal, nains toreros qui auraient été bouffons du roi et qu'eût peints Velázquez. Foule des mendiants, des picaros à l'œil qui luit, des vauriens descendus de la sierra avec un couteau sous la cape, pendant que brille le Siècle d'or et que l'on représente les somptueux autos sacramentales, que passent dans les rues et le long du fleuve les marchands enrichis par le négoce avec les Indes, que dans les couvents disputent les théologiens tridentins et les savants docteurs en robe rouge ou noire venus de Salamanque. Le fou jouait au fou...

(Derrière la cathédrale, là où sont rangées sous les

orangers les innombrables calèches pour touristes, un fol dispose de minuscules chameaux sur le trottoir, les enferme dans une arène tracée à la craie, défroisse une muleta et, à grands cris, proclame qu'il est Belmonte réincarné et que, Ooolé! c'est comme ça qu'on torée. « Yo soy el número uno! »)

... le mendiant jouait au mendiant... Et, à genoux au beau milieu de la calle Sierpes, la rue chic de Séville (son Faubourg Saint-Honoré, si l'on veut) où s'épaulent les belles boutiques, où d'antiques señores à la cravate impeccable et épingle ad hoc, le soulier éclatant et noblement assis dans des fauteuils de cuir, discutent de todo et surtout de nada derrière les vitres teintées de leurs clubs, calle Sierpes, des mendiants à genoux, bras écartés comme des crucifiés entre lesquels se déploient des bannières où ils ont écrit leur misère; et le flot des passants se divise et coule, indifférent. Plus loin un saint Joseph porte son Jésus. Assis sur une marche, un autre, tête baissée, fixe le trottoir et deux gosses, admirablement dressés, se blottissent contre lui, les yeux morts.

L'estropié jouait à l'estropié... Paseo de Cristobal Colón, entre la calle de Los Reyes Católicos et la Maestranza, là où coule le torrent des aficionados se rendant à la plaza, les jours de Feria, vous verrez, écroulé contre un mur, l'estropié exhibant ses moignons tout roses, la femme sans bras, l'aveugle qui psalmodie, la gitane aux jupes grouillantes d'enfantelets, le filou qui revend des entrées au marché noir, l'aveugle qui s'obstine à brailler, d'une voix de prophète, qu'il lui reste le billet qui va gagner « el gordo » (le gros lot) : « Me queda el gordo! Me queda el gordo! »

C'est le *spectacle.* Chacun y joue son rôle. Le passant qui passe mais qui, parfois, laisse tomber la peseta « pour l'amour de Dieu » et non pour celui de l'humanité, le mendiant, l'aveugle, l'infirme, les énormes gitanes obèses du ventre, des seins, des fesses, des jambes et qui, à la porte de l'Alcázar, vous jurent qu'elles vous offrent l'œillet. C'est le spectacle très antique et pourquoi le fou irait-il à l'hôpital puisque son métier est de faire le dingue à travers la ville. Sans le mendiant, comment le riche ou l'âme pieuse manifesterait-il sa charité ? Sans le voleur, comment reconnaître l'honnête homme ? L'étranger inculte s'indigne au lieu de se réjouir en voyant que de l'historique picaria brillent encore des éclats sur la jupe « moderne » de Séville.

Celle-là, cette jeune gitane, je l'avais repérée, assise comme une pietá à la porte de la cathédrale et une fillette désolée tête posée dans son giron. Ô pitié! Ô douleur! Ô misère. Mais, chaque jour, je sirote mon cafecito, du côté de quatre heures, à la même terrasse où je regarde d'un œil examinateur rouler la fesse andalouse et passer la jambe sévillane. Ravi, je donne des notes. Or, à quatre heures pile, qui aperçus-je, venant de Triana et filant, par la calle Zaragoza ? Ma jeune gitane de la cathédrale se rendant chaque jour au travail. Le pied léger, la taille cambrée, elle claque des doigts et chantonne, heureuse, et sa fillette sautille allégrement à ses côtés. Dans dix minutes, vous la verrez en revanche, devant le porche de la cathédrale, la mine ravagée de malheur, l'œil mou, une main tendue et l'autre caressant le front de l'enfant qui, elle aussi, aura repris sa pose. A quatre heures pile, chaque jour. Au boulot et qui consiste, de quatre à huit, à jouer la pauvre et si jeune mendiante qui n'en reste pas moins douce mère. A huit heures, olé! elle bondira sur ses pieds et, d'un pas dansant, reviendra à Triana compter le butin de sa journée. Saluons. Ça, c'est être sérieux. Ça, c'est du professionnalisme. Du métier. De la grande comédie. On devrait, à Séville, ouvrir l'École des Hautes Études de Mendicité. J'y expédierais, pour y suivre des cours, tous mes clodos et mendigots de la rue de Seine, à Paris, qui ignorent le B.A.-BA du métier.

Grossiers. Ignares. « T'as pas cent balles ? » « Je sors de prison... » « Je suis chômeur... » Sont-ce là des choses à dire ? Et ce tutoiement vulgaire! Et cet appel à la sensibilité socio-humaniste! Et cette sournoise mise en cause des prisons et des vaines mesures prises par le gouvernement contre le chômage! Rien qui ne relève de l'amateurisme moderne le plus éhonté et le plus insolent. A Séville, ils apprendraient à devenir de vrais artistes, c'est-à-dire à être fidèles à la tradition historique. A ne pas claironner : « T'as pas cent balles » mais à murmurer : « Pour l'amour de Dieu... » « Pour los niños... » (il y a des variantes sur le même thème) et, à répondre, comme ma mendiante préférée, qui travaille devant une petite église : « Que Dios te lo pague. » (Que Dieu te le rende.) Hélas, en France, tout dégénère, même l'art de bien mendier, heureusement florissant encore à Séville. On me dira que nous avons importé des Tziganes yougoslaves afin de rehausser le niveau déplorable de nos clodos et faiseurs de manche. Je répondrai que ce ne sont là que pâles répliques des gitanes andalouses et qu'en outre, elles ne sont pas intégrées à nos décors urbains. C'est de l'importation et non un pur produit de notre terre et de notre asphalte. Je suis contre et même Gustave Doré (*Mendiants à Cordoue, Mendiants devant une porte d'église, à Séville*, etc.) ne daignerait point affûter son crayon pour les dessiner et les rendre immortels.

Spectacle, le courage dans l'arène l'est aussi puisqu'il est défi, et lorsque le maestro, après un beau travail de muleta qui a laissé le toro cloué sur le sable, bombe le torse, creuse les reins et défie les gradins de trois coups de menton, c'est manière de remonter la pendule à courage, c'est recette pour se vidanger, en se redonnant forme de héros statufié, de ce qui fut sa peur.

Que si je viens un peu de gambader, j'en demande pardon mais Séville est une tentatrice qui vous invite sans cesse à la suivre dans quelque ruelle pour vous souffler une confidence, une séductrice qui volontiers vous coupe la parole et monologue sans se soucier de votre présence. On se met à chanter. On danse. Difficile, dès lors, de garder son sérieux de pèlerin. Mais prenons la calle Mezquita et, plaza de los Refinadores, saluons avec une joie respectueuse notre divin maître. Il est superbe (je mens, la statue est médiocre mais la passion m'égare), tout de bronze verdâtre, dressé sur son socle, bottes hautes, menton pointé, rapière au côté et regard vainqueur. Dans l'écrin blanc de la place aux balcons d'où cascade le sang des géraniums, enveloppé par l'encens délicieux des fleurs d'oranger et ondoyé par les panaches de cinq palmiers, le héros. Et, gravé sur le socle, ces mots que je transcris d'une plume d'autant plus pieuse qu'ils déchaîneront, je l'espère, la terrible colère des M.L.F. du monde entier qui aussitôt adresseront des protestations au Parlement européen et recueilleront des signatures, de New York à Stockholm et de Londres à Saint-Germain-des-Prés, pour que le gouvernement espagnol détruise la statue, et, à sa place, répande le sel purificateur. (Madrid répondra : « Ça n'est pas mes oignons et ce problème relève du Parlement d'Andalousie. Comme Don Juan est sévillan, c'est Séville que ça regarde. Saludos amigos. Signé : El Gobierno español. »)

Sur le socle : « A Don Juan, en hommage à sa figure universelle et à l'orgueil de son mythe. » Et : « Ici est Don

Juan Tenorio et il n'y a pas d'homme comparable. » Et encore : « Que les querelleurs le cherchent / Que les joueurs l'entourent / Qu'on le vante / Qu'on lui barre la route / Voyons qui lui est supérieur au jeu, au combat et en amours! » Autour de la place, les palmiers hochent la palme en signe d'approbation. Moi aussi et, ce jour-là, à quelques mètres de la statue, un jeune gitan égratignait doucement sa guitare, les yeux baissés sur la table d'harmonie où, au lieu que fût dessiné un cercle, je croyais voir un cœur. Il était, il n'y va pas de ma faute, de mon imagination ou d'un mensonge, solitaire et très beau.

Mais où donner de la cabeza, à Séville, avec Don Juan et ses avatars mystérieux et farceurs. L'un, en papier, est fils de Tirso de Molina, l'autre, je vous dirai où il fut assassiné, le troisième termina saintement une vie pécheresse. Un brin de romarin pour lier le tout et le mythe embaume ma mémoire. Le premier (je ne respecte pas la chronologie), tout le monde le connaît grâce à Tirso de Molina, qui était sinon moine du moins frère (Frère Téllez). Tenorio occit le Commandeur de Calatrava après s'être très mal conduit avec sa fille et ce n'était pas la première fois que ce fripon, de Naples à Séville, se conduisait comme un voyou impie. Le Commandeur, d'un coup de poing de pierre, l'expédia aux enfers. Mais où celui-ci fut-il, par l'épée de ce mauvais garçon, percé? Pèlerinant toujours, menons notre enquête, coiffé du plat à barbe de la Guardia Civil. Derrière la mairie, on traverse la place San Fernando pour prendre la rue Hernando Colón et déboucher sur la rue Alvarez Quintero toute criblée de bars ou bodegas dont l'une « Las Escobas » fêtait cette année son 600e anniversaire en offrant bocadillos et bière à ses clients. Là, sur le trottoir, encore qu'aucun consommateur de « Las Escobas » ne se soit risqué à nous le confirmer, Don Juan plongea sa rapière dans le sein du Commandeur. En pleine rue et non dans un palais, ce qui est en contradiction avec le rapport du sieur Tirso de Molina. Pourtant, d'autres témoignages, dans le but peut-être d'égarer notre enquête, nous assurent que le meurtre eut lieu au coin des rues Alhondiga et Gerona, devant « El Rinconcillo » qui est une taverne enfumée aux murs blancs émaillés de céramiques, tapissés de bouteilles et où jambons et chorizos pendent du plafond en stalactites. « Las Escobas », « El Rinconcillo » ? Le mystère demeure. Et nous voici en face d'un autre Don Juan, en concurrence avec le Tenorio. C'était, m'a-t-on conté, un jeune gentilhomme, Pedrito, de l'illustre famille des Ribera, ducs d'Alcalá et de Medinaceli, marquis de Tarifa et de la Torre. A la tête d'une bande de jeunes aristos de son espèce qui se croyaient tout permis derrière la grandeur de leurs noms, il semait une insolente terreur dans Séville. Ou, soyons indulgent, faisait la noce en se croyant tout permis. Ainsi, par exemple, une nuit, ces joyeux lurons déculottèrent don Luis Camargo, l'archevêque de Séville, qui habitait Alameda de Hércules, et le fouettèrent, pour rire un peu. Don Luis ne porta pas plainte devant les hommes mais devant Dieu et leur promit qu'avant trois ans ils auraient tous affaire à Lui. Oui, à Dieu lui-même. Quelques mois passent. Pedrito de Ribera, continuant à se livrer à ses déplorables frasques, séduit une belle boulangère qui habitait aussi la Alameda. Le mari l'apprit et voulut dire deux mots à l'infâme suborneur qui aussitôt tira l'épée. Peut-être pas pour le tuer, car le boulanger n'était pas gentilhomme, mais pour le rosser. Un enfant était là qui cria : « On veut tuer notre boulanger! Au secours! » A cet appel, des tisseurs de soie, amis du cocu, sortirent de leurs échoppes armés d'interminables aiguilles, longues comme des épées, et acculèrent Pedrito contre une croix de pierre qui se dressait au début de la rue de Calatrava. Le jeune sanglier se défendit avec une extrême vaillance mais les soyeux étaient si nombreux qu'il succomba, lardé de coups. Entre-temps, le boulanger, fou de rage, avait tué et même tranché la tête de son épouse d'un superbe coup de navaja. On le pendit et on enferma son cadavre dans une boîte en bois dont les quatre parois étaient décorées d'un chien, d'un singe, d'un porc et d'un basilic artistement peints, et dont la symbolique était claire au bon peuple, à l'époque, mais me reste obscure. Il s'appelait, le malheureux, Cristobal de Paredes. Les meurtriers de Pedrito furent, eux, condamnés aux galères. On a deviné que j'allai, par une radieuse journée d'avril, rendre hommage à son altière friponnerie et à ses ardeurs amoureuses. Comment, en effet, lorsqu'on est deux fois duc et marquis et tout éclatant de noms aussi beaux que Medinaceli, Alcalá, Tarifa et de la Torre, résister, à vingt ans, aux blancs appas, saupoudrés de farine, d'une belle boulangère aux yeux – évidemment – de braise ? Voyez alors qui s'incline, au bout de la Alameda de Hércules et au coin de la rue Estrellita Castro, devant une petite chapelle blanche au portail clouté, à la cloche suspendue à un battant de bois verdi. Elle s'appelle Nuestra Señora del Carmen, ainsi que l'atteste une plaque en céramique qui reproduit ses traits. Deux lanternes – électriques – brûlent sans désemparer des deux côtés du portail. Elle fut élevée par les Medinaceli en mémoire de leur bouillant rejeton et ce passant qui s'incline, guetté derrière une jalousie par une vieille sorcière qui se demande avec inquiétude quel est ce fou rôdant autour de la chapelle fermée, c'est Pedrito de Ribera réincarné en ma personne.

Nous n'en finirons pas si facilement avec Don Juan. Trois coups. Rideau. Et voici le troisième. Nom : de Mañara y Vicentino de Leca. Prénom : Miguel. Famille : très bonne. Signes particuliers : caractère orgueilleux jusqu'à l'épouvantable. Date de naissance : 1627. Adolescent et jeune homme,

« il se donna au monde » et vous entendez ce que cela veut dire : il commit, du haut de son nom et de ses fureurs, d'innombrables péchés dont ceux, délicieux, que l'Église regardait d'un œil courroucé, jusqu'au jour où il vit, dans la rue, passer en une procession, ho! son propre cadavre. Il avait trouvé, calle Lieves – nom de la rue – son chemin de Damas. La belle histoire est plus belle encore puisque notre enquête nous a prouvé que ce fut à cause d'une sombre affaire de jambons, ce qui n'est point extraordinaire puisque, en Andalousie, le jambon serrano (de la sierra) produit par les cochons à patte noire (« Jamón pata negra », n'exigez que celui-là) est aussi délectable, sous la dent, que la chair mordue de la femme de vos rêves. Or, don Miguel, ce jour-là, se réjouissait à la pensée qu'il allait recevoir de savoureux jambons qu'on lui avait envoyés de la Sierra de Huelva. « Et alors, où sont-ils? » s'écrie-t-il en s'asseyant à table. Son valet, tremblant, répond : « Maître, ils ne sont pas là mais ont été saisis à l'octroi de la porte de Triana et le resteront, a crié le préposé, jusqu'à ce que vous payiez les droits. » Don Miguel s'étouffe, se lève et, tremblant de rage, saisit sa rapière et file vers l'octroi avec la ferme intention d'embrocher d'abord le maraud et ensuite, triomphalement, ses jambons. Mais si vite il courut, si terrible était sa rage, qu'il s'empêtra dans ses chausses et ses bottes et chut sur le pavé de la rue Lieves où il eut une « vision » : celle de son cadavre qu'on emportait pour le mettre en terre. Vision? Hallucination? José María de Mena, correspondiente de la Real Academia de la Historia y de la Real Academia de Bellas Artes de San Fernando, propose une thèse à mon avis intéressante. Il n'était pas trop rare, en ce temps où l'on ne savait guère faire des diagnostics, que fussent enterrés encore vivants des individus simplement évanouis mais donnant l'apparence d'être morts. On le disait, en chuchotant, et chacun craignait que pareille mésaventure ne lui arrivât. Alors, don Miguel, assommé mais à moitié conscient, eut la frousse. Il se vit mort, enterré – et vivant! Quand il revint à lui, sa colère – ô miracle – s'était envolée, il n'avait plus envie de manger du jambon et parlait avec une douceur angélique. Peu de temps après, il suspendit sa rapière à un clou, se vêtit de bure et demanda à être admis comme frère de la Confrérie de la Santa Caridad. Pour preuve de sa bonne volonté, il offrit à celle-ci un terrain sur lequel furent bâtis un hôpital et, bien sûr, une magnifique chapelle. Ensuite, jusqu'à la fin de son séjour terrestre, nommé Frère Majeur, il multiplia les témoignages de sa piété et de sa charité et mourut parfumé des plus Saintes Vertus, en 1679, à l'âge de cinquante-deux ans. Il avait planté huit rosiers, dans un patio de l'hôpital, qui fleurissent encore. Il écrivit une œuvre, *le Discours de la vérité*, toujours fort admirée. Il demanda à être enterré sous le porche de l'église pour que sa tombe fût foulée par ceux qui le franchissaient, considérant « que son corps sale était indigne d'être dans le temple de Dieu ». Et sur sa tombe, il demanda que fût gravé : « Ici gisent les os et les cendres du pire pécheur qui fût au monde. Priez Dieu pour lui. » On satisfit à ce vœu puis, tout de même, on transféra dans une crypte les restes de don Miguel devant lesquels, au terme de mon pèlerinage donjuanesque, je suis allé, naturellement, m'incliner. Il disait, don Miguel : « Seigneur, donne à chacun sa propre mort. » Phrase très pure, mes frères. Seigneur, fais que nous ayons *une* mort comme nous eûmes *une* vie. Seigneur, fais que nous ne mourions pas en *masse,* dans des charniers anonymes, sous des bombes, désintégrés par millions par l'éclair blanc de l'atome. Seigneur, donne-nous *une* mort. Don Miguel avait prévu l'ère atomique, les camps, Hiroshima, Dresde. Il disait aussi : « Je suis la cruche et la sandale de Dieu. » Le fonctionnaire de l'octroi eut raison de réclamer, pour les jambons, droit de péage. Sans sa conscience professionnelle, je n'aurais pas eu le plaisir, à Séville, quartier de l'Arenal, de m'incliner une nouvelle fois, à la sortie de l'hôpital de la Santa Caridad, devant la statue de Don Miguel, bronzifié en caballero et portant dans ses bras un pauvre au corps ployé de misère. Plaza de los Refinadores le Tenorio, imbattable au jeu, dans la bagarre et en amour; devant la Caridad, don Miguel imbattable en sainteté. Le même homme en vérité, capable de valoir dans le Mal ce qu'il vaudra dans le Bien. L'Andalou (et l'Espagnol) champion de ce que Montherlant, qu'il repose en paix, appelait l'alternance. « Le couple éternel du criminel et de la Sainte » selon Jean Genet. Cette sèche rupture – apparente – dans les comportements d'une vie. Cet orgueil d'avoir été « le pire pécheur qui fût au monde » parce qu'on aspire à être le premier élu à la droite de Dieu. La certitude de tel torero idole, qui n'a point d'autre choix qu'entre le triomphe ou la bronca et qui sait, pendant que le valet d'épée lui fixe sur la nuque la coleta, qu'il a choisi la bronca parce que, cet après-midi, il n'a plus la foi. « J'ai perdu mon afición, dit-il au valet, est-ce que tu ne l'aurais pas retrouvée, par hasard, dans un coin de la chambre ou derrière une valise? – Non, maestro. – Cherche bien, un bout me suffirait. – Pas un bout, un gramme, une goutte. Même sous le lit ou accrochée à un pompon de ton bolero, nada. – Je me demande où elle a fichu le camp, la garce! – Qui le sait, maestro! » Le dialogue est imaginaire car l'afición, ça n'est pas le punch ou la forme mais une grâce, mais un mouvement et une visitation d'amour. Don Miguel, par exemple, est aficionado de violence et de femmes puis, soudain, sans crier gare, il laisse tomber et, aficionado de Dieu, au lieu d'emporter une beauté dans ses bras pour la jeter sur un lit, c'est un misérable qu'il présente au monde, aussi comme un trophée, aussi comme une proie.

Le plus étrange étant qu'elle, l'afición, peut aussi bien déserter, le temps d'un caprice, non seulement l'officiant mais le fidèle. Ce jour-là, par exemple, j'en eus marre de l'Andalousie, de Séville et de l'Espagne et si un hélicoptère s'était posé dans le patio de l'hôtel, j'aurais couru vers lui pour m'envoler vers la France. La veille, j'avais fait un saut à Saragosse où Ruiz Miguel, les orbites creuses, avant la course leva la tête vers le ciel et, durant trois secondes, ferma les yeux et ensuite coupa une oreille. Raúl Aranda, beau garçon, eut affaire à une demi-tonne au pelage singulier, blanc, noir et tout constellé de centaines de pastilles rousses et parfaitement rondes et lui coupa l'oreille après une estocade royale au cours de laquelle, en s'enfonçant, l'épée siffla de bonheur. Sur les gradins, avant l'entrée du quatrième toro, on dansa et un chanteur et une chanteuse, bellement, poussèrent trois jotas pendant que les matadores écoutaient en souriant nerveusement. Est-ce que Séville m'en voulut de cette escapade ? Querellons-nous. J'en ai assez de cette ville, des toros, des grosses gitanes à gros cul et de leurs œillets, des oranges amères, des retables trop dorés, du chorizo trop rouge, des litanies adressées à la Giralda, des caroubiers, poivriers, palmiers, eucalyptus et magnolias, de la rhétorique des journaux qui sent encore son prêche solennel, de la blancheur des villages et des pommes d'Adam des chanteurs flamencos. Mais qu'est-ce que je fous là, moi, Français, à aimer *ça*, à en être ensorcelé, drogué, vicieux, à regarder l'œil rond un picador picassien traverser le hall de l'hôtel dans le bruit de ferraille de ses jambières et de ses godasses ? Vivement Paris, le Louvre, la Seine, la Place Vendôme et le bordeaux, au lieu de la Giralda, du Guadalquivir, de la Maestranza et du González Byass. Laisse tomber tout ça. Oui, mais que se passe-t-il ? Voici que le picador maintenant traverse le hall et que le bruit n'est plus celui d'une prothèse mais résonne comme le pas du Commandeur, voici que je suis tout gentil avec la gitane pour refuser l'œillet car je crains, si je la rabroue, qu'elle ne crache et, d'une formule apprise il y a deux mille ans, sous une tente, ne me maudisse et me damne. Elles sont redoutables, ces vendeuses d'œillets. Elles savent lire les tarots, dans leurs cambuses qui sentent la friture, et j'ai lu qu'elles apprirent ça en Égypte, il y a de longs siècles, lorsque les prêtres, voyant que leur savoir hermétique allait disparaître, englouti par l'Histoire, en confièrent les secrets à une tribu perdue, en lui disant : « Prends le livre de Thot. Tout y est : les clefs et les initiations, l'astrologie et les symboles inouïs, les révélations des arcanes et tout ce qui repose au cœur de la Grande Pyramide et entre les pattes du Sphinx. Mais, comme on voudra que soit oubliée cette Connaissance et qu'on la dira satanique jusqu'à la fin des siècles, à cause du Galiléen, de Descartes et de Newton complices, eh bien, gitanos, vous allez le transformer en posters d'apparence inoffensive. En cartes à jouer! En tarots. Et comme personne ne se souviendra que *ta* signifie voie, en égyptien, et *rot* royal, vous serez les seuls à lire le livre de Thot et à savoir, dans l'occulte ténèbre, grâce aux vingt-deux cartes dessinées par le Trismégiste lui-même, comment, sur la voie royale, vaincre la mort et l'avenir. » Donc, sourions à la gitane comme le fit Hernán Cortés lorsqu'elle lui prédit, devant la Tour de l'Or, qu'il vaincrait des rois et des empereurs. Il était en fuite, le jeune escholier. A Medellín, il avait tué son rival en amour qui, malheureusement, n'était autre qu'un Commandeur de l'Ordre de Santiago. Où fuir? Où aller? En Italie pour s'engager dans un tercio sous les ordres du Gran Capitán? Lorsqu'il rencontra la sorcière qui lui annonça qu'il inventerait des nations et soumettrait des rois. Cela se passait là, au pied de cette tour ronde où, en ce jour de printemps, des petites filles en jupe bleue dansent et chantent. Parfois, elles s'arrêtent, claquent des doigts en ondulant mignonnement des hanches, puis enlacent de nouveau leurs mains et recommencent la ronde. Voici que Sancho dit au Quichotte : « Maître, nous n'avons plus une mie de fromage » et que le garçon m'apporte, à Séville, une épaisse tranche de fromage de la Manche. Sur les murs, fleurissent des affiches qui annoncent les corridas de Feria, grandiosas y extraordinarias, où seront combattus et mis à mort des dizaines et des dizaines de *hermosos* toros par des *diestros* dont les noms me sont musique ineffable. Voici que la Maestranza commence à préparer ses atours comme une fiancée qui sait qu'elle sera épousée mais qui en attendant se doit de rester sage et silencieuse parce que la famille, avant les noces, pleurera durant une Sainte Semaine la mort de Dieu puis se réjouira de sa résurrection. Enfin, Antonio Olano, le meilleur des amis et le plus brillant des journalistes, téléphone de Madrid et m'apprend qu'il sera là, pour la Feria. Il descendra, dit-il, à l'hôtel Simón où, figure-toi, Manolete s'est habillé de lumières pour la première fois, à Séville. Historique! Raccrochons sur cette heureuse nouvelle. Apparaît El Vito. « Demain, je viens te chercher. On ira choisir des toros, al campo, et on déjeunera à " Las Ventas de las Cuartillas ". Le patron est très aficionado et il adore Curro Romero. Tu lui demanderas s'il a une photo de Curro et, tu verras, avant de te la montrer, il l'embrassera. A demain. » Tarots, petites filles, fromage, Giralda, mimosas, le long du fleuve, aux boules jaunes grosses comme des cerises, et quand Antonio sera là, j'irai visiter la chambre où Manolete se vêtit « de torero » pour la première fois, une copita de jerez s'il vous plaît et, ce soir, avant de dormir, j'écouterai « Radio-Cadena Flamenca » et aurai peut-être la chance d'entendre « Fosforito » ou Manolo Caracol et, enfin, l'afición d'amour pour mon Andalousie sera revenue, en flux brûlant, dans mon cœur et je ne veux jamais revenir à Paris. Quoi de meilleur que le Valdepeñas? Nous en boirons à « Las Cuartillas » et nous parlerons de toros. Nous serons heureux, entre hommes.

L'Hombre. Je dis qu'en Espagne, dans la rue, aux Toros, au café, les hommes respirent comme un vrai bonheur d'être entre eux et le groupe intègre avec une facilité déconcertante tout nouvel arrivant comme si celui-ci détenait et présentait un invisible passeport sur lequel serait marqué – à « signes particuliers » – un seul mot : « hombre ». D'ailleurs, on s'interpelle (« Hombre, qué tal? » Homme, comment vas-tu?) en lançant ce mot ou bien il revient dans le dialogue comme pour réaffirmer sans cesse *la nature* de celui auquel on s'adresse. On aspire le H, on expulse – Hom! la syllabe sur le souffle et roule le bré. Hom! bré! Et, vite, surgit le tutoiement pour abolir la distance et supprimer la frontière. On se croirait admis dans un parti créant immédiatement, grâce à ce tutoiement, une fraternité. (Cela ne fut pas sans effets à l'intérieur, par exemple, des partis communistes où, d'entrée, le nouvel adhérent était tutoyé et traité de « camarade ». A cette différence que, dans le P. C., on est camarade-frère en parti alors qu'en Espagne on est « Hombre » en nature et race.) Quant à l'hombre parmi les hombres, il est évidemment espagnol et, au sommet de la hiérarchie, torero. A Séville, d'autres distinctions interviennent, plus subtiles. Disons « régionalistes ». Le Sévillan, de tous les Andalous, se veut le premier et donc le plus *artiste.* Le plus généreux. Le plus insouciant. Boire, chanter, danser : la Feria. Pendant huit jours, ce spectacle d'une ville tout entière qui tournoie en dansant des sevillanas, boit la copita par milliers d'hectolitres et chante, mais oui, c'est vrai et ça relève, par bouffées, de l'incroyable. « Ah! la différence entre Séville et les autres villes d'Andalousie? A Málaga, une identité risque de se perdre à cause de la Costa del Sol et de ses touristes; à Huelva, on est plus raide et plus sérieux; à Grenade, de caractère plus langoureux; à Cordoue, plus sévère. Concernant ces deux villes, il ne faut pas oublier que la première est l'héritière de la décadence maure, la ville d'où s'enfuit le petit roi Boabdil, à la fin de la Reconquête,

“ pleurant comme une femme ce qu’il n’avait pas su défendre comme un homme ”. Cordoue, en revanche, est l’héritière d’un Grand Califat et d’une civilisation très haute. Elle fut *conquise* alors que Grenade *s’effondra* et il en reste mystérieusement, dans les âmes, quelque chose. » Ainsi parle don Fernando, qui est sage. Mais revenons aux peuplades étrangères... L’Anglais, l’Américain appartiennent à une autre espèce immédiatement repérée (« El inglés », « El americano ») aux mœurs et comportements incompréhensibles. L’Italien, on prend la peine de le flairer, comme le font les chiens, afin de savoir – car il peut donner le change – à quel sexe il appartient. L’Allemand rassure : on sait qu’il ne ment pas et n’a aucune chance de tromper son monde en singeant une « hispanidad » qui lui irait comme un casque à pointe à un matador. Entre toutes, la plus louche est la française. « El francés ». D’abord, parce que, des Français, il y en a de toutes sortes, blonds, bruns, gros, maigres, grands, petits, de droite, de gauche, de tout et qui boivent aussi bien du vin que de la bière; ensuite parce que certains d’entre eux, aux deux bouts des Pyrénées, peuvent se targuer d’être catalans ou basques et, grâce à leur appartenance à ces deux colonies (Catalogne, Provinces basques), peu ou prou citoyens de l’Empire espagnol; enfin, et c’est là que « Los franceses » ajoutent à leur bizarrerie suspecte qui parfois emporte l’indulgence, certains d’entre eux aiment la tauromachie, possèdent dans leurs villes des plazas et vont jusqu’à produire en leur sein des critiques de la Fiesta et même, ô stupeur! des toreros qui atteignent le convenable. Aucun, bien sûr, ne saurait prétendre devenir « figura del toreo » mais, qu’on le veuille on non, ils se plantent devant le monstre sacré sans sombrer dans le ridicule – ce qui ne manquerait pas d’arriver à un Suisse ou à un Écossais. Il y a, ainsi, des Français auxquels on ne peut pas refuser tout à fait l’appartenance à la noble race des hombres. Quelques-uns, qui font preuve d’enthousiasme taurin et se sont soumis avec une bonne volonté réelle aux rites complexes de l'initiation, obtiennent parfois la naturalisation hombresque. C'est, je l'avoue, un formidable honneur que de se la voir accorder. « Hombre! Es que tu entiendes de toros! » (Homme! C'est que tu t'y connais en toros!) Sous ce prodigieux compliment, je conseille une pudique modestie, un sourire, un hochement de tête. Rien ne serait plus maladroit que de vouloir administrer la preuve bavarde, grisé par le compliment, de sa science car l'examinateur risquerait de s'apercevoir que celle-ci recèle quelques impuretés et que el hombre se révèle plus volubile que savant. Pour parler toros, je conseillerai à tout « francés » d'y aller plutôt par sentences. Brèves et d'une solennité banale mais éprouvée et qui donneront l'illusion d'une sagesse acquise depuis des lustres. Par exemple, si le maestro s'embrouille dans ses passes et donne visiblement l'impression de vouloir en finir à tout prix et le plus vite possible, El francés ne mettra pas son honneur en péril s'il déclare à mi-voix : « No quiere verlo » (il [le maestro] ne veut pas le [le toro] voir). Ça n'engage à rien et rend un son pertinent.

Un hombre aficionado doit, en effet, *se respecter*, c'est-à-dire, en Espagne, inspirer un respect – nous sommes à l'intérieur d'une secte – à ses congénères, sauf à être considéré comme un touriste ne fréquentant les plazas que pour se divertir et entendre des paso doble. Chose grave est l'afición et on ne doit pas aller aux Toros pour rigoler en considérant les toreros comme créatures de music-hall. On s'emmerde souvent, sur les gradins. On sort de la plaza le cœur éteint, mais c'est là que l'aficionado fera preuve de sa ferveur intacte en même temps que de sa philosophie tranquille en déclarant : « Bueno, mañana será otro día... Demain sera un autre jour. » La foi reste intacte et l'afición inentamée puisqu'elle est une foi et, partant, une espérance. Mañana sortira peut-être un toro d'exception (« de bandera ») à qui sera servie une faena d'anthologie; et si ça n'arrive pas, un autre « mañana » sera lesté d'espérance tant qu'il y aura, en Espagne, des toros et des hombres pour les affronter. Seigneur, faites-nous cette grâce et donnez-nous cette éternité car, sans toros, que *vaudrait* l'Espagne ? Un Brésil sans football. Plus exactement, une France sans femmes.

Évidemment, l'hombre de vérité recèle la hombradía, mélange de virilité, de courage et de générosité. En un seul mot trois qualités qui se répondent et s'entre-pénètrent, l'une ne devant pas aller sans les deux autres. Et pour désigner un garçonnet qui se donne des airs virils, on dira qu'il « hombrea », du verbe « hombrear », à mes oreilles parfaitement sublime. Aussitôt, je vois un niño se cambrer devant le copain qui fonce sur lui, échine ployée et index pointés, et – « a recibir [1] » – lui enfoncer une invisible épée entre les omoplates. J'adore les gamins en train d'hombrear. En juste équilibre, je ne déteste pas les petites filles qui préparent avec sérieux des dînettes et bercent ou admonestent des bébés de celluloïd – aujourd'hui de plastique – comme de vraies mamans miniatures. Que si l'on me traite, en notre époque unisexe, de réactionnaire, j'aurai mérité cette injure mais y va-t-il de ma faute si j'aime les différences ? Le toro et le torero, l'homme et la femme, l'ombre et la lumière, l'eau et le feu, Dieu et le diable, etc. Je n'en finirais pas de louer cent et mille couples. Et leurs amours et leurs combats. Les travestis, en revanche, m'inspirent une frayeur.

1. Tuer le toro en provoquant la charge. En le « recevant » sur l'épée.

QUATRIÈME CAPRICE GOYESQUE OU « COMMENT LE TORO DEVIENT UN TRAVESTI »

Celle que je vais te raconter, cette histoire, elle est vraie. C'est Bigotes, son valet d'épée, qui me l'a racontée et qui pourtant ne parlait pas beaucoup. Tu ne peux pas dire son nom dans ton livre parce qu'il est marié, aujourd'hui, et que sa femme lui arracherait les cheveux, mais tu l'as connu. A l'époque, il toréait et tout le monde savait qu'il était fou des femmes. Surtout après une corrida. Alors, il y avait une Américaine qui le suivait partout mais, lui, il ne voulait pas coucher avec elle parce qu'elle était maigre. Alors, un jour, il toréait à Utrera et, après la course, l'Américaine était là, dans sa chambre. Et lui de bonne humeur parce qu'il avait coupé trois oreilles. Et l'Américaine qui se remuait lui dit en montrant son costume de lumière plein de sang que Bigotes lui enlevait : « Je peux ? – Tu peux quoi ? – Le mettre... » Il regarde cette folle, il rit, il dit à Bigotes de sortir et il lui dit « Oui » et elle se déshabille et elle s'habille en torero avec la chaquetilla (la veste) et la taleguilla (les pantalons). Alors, lui, ça, ça l'excite, il oublie qu'elle est maigre, il a une idée, il prend des ciseaux et, dans la taleguilla, il découpe un rond sur les fesses; et, elle, elle était contente parce qu'elle pensait que, cette fois, ça y était. Alors, il s'est mis derrière elle, il l'a poussée et boum! il a fait le semental (toro étalon) sur la vache habillée en torero. Et, après, quand Bigotes a vu le trou dans la taleguilla, il a demandé : « Qué pasa, maestro? » Et, lui, il a ri et il a répondu : « C'est la maigre qui a reçu un coup de corne... » Et Bigotes, malheureux, disait : « Quel dommage, un costume qui valait des mille et des mille de pesetas! » et il regardait le trou.

Tiens, ce « francés » ne dit pas une connerie! C'était derrière un burladero à Jerez...

(... à Jerez où les orangers n'en peuvent plus de porter leurs fruits amers, où dans certaines rues on marche sous un véritable dais, tendu bas, et criblé d'oranges, ampoules dorées que l'on dirait avoir été accrochées dans les arbres pour fêter on ne sait quelle victoire ou célébrer une sainte patronne; à Jerez où les caves aux noms célèbres – Osborne, González Byass, Terry, Croft – poussent en avant leurs ventres pleins de milliers d'hectolitres de vin; à Jerez où – soudain, ce souvenir! – un oranger, d'épuisement, avait perdu ses feuilles comme s'il n'arrivait pas à nourrir à la fois sa nichée de feuilles et de fruits. Il avait sacrifié ses feuilles. Il n'était que seins d'or. Il ressemblait à ces fillettes qui sortent de la puberté et dont les seins déjà lourds paraissent être le seul triomphe d'une mince vigueur. Une fillette gitane. Jambes et bras minces de l'enfant mais déjà elle est femme.)

... et j'avais pour voisins deux mayorales, coiffés du sombrero à larges ailes, veste-gilet et court pantalon andalou découvrant les bottes. La mine sévère, le teint d'argile sèche, la mâchoire lourde. « El Espartaco », face à son toro, se démenait. Je murmurai, comme in petto, qu'il ne toréait pas son animal à la bonne distance. Les mayorales hochèrent la tête. « Sí », dit l'un, « Verdad », dit l'autre. J'eus aussi droit à un regard de considération. Tiens, ce « francés » ne disait pas de conneries! Un regard, un « sí », une approbation de mayorales, voilà une minute qui compte, dans une vie. On se sent « hombre » et *respecté* par des Vénérables. On est, entre membres de la secte, décent et la passion, pudique, se déguise en connaissance. En effet, il y a toujours une indécence, dans l'aveu d'une passion – à plus forte raison s'il s'agit de celle des toros – parce que cet aveu révèle de vous, parfois, un visage inconnu. Une ombre qui soudain, sur le mur, dessine un profil étrange. Une fêlure. Des rêves que vous séquestrez dans votre tour. Des passages, dans votre ciel et en vols silencieux, d'anges ou de démons. Et d'où vous est venue cette passion? Par quels chemins? A-t-elle bondi sur vous, dans la forêt, comme un voleur? Vous suivait-elle patiemment à la trace en attendant de vous assaillir à tel détour, à tel moment de votre vie? Est-ce qu'elle fut une révélation et pourquoi étiez-vous prêt à la recevoir ou, au contraire, mit-elle un long temps avant de déployer, dans votre cœur, ses corolles? Et comment l'avez-vous apprivoisée ou bien pourquoi vous a-t-elle dévoré et s'est-elle transformée en vice – ou en folie? Tout amour fait naître des signes, même les plus ténus, et vous dénonce. Il « adore » les épinards? Voilà qui n'est pas sans importance. Et aussi les toros? Il est perdu. Ou sauvé. Aussitôt, me voilà pris en flagrant délit de passion et, comme celle-ci est étrange au point de ne pouvoir être désignée, même en français, que par un mot singulier – afición – je prends le risque, aux yeux de certains, d'être frappé par cette étrangeté. C'est pourquoi, à Paris, je mesure mon propos, je dissimule mon vice, j'évite de faire trembler mon image et d'aller par les rues, précédé d'alguaciles, en sifflant des paso doble. D'ailleurs, du côté du Café de Flore, à qui voulez-vous que je m'adresse pour annoncer que la veille, à Medellín (Colombie), au cours de la septième corrida de Feria, Pepe Cáceres, Ortega Cano et Tomás Campuzano ont coupé huit oreilles à des toros très nobles de la Carolina ? Arènes pleines. Triomphe. Le deuxième toro de Pepe Cáceres se révéla même si exceptionnel qu'il obtint sa grâce et que la remise des deux oreilles et de la queue ne fut que symbolique. En revanche, toujours à Medellín, le lendemain, Victor Mendés, El Soro et Alberto Mendoza reçurent une pluie d'avis et furent malmenés à la sortie de la plaza. Avec qui voulez-vous que je m'entretienne de ces événements colossaux ? C'est dans une solitude extrême que je reçois, à Paris, ces nouvelles... « Savez-vous qu'à Ibagne (Colombie) Manzanares a lamentablement raté, à l'épée et avec son deuxième toro et n'a échappé à la bronca qu'en souvenir de son travail de muleta ? » Qui me répondra : « Cáceres venait de couper deux oreilles, Manzanares a voulu à tout prix, lui aussi, obtenir des trophées et trop bien faire avec l'épée... C'est sa sincérité qui lui a valu son échec. » Je cherche, sur le trottoir, devant les Deux-Magots, un interlocuteur valable. Celui-ci, peut-être ? Je l'abordai. Il me parla de l'exposition « Vienne à Paris » et, volubilement, l'extase aux yeux, de Klimt, Kokoschka et Schiele, toreros du pinceau enfermés dans le « Ring » de Vienne. Ring... Cercle, arène : c'était toujours ça. Mon obsession accepta de s'en satisfaire. Toile dans la gauche, pinceau dans la droite, je voyais Klimt toréer ses femmes au regard noyé et leur trancher dans l'or les deux oreilles. On comprendra, je l'espère, à quels trésors d'imagination il faut faire appel pour garder, à Paris, son afición toujours en alerte.

Mais quand une ville, une vraie, qui compte des centaines de milliers d'habitants, se met tout entière à « manifester » et défile en interminables cortèges, quelle est cette Révolution qui la soulève ? Serpents de lumière, pasos étincelants qui voguent au-dessus des têtes de la foule, musiques aigres des trompettes et roulements funèbres des tambours, bouillonnements, flux et reflux en lourds et longs assauts de la mer humaine, hérissement incliné de milliers de mâts fichés sur des galères et, si l'on s'approche, on s'aperçoit que ce sont des croix et que les galères sont à pattes. Que se passe-t-il ? Il se passe que Séville célèbre *sa* Semaine Sainte et, ici, avertissement! que ça ne concerne qu'elle, que c'est son affaire et pas la vôtre, à vous Français, Américain ou (etc.) Japonais, qu'elle se soucie de vous comme d'une guigne, que si vous êtes touriste à l'œil rond ou bardé de caméras et d'appareils photo, ça vous regarde et pourquoi pas si ça vous amuse, que si vous appelez ça du folklore c'est vous qui le dites, que si vous étiez allé bronzer à Marbella, vous auriez eu une bonne idée, que si vous considérez que ce n'est qu'un spectacle grand bien vous fasse et, enfin, que si vous n'y comprenez – profondément – rien, regardez, bouche ouverte, et taisez-vous! En tout cas, mettez-vous bien ça dans votre cabeza étrangère : spectateur, soyez-le autant que vous voudrez mais sachez que ça n'est pas du « tourisme » et que, si vous n'étiez pas là, on se passerait de vous. Il ne s'agit pas d'une manifestation touristique, mais vécue, organisée, sécrétée par un peuple et une ville, jaillie du pavé de ses rues et de la pierre de ses églises, pétrie dans la cire de ses cierges, épanouie dans des explosions ordonnées de fleurs, brillante de ruisseaux de flammes, scandée et sanglotée et doucement dansée, il s'agit de la Semana Santa à Séville que ma misérable plume aura mille peines à vêtir de phrases et de mots. Il faudrait, en effet, que dans leur flot roulent des pierreries et des éclairs, des joyaux sertis d'or et d'argent, que s'y déploient comme traînes de paons sacrés les manteaux des Vierges, que le ciel, la nuit, y pose ses étoiles blotties autour des Images en buissons ardents, il faudrait que je sois, au moins, Victor Hugo. A cœur vaillant, rien d'impossible.

Ouvre-toi donc, mon âme, agrandis-toi, mon œil. Vois, par exemple, à Triana, ce peuple en crue, calle San Jacinto, qui attend la sortie du paso de sa Vierge, la Estrella. L'avant-garde des Nazarenos est déjà sortie. Tunique blanche et cagoule violette pour le paso du Christ; cagoule bleu marine pour celui de la Vierge. Attendons que celle-ci sorte de sa chapelle où réside la Hermandad (Fraternité) de Notre Père Jesus de las Penas, Marie Très Sainte de la Estrella, Triomphe du Santo Lignum Crucis, saint François de Paule et saints Juste et Rufine. Confrérie fondée en 1560, dont les membres voyageaient aux Indes et carénaient des bateaux à Séville, Cadix ou autres ports. On attend. Près de moi, quatre voyous racontent des histoires atroces, font des plaisanteries damnables sur les fesses de leurs voisines et, pour aggraver leur cas, se livrent à un concours de crachats qui consiste à bien viser le centre d'une plaque d'égout. Le premier paso est maintenant sorti, accompagné par les musiques de la Banda de San Juan de Aznalfarache et de celle de Nuestra Señora de los Remedios de Castilleja de la Cuesta – si je me souviens bien – et el Cristo de las Penas (« Ils se sont partagé entre eux mes vêtements et ont joué aux dés ma tunique », saint Matthieu, 27/35), nu, en prière, assis sur un tabouret, attend d'être crucifié. Derrière lui, un soldat romain, casqué et lance au poing, et deux bourreaux qui se livrent aux apprêts de la crucifixion sans se soucier des œillets et des iris qui chantent rouge et bleu autour des acteurs du « mystère ». Mais c'est la Estrella qu'on attend, divine sous son dais de velours noir. Musique. Trompettes déchirantes de la Banda de Nuestra Señora de la Oliva, de Salteras. Alors, je ne sais si vous pouvez *imaginer*, avec l'aide de mon verbe, ce qui va se dérouler. Voyez, au creux du ventre de la petite église, l'énorme fœtus radieux du paso. C'est-à-dire du brancard, du plateau de bois et d'argent et d'or ouvragé, chargé de candélabres d'argent, de cierges allumés, d'œillets et de glaïeuls blancs, au milieu duquel trône, somptueusement vêtue et couronnée, la Vierge. C'est l'heure. Il faut y aller. Il faut maintenant accoucher le paso hors de l'église au portail étroit et ce serait trop facile s'il n'était haut et large et si l'accouchement ne relevait pas de l'exploit. Trente ou quarante hommes se sont glissés sous le plateau-brancard aux flancs sculptés et l'on ne voit que les pieds de cet insecte, de ce scarabée sacré, de ce quatre-vingts pattes qui pèse deux ou trois tonnes. Ces hommes, tous volontaires, tous Hermanos de la Cofradía de la Estrella, sont appelés les *costaleros* et, galériens de la Semaine Sainte, portent sur leur nuque et leur dos ces vaisseaux de lumière que sont les pasos. Au commandement du *capataz*, qui frappe trois coups de maillet sur le paso, ils arrachent d'un seul mouvement leur charge du sol. Ils avancent, les pieds raclant le sol. Ils avancent guidés par la voix du seul capataz. « A droite! A gauche! Plus bas! » Sous le pavois, ils sont aveugles, mais ce serait honte, malheur et catastrophe si l'accouchement n'était pas réussi. Rien que le bruit des pieds des costauds et l'on dirait que va, là-dessous, un monstre multipattes et ataxique. Le silence. Le paso, à tout petits pas frottés, s'extrait de l'église; vacille très doucement, roule plutôt d'un bord à l'autre et tangue de proue et de poupe, comme un vaisseau, non sans que tremble son chargement de cierges, de candélabres et de fleurs. Et la Vierge aussi, au visage qui reste de douleur impassible, tremble de toute sa couronne et de toutes ses parures à la pensée qu'elle va revivre, une fois de plus, sous le soleil de Séville, le martyre et la gloire de son Fils.

Elle est sortie! Un tonnerre d'applaudissements. Même mes quatre voyous interrompent leur concours de crachats pour battre des mains. Un vieux pépé, lui, chante en tapant furieusement sur le capot d'une voiture. Des « Olé! ». Les trompettes lancent au ciel leurs cris de jubilation. Il ne reste plus au vaisseau sacré qu'à voguer vers la cathédrale en se dandinant sur la mer humaine, flanqué de sa flottille de pénitents.

Ainsi, pendant toute une semaine, de nuit, de jour, Séville hors de ses temples dégorge ses Images vacillant sur les pavois. L'organisation est quasi militaire pour que ces fleuves charriant sur leurs vagues ces somptueuses caravelles aillent leur cours sans se heurter ou confondre leurs eaux. Près de soixante confréries, alignant leurs dizaines de milliers de pénitents dans les rues et formant l'escorte de plus de cent pasos, qui marchent vers la cathédrale et la traverseront en passage obligé avant d'en ressortir pour regagner chacune leur église. Pourtant, ça coule, ça marche, ça dessine sur le corps de la ville son immense réseau de veines noires et la cathédrale est un énorme cœur qui bat au rythme de ces flots de sang qui l'emplissent et s'en écoulent, qui inondent ses cavités de pierre et s'en expulsent doucement pour irriguer de nuit, de jour, la chair heureuse de la ville. C'est réglé impeccablement. Des radios émettent, des talkies-walkies fonctionnent, des émissaires vont et viennent. Discrètement, mais si énormes sont devenues désormais les foules pénitentes qu'il est nécessaire que soient ordonnées leurs coulées et qu'il soit sacrifié à quelques techniques d'organisation moderne. La Semaine Sainte, en effet, chaque année, gagne en ampleur somptueuse et en participants. Une raison à cela? Peut-être – j'en vois une – depuis que Madrid a accordé des autonomies aux provinces, l'affaiblissement de la tutelle du pouvoir central a-t-il avivé les identités singulières des Espagnes en général et de l'Andalousie (de la Catalogne et du Pays basque aussi et au premier rang) en particulier. Chaque province a renoué avec sa langue, ses ferveurs, ses fêtes, son plus profond passé. *Une* Espagne se défait, d'autres se réveillent. A quelque chose malheur est bon et le bizarre et contradictoire jacobin espagnol que je suis se voit obligé d'en convenir. D'où, non seulement à Séville mais dans toute l'Andalousie – Málaga, Cordoue, Grenade – la vague de plus en plus haute qui soulève les Semaines Saintes. Pour le coup, il faut bien organiser...

Les pasos de la Vierge d'El Valle sont Puerta de Palos, celui de la « Quinta Angustia » sort de la cathédrale, « Los Negritos » va arriver plaza de San Agustín, etc. Alors, on ordonne chaque flot, on freine tel ou tel cortège, on marque des pauses et les pénitents attendent, parfois de longues minutes, cierge au poing ou croix sur l'épaule. On peut enfin se remettre en marche ? Allons-y ! Le capataz frappe ses trois coups de maillet, lance son ordre et – chaque fois on est saisi comme d'une frayeur à laquelle succède un immédiat ravissement – le pavois frissonnant de toute sa masse et dont les flammes des cierges s'affolent est arraché du sol, en un seul mouvement sec et aussitôt assuré, par les Atlas invisibles qui, durant des heures (le Christ du « Cachorro » sort à 16 h 30 et rentre à 2 h 30 du matin), vont sacrificiellement le porter sur leurs nuques cassées.

La Estrella est une Vierge extrêmement brave puisque l'histoire nous apprend qu'en 1932, elle fut la seule à oser sortir. 1932 : comme l'Espagne s'enivrait de vin républicain, Séville crut bon de se saouler plus que de raison jusqu'à mériter, les joues brûlantes, l'épithète de « La Rouge ». *Sevilla la Roja.* Pour le coup, les pochards qui tenaient la rue rôdèrent courageusement autour des églises. Parfois leur héroïsme républicain alla jusqu'à leur en faire franchir le seuil. Le 8 avril 1932, par exemple, l'église de San Julián qui abrite la Vierge de La Hiniesta fut incendiée et périrent dans le bûcher la Douloureuse et, supplicié une deuxième fois, par le feu après l'avoir été par la lance, le Christ lui-même dont il ne resta qu'un moignon de bois noirci. On leur redonna vie et ils furent abrités à San Marcos mais, en 1936, l'ivresse revenue, cette église fut à son tour incendiée et Christ et Vierge jetés encore au feu. Cette même année périrent également Christ et Vierge de la Confrérie de Los Gitanos dans leur sanctuaire de San Román. On devine de quelle bravoure dut faire preuve la Estrella, en 1932, pour lancer son défi : « Je sortirai ! » alors que toutes les autres Vierges, mères angoissées protégeant le Fils, s'étaient barricadées dans leurs églises.

Elle sort, accompagnée de son escorte de Trianeros, de fauves en majorité gitanos (le faubourg de Triana, en 1932, était à très forte densité gitane), à l'œil brillant et aux aguets, au jarret dur, à la colère qui, si on la déchaîne, sera sauvage. Passé le pont de Triana, la voici qui entre dans la ville stupéfaite de son audace. Elle reçoit quelques pierres mais les mains qui les lancent tremblent et la ratent. Elle ne bronche pas lorsque des pétards veulent l'effrayer. Elle reste calme – ses sourcils noirs et épais tout de même froncés – quand un coup de feu, à la sortie de la cathédrale, perce le dais et l'effleure. A l'heure dite, elle revint à San Jacinto et, si elle eût été habillée en torère brandissant les deux oreilles du toro rouge que sa douceur vaillante venait d'estoquer (d'esto-ma-quer), les « Olé ! » qui saluèrent son retour n'auraient pas été plus triomphants. « Un hombre », la Estrella.

N'oublions pas qu'une femme peut lâcher un « hombre ! » à l'amie avec laquelle elle bavarde. J'achète mon journal et une mère, à côté de moi, attend qu'on me rende la monnaie. Dans sa poussette, un bébé, fille ou garçon ? joue vigoureusement avec l'ombrelle qui le protège du soleil. « Hombre, crie la mère, tu vas te tenir tranquille! »

Un pénitent encagoulé porte dans ses bras son minuscule rejeton également encagoulé et qui dort. Les tambours roulent et l'enfantelet se réveille. « Hombre, lui dit gentiment le père, regarde la Vierge. Regarde comme elle est jolie... » *Bonita.*

« Olá, Luis! » Luis González est le seul torero-banquier de toutes les Espagnes et mon amigo depuis un quart de siècle. Il a banderillé sous les ordres des toreros les plus fameux et a fait notamment partie de la cuadrilla historique de Jaime Ostos. Il a des yeux de chat bridés, des épaules larges et un peu remontées comme s'il se préparait toujours à les hausser et les durcir pour hisser ses banderilles en ployant les poignets. Il a la cinquantaine intacte et se porte « fenómeno » (phénoménalement), comme il est bon de se porter quand on est un vrai homme andalou, torero par-dessus le marché. Il est courtier ou quelque chose comme ça dans une banque mais son afición est restée si grande qu'il continue de se vêtir de lumières, au cours des week-ends ou de ses vacances, et court aux quatre coins de l'Espagne banderiller dans la cuadrilla du « Litri ». Pas de papa Litri qui fut si grand matador aujourd'hui retiré des arènes mais de fiston

Litri, âgé de dix-huit ans, novillero qui bientôt passera lui aussi matador et « alterne » le plus souvent avec le fiston de Camino, Rafi, dont le grand Paco surveille avec amour les prouesses. En ce moment, Litri fils a des problèmes de costumes. Il effectue en effet son service militaire dans l'aviation et, bien que l'armée l'autorise à toréer et l'abreuve de permissions, il lui arrive d'entrer dans les hôtels déguisé en aviateur et d'en ressortir vêtu en torero. Donc, disais-je, Luis fait des piges tauromachiques. La banque ferme les yeux. Si ça l'amuse, de toréer avec « Los Niños », ça le regarde. S'il attrape un coup de corne, il lui sera assez difficile de faire passer ça pour un accident du travail et de prétendre qu'il a été agressé par un toro, calle Sierpes, en se rendant chez un client, mais on verra bien et ça le regarde.

– Et si tu attrapes un coup de corne, Luis, avec « Los Niños » ?

– Mais non, mais non. Je suis le grand-père de tout le monde, maintenant. Des niños et des toros. Ils me respectent.

L'autre jour, il est arrivé pourtant avec une cuisse endolorie.

– Tu vois que celui-là a failli ne pas te respecter !

– J'avais oublié de lui dire mon âge, c'est ma faute. Quand je les préviens que j'ai cinquante-deux ans, ils me disent : « Bon, on va s'arranger pour que tu sois de nouveau à la banque lundi matin. »

– Un jour, tu tomberas sur un toro communiste qui déteste les banquiers.

– Il n'y en a pas. Les toros sont tous franquistes et continuent d'aimer le Caudillo. Jamais banderillé un toro communiste de ma vie !

Le niño Litri, à quatre épingles dans son uniforme d'aviateur, écoute. Ravi, gentil et imberbe. Comme nous sommes devant la porte d'un hôtel, je lui demande s'il va se livrer à l'un de ses strip-teases.

– Hombre, non! C'est la Semaine Sainte! dit Luis.

– Et tu n'es pas nazareno?

– Non, mais je l'ai été pendant dix-huit ans.

Bourgeois, torero, aristocrate, gitan, artisan, ouvrier, qui à Séville n'a pas été, n'est ou ne sera pas nazareno? Fiston Litri s'étant un peu éloigné, demandons à voix basse à Luis.

– Ils sont bons, les Niños?

– Oui, oui, très bons. Celui du Litri est très vaillant et a beaucoup de ressources devant le toro et celui de Camino est très artiste.

– Comme les pères, alors?

– Oui, chacun a hérité de son père.

Ce qui prouve que l'hérédité, devant les cornes, ça existe. Pas toujours et je l'accorde.

– A bientôt, Luis.

– Où vas-tu?

– Je vais voir sortir les pasos de San Bernardo. C'est très bien, c'est très torero, San Bernardo. Il y a toujours eu beaucoup de toreros qui y ont été nazarenos.

– Mais toi, ton Christ et ta Vierge?

– Moi, ma Vierge c'est la Macarena et mon Christ c'est le Cachorro.

– Vrai qu'il est beau.

– C'est le plus beau et le meilleur.

En vérité, oui, Luis a raison, il est magnifique, El Cachorro ou Christ de l'Expiration. (« Mais Jésus, poussant un soupir, expira. / Et le voile du temple se déchira en deux de haut en bas. » Saint Marc. 15/37 et 38.) Il agonise, les joues creusées par la souffrance mais son regard dont on devine qu'il va bientôt chavirer, dans les yeux révulsés, forme encore comme une passerelle entre deux mondes; et, s'il meurt, en ce Vendredi triste, il adore son père qui, en gloire, dimanche, le fera renaître. Souffrance, question, adoration, mort acceptée et résurrection radieuse, tout voyage dans ce regard qui éclaire le chef-d'œuvre. Mais Francisco Gijón qui en fut le sculpteur, il y a deux siècles, se désespérait. On lui avait passé commande du Christ de l'Expiration et il s'en arrachait les cheveux de désespoir. Il ne trouvait pas de modèle capable de le satisfaire. Il querellait sa femme, battait ses enfants, courait les rues à la recherche d'un pauvre, d'un mendiant, d'un affamé, visitait les hospices et se penchait sur le visage des agonisants, revenait chez lui, empoignait le bois et commençait à taper du ciseau. Las! Celui-ci lui tombait des mains. Le Christ ne voulait pas surgir de la matière. Jusqu'au jour...

Tout le monde, toute la gitanerie, à Triana, en était d'accord. Le plus beau des gitans, et donc, naturellement, des hommes, était ce garçon qu'on appelait El Cachorro (traduction : le petit. En général, le petit d'un fauve, lionne, tigresse, etc.), si beau que sa splendeur l'enveloppait d'un mystère. En effet, quand il ne jouait pas de la guitare et ne chantait pas, solitaire le plus souvent, il disparaissait, sans crier gare, durant quelques jours et nul ne savait où il allait, et nul n'osait, dans la tribu, lui demander d'expliquer ses absences qui faisaient jaser interminablement toutes les gitanes amoureuses de lui. Il était trop beau, trop grave et silencieux pour que l'on s'y risquât. Un bruit timide courait cependant : El Cachorro était l'amant d'une très grande et noble dame qu'il allait retrouver lorsque son très grand et très noble époux s'absentait. Gitan? oui, mais si séduisant que la dame avait succombé. Une nuit, on vit un hidalgo qui allait interrogeant : « Quelqu'un connaît-il un gitan appelé Cachorro? » On se méfia. Non, personne ne le connaissait. L'hidalgo en mordait sa moustache.

On entendit un cri. On se précipita. Dans la chapelle du Patrocinio qu'il avait réussi à regagner en se traînant, gisait le Cachorro, percé d'un coup d'épée. Il se soulève sur un coude, tend le visage vers ceux qui maintenant l'entourent, ses lèvres bougent comme s'il voulait, dans un dernier effort, murmurer le nom de son assassin. Il reste là, immobile, pétrifié, puis une grande vague balaie son regard et il s'affaisse et meurt. Les pleureuses hurlent : « On a tué le Cachorro. »

La señora Gijón voit apparaître son mari. Il entre en trombe. Il a l'air d'un fou. Il se précipite sur son cube de bois. Il frappe du ciseau. « Il a perdu la raison! » s'écrie l'épouse. « Es-tu fol ? » demande-t-elle à l'exalté. Mais celui-ci halète en faisant voler les copeaux : « J'étais à Triana. On venait de tuer un gitan. Je l'ai vu mourir. J'étais là. Il s'appelait El Cachorro. C'est le Christ, je l'ai vu, c'est mon Christ! » Et il sculpta, possédé, le don Juan gitan qui fut ainsi divinisé.

– C'est mon Christ, dit Luis. Est-ce que tu viendras à Andújar, la semaine prochaine, voir toréer los Niños ?

– Oui.

(Un déluge s'abattit sur la plaza et ce fut à la nage – presque – que los Niños durent tuer leurs toros.)

Cependant, la Semana Santa, elle est selon votre regard. Ou *vos* regards car rien ne vous empêche de modifier, au gré de votre humeur, les visions. Au gré de votre humeur ou de quelques chemins rebroussés dans vos mémoires, de vos balancements dans le présent et de ces choix de vies que vous avez faits, à tâtons, ou accrochés aux anneaux de vos môles secrets. Un regard plein de piété et l'âme naïve se souvient de pays perdus. On est simple : enfant, vieillard, nonnain, paysan ou cabaretier qui jure à longueur d'année, bordels et putains de Dieu, mais « respecte » ce qui doit l'être car, tout de même, Dieu existe puisqu'il a toujours existé et particulièrement à Séville et en Andalousie où l'on croit en lui, dit un proverbe, « même en été », quand le soleil installe l'enfer sur la terre. Preuve supplémentaire de cette existence est donnée : la Semaine Sainte se déroule depuis « toujours ». Or, on y célèbre la Passion du Seigneur. Donc, le Seigneur existe. Syllogisme imparable. Tout est clair, simple, vrai. Tout a été, est et sera. J'ai entendu, autour de moi, au cours de fraternelles tertulias, quelque pessimiste – et il m'est arrivé d'être celui-là – déclarer d'une voix brisée qu'un jour, en Espagne, il n'y aurait plus de toros et de toreros. La Terre se rapetisse, qu'elle soit ronde et tourne dans le ciel ou plate et appelée pâturages. Les peuples sont devenus gourmands et ont envie de riz, de sucre, d'huile, de blé et de bœufs gras qu'ils mangent ou convertissent, dans de nouveaux temples, les Banques et les Bourses, en veaux d'or. Ils se jettent sur les nourritures terrestres et préfèrent voir couler le sang du succulent agneau, sous le couteau du boucher, que celui du toro sous l'épée du matador. La prose en plastique, de sa hideur, envahit le monde d'où la poésie, biodégradable et dégradée, se retire. Où le tracteur avance, le toro recule. Etc. Bref, pour conclure, tôt ou tard Mithra sera vaincu, mort et enterré sous du béton et l'antique chemin qu'il suivait, bordé d'yeuses, s'appellera autoroute. On soupire, on hoche tristement le chef, on assure dans un sursaut que ce n'est pas pour demain mais reste le doute, quelque part, comme une douleur vague. Si l'on parle de la Semaine Sainte, en revanche, une certitude : son immortalité est garantie. Christ meurt, d'accord, mais ressuscite. Le toro aussi, d'accord, à chaque corrida, mais il n'est jamais le même et sa divinité possède quelque chose d'usurpé.

Souvent, dans les Confréries, on est Frère de père en fils, si j'ose dire; on se repasse tunique, cagoule, ceinture et médaille; on se transmet le long des lignées les instruments du culte, les règles de la cérémonie, les allégeances faites à telle Vierge ou à tel Christ, les souvenirs d'autres Semaines Saintes, les fidélités...

– Dans ma famille, dit-il, nous avons toujours été « de la Macarena ».

– Nous, répond l'autre, nous sommes « de la Soledad ».

... et les regards enfin sont les mêmes, depuis « toujours », qui brillent au fond des trous noirs des mêmes cagoules.

D'un autre regard, le regard-touriste, uniquement retenu par le *spectacle*, il n'y a rien, ou presque, à dire. Pour les Américains, par exemple, c'est du vaudou et ils n'y comprennent et n'y éprouvent rien. Pour tous les étrangers, je crois (sauf pour les Latino-Américains modelés par la Hispanidad), il ne s'agit que d'un spectacle avec pittoresque garanti par les agences de voyages et, s'ils y assistaient dans quelque Hollyland cosmopolite où seraient reconstituées les grandes fêtes religieuses de la planète dans des décors de plastique, stuc et carton, ils seraient à peine moins satisfaits puisque, pour un peu de money, ils pourraient admirer, dans l'enclos de quelques hectares, comment les hommes adorent leurs dieux. On verrait la Grotte de Lourdes, la Pierre noire, le Taj Mahal, etc. et, pourquoi pas? le tombeau de Lénine. Sur tout le parcours seraient disposés des distributeurs de hot dogs et de Coca-Cola. Comment est-il possible que la Walt Disney Corporation n'ait pas encore eu cette riche idée?

– Vous parlez espagnol?

– Oui.

Il est affolé, ahuri, Hongrois mais Français, désespéré et chauve.

– Vous pouvez venir avec moi expliquer à la police ce qui m'est arrivé?

Il est venu à Séville « voir la Semaine Sainte » et, hier, comme il filmait, enregistrait sur ses magnétomachins les musiques et les chants, photographiait et trimballait à travers la foule son prodigieux arsenal d'appareils nippons, thaïlandais, allemands, américains et coréens, voilà-t-il pas, comme il soufflait un peu, qu'une fille lui sourit, apitoyée...

– Pas mal du tout, une trentaine d'années.

... et qu'il lui rend son sourire. Elle parle français, elle s'enchante de sa conversation et elle-même adore vraiment parler français, cette belle langue. Elle est institutrice. Comme c'est amusant! Ils devisent. En français. Elle est très sympathique, cette fille. Mais comme il est chargé d'appareils! Ça doit lui scier les épaules, tout ça! Et comment fait-il, alors qu'il n'a que deux mains, pour filmer, photographier, enregistrer en même temps au milieu de cette foule? Elle s'offre à l'aider, elle sera sa cantinière. Elle arrime deux ou trois sacs à ses épaules.

– Elle m'a accompagné tout l'après-midi et nous sommes devenus très amis. A deux heures du matin, comme j'étais fatigué mais voulais continuer de filmer, elle m'a conseillé d'aller à mon hôtel prendre un bain et me rafraîchir, j'étais exténué, avant de continuer. Elle m'a dit : « Je vous accompagne et nous boirons un verre. Ça nous remontera. »

Il est enchanté par cette idée et puis, avouons-le, elle n'est pas mal, la petite, et peut-être, malgré son âge et sa calvitie, qui sait, qui sait?... Enfin, on a beau être bardé de magnétophones et de lasers, armé de bazookas photographieurs et de missiles filmeurs et viseurs, adoubé par Nikon et oint par Akaï, sous la cuirasse du héros bat le cœur d'un homme, toujours prêt à se prendre pour Don Juan. Il achète une bouteille de jerez dans une boutique ouverte toute la nuit. Il se douche et sort, guilleret, de la salle de bains, en peignoir. Elle lui dit : « A votre santé! » et lui tend le verre qu'elle avait rempli.

– J'ai bu et je sais maintenant ce qu'on éprouve quand on meurt. J'ai bu et, deux secondes plus tard, j'étais mort. On m'a retrouvé à l'aube étendu sur la moquette du couloir de l'hôtel, nu... enfin... en peignoir. On a appelé l'hôpital et j'ai dormi quatorze heures, quatorze!

Il arbore une bosse violette, au front, due à sa chute, certainement, dans le couloir.

– Elle m'a tout volé. Mon argent, mes cartes de visite, mes traveller's... Mais ce n'est pas le plus grave.

Elle lui a volé ses Nikon, ses Zeiss, Toshiba, Yoshiba, Philips, Canon, Hiroshima, Yamamouchi, Thomson, Suzuki, Yokohama, etc. Tout, tout.

– Il y en avait pour des millions. Vous m'accompagnez à la police ? Pour des millions !

Cette histoire est morale. Le Tenorio ne portait pas de tonnes de Nikon (etc.) sur son dos, durant la Semaine Sainte. Seule son épée lui battait la cuisse et il ne filmait pas, lui, mais glissait des coquineries à l'oreille des belles en mantilles. A-t-on idée de photographier les Vierges Saintes, lorsqu'on est fripon, au lieu de frôler, dans la foule, les hanches des Vierges profanes ! Don Juan, toujours au rendez-vous de Séville, savait en tout cas que la Semaine Sainte n'est pas un spectacle.

Le troisième regard ressortit du genre furibond ou écœuré. A bas la superstition, la réaction, l'obscurantisme, les capucinades, les grigris et toutes ces momeries réactionnaires. Écrasons l'Infâme complice des riches et ennemi des pauvres. N'adorons plus la lumière des cierges mais celle de la Raison et ôtons notre sombrero sur le passage de l'Humanité. C'est cela : écrasons l'Infâme et ses adorateurs, arrachons le mal jusqu'aux racines. Intéressant programme mais qui fera couler beaucoup de sang innocent lorsqu'on voit ces milliers d'enfants, hauts comme ça, tunique jusqu'aux talons, cagoule sur la tête et cierge à la main. Jeu ? Dérision ? Carnaval ? Non, initiation à je ne sais quelle gravité qui jamais ne commence assez tôt puisque l'on voit des bébés, endormis dans leur landau, vêtus en pénitents et expiant béatement des péchés qu'ils n'ont pas commis, cagoule sur la tête mais que maman a relevée pour que leur sommeil angélique ne soit pas troublé. Les plus grands, entre six ans et dix ou douze ans, suivent posément les cortèges surveillés par maman en flanc-garde ou par le papa, le grand frère, un parent ou un ami du quartier, lui-même pénitent et membre de la confrérie. De vrai, la Semaine Sainte est aussi, si l'on a ce cœur tendre qui demande qu'on laisse venir à lui les petits enfants, une immense fête de l'enfance initiée aux mystères. Jouer aux loups-garous masqués mais comme papa et les grands, porter le feu dans sa menotte serrant le cierge, n'être point sur le parcours reconnu des copains à qui depuis des semaines on a annoncé que cette année, on revêtirait la tunique et, enfin, joie suprême, distribuer des bonbons aux fillettes qui n'ont pas le droit, elles, d'être nazarenas et aux garçonnets qui n'ont pas le bonheur d'être acteurs de cette divine comédie, c'est, débordante d'innocence, la Joie. Et le charme frais de la foi d'enfance pour laquelle existent le Bon Dieu, le petit Jésus et la douce Vierge Marie à laquelle on demande, le soir, de pardonner nos offenses comme nous les pardonnons à ceux qui nous ont offensés parce qu'ils nous avaient volé trois billes et qu'il a fallu se battre, dans la cour de l'école, pour qu'elles nous soient rendues en pleurant.

– Caramelo! Donne-moi un caramelo! (Tous les bonbons, ici, s'appellent caramelos...)

Le pénitent miniature fouille dans la poche cousue sous sa tunique et distribue. Certains sont trop généreux et épuisent vite leur provision. D'autres savent que le parcours sera long et offrent les caramelos un par un et non à poignées. Heureusement, les mamans ou les grand-mères veillent et ravitaillent en cours de route les donneurs de bonbons comme des marchands de tissus prévoyants qui auraient suivi saint Martin en lui fournissant un nouveau manteau chaque fois qu'il aurait partagé le sien avec un pauvre.

– Hombre, donne-moi un caramelo.

Le pénitent, pas plus haut que son cierge, est désolé. Il n'en a plus. Il branle la tête et la pointe de sa cagoule oscille.

– Alors, donne-moi de la cire.

Doucement, il incline le cierge et des gouttes chaudes tombent sur une boule déjà grosse comme une boule de pétanque et que l'on espère arrondir encore.

– Regarde ma boule, elle est plus grosse que la tienne.

– Donne-moi de la cire!

Parfois, profitant d'une station, vite on va se ravitailler dans une boutique, et, vite, la poche secrète remplie non pas d'encens et de myrrhe mais de caramelos, on rejoint la procession stoppée.

Quatrième regard. Païen. L'Hiver, en grande pompe, est porté en terre mais de ses flancs jaillira le Printemps foulant des jonchées d'œillets. Que volent les cloches! Christ-Osiris est ressuscité et, demain, nous lui immolerons des taureaux. Plaza San Fernando, assises sur les chaises disposées sur tréteaux devant la mairie, ces femmes que vous voyez le Vendredi Saint vêtues de noir – ce qui n'empêche pas le pied de se cambrer sur des talons aiguilles, le bas d'être soyeux, la mantille artistement disposée et la lèvre vermeille – et qui pépient non sans surveiller d'un œil andalou si leur beauté et leurs affûtiaux attirent comme il se doit les feux croisés des regards mâles, vous les verrez, dans quelques jours, vêtues « de gitanas », la lèvre toujours rouge, mais, cette fois, le soulier aussi, danser la sévillane. Reste que, sous la mantille, le vendredi triste (« El viernes triste »), ces veuves de Dieu, joyeuses au moins d'être si belles, seraient capables de damner Don Miguel de Mañara lui-même devenu Frère majeur de la Caridad et, une fois de plus, de le jeter au monde.

Hier, j'ai commis la gaffe verbale du siècle. Interviewé à Radio-Séville à propos de la Semaine Sainte, j'ai déclaré au milieu de maintes louanges que la sortie des pasos hors des églises, que l'apparition triomphale des Images sacrées rutilantes de lumières et d'or m'évoquaient en quelque sorte, si j'osais dire, de certaine manière et qu'on me pardonnât (j'avais multiplié les prudentes réserves), la sortie, par la Porte du Prince, des toreros vainqueurs triomphalement portés sur les épaules de l'afición en délire. Sainte Marie mère de Dieu pauvre pécheur, que n'avais-je dit! Le lendemain, une gazette me tançait d'importance. Il y avait des limites à ne pas dépasser. Voilà bien le type de raisonnement, visant à considérer la Semana Santa comme une curiosité ethnologique, capable de pervertir les âmes. Dieu était Dieu. La religion son bouclier. L'église sa demeure. Et ce « francés » (moi) qui osait comparer nos églises à la Maestranza et le Christ à un torero!

Il y en avait toute une prose. J'étais consterné. Tout Séville allait me montrer du doigt à moins que la Sainte Inquisition, contre laquelle au demeurant je ne m'étais jamais élevé puisque j'estime qu'elle y est allée moins fort que Victor Hugo ne l'a prétendu, ne m'expédiât dans une de ses geôles désaffectées, à Triana et très précisément, car elle existe toujours, calle de la Inquisición. Heureusement, des amis me téléphonèrent. Ils condamnaient mon juge. J'étais innocent. J'avais eu affaire à un fanatique. On me rassura et j'osai m'aventurer dans les rues. J'aurais dégainé, si l'on m'avait appliqué la question, une réplique : « Frère-bourreau, oui, j'ai été sacrilège mais j'y ai une excuse car j'ai lu dans un compte rendu de corrida que les maestros ne devraient pas se signer, quand ils savent qu'ils vont bâcler leur ouvrage. Cela ne leur évitera pas la bronca méritée, car " Dieu est un bon aficionado ", concluait le critique. J'ajouterai que El Cordobés, me racontant ses débuts de novillero, disait : “ Quand j'ai commencé à avoir tellement de succès, à gagner tellement d'argent, à vivre dans ces hôtels, à manger autant de gambas et de petites anguilles que je voulais, à dormir dans des lits blancs, à me nettoyer dans des baignoires et à avoir des billets plein les poches, bueno! Je croyais que le toro m'avait tué et que j'étais déjà au ciel! ” Donc, Frère-bourreau, si Dieu est bon aficionado et si El Cordobés confond le ciel et l'hôtel Alfonso XIII, mon crime est mince d'avoir comparé la Porte du Prince à celle de la basilique qui abrite El Cristo del Gran Poder. “ Le Christ du Grand Pouvoir! ” A genoux! Rien de plus solennel et de plus noble que la musique de ces cinq mots. “ Yo soy el número uno! ” s'écrie le maestro mortel. “ Yo soy El Gran Poder ”, murmure le divin maître. “ Ooolés! ” sur la terre comme au ciel... »

Enfin, il y a Picasso, espagnol s'il en fut, et qui dans *Toros y toreros*, capture au lavis, à la plume ou au crayon, comme personne au monde, la corrida. Feuilletez le livre et vous verrez le Christ détacher son bras droit de la croix, ployer la hanche et donner une passe à un toro. A partir de là, que s'envole l'imagination : un autel dressé au milieu de l'arène où un prêtre dirait la messe. Ensuite, l'office terminé, on lâcherait un toro et le même homme, dépouillé de ses aubes et surplis, apparaîtrait en habit de lumières pour affronter et mettre à mort l'animal. Génie de Picasso. Le Christ, divin maestro, embarque le Mal dans la grâce, se joue de lui et le maîtrise; et le vainc. Le Christ torée le monde. Il meurt encorné mais sainte Véronique déploie grand le linge et doucement essuie la sueur de sang. Il ressuscitera et ça recommencera, éternellement, et s'enchaîneront les gestes sacrés au cours de cette corrida brouillée où Christ et toro mourront à tour de rôle au cours d'une Passion. Telle est la corrida : on secoue le kaléidoscope, on regarde et, à chaque fois, dans les éclats de miroir, se composent, meurent et se recomposent à l'infini des mondes toujours divers et toujours les mêmes.

Aujourd'hui, la Semana Santa, demain la Feria. Séville enterre l'Hiver et demande pardon des péchés que le Printemps va lui faire commettre. Elle traîne, en attendant, sur les pasos, le corps du Seigneur banderillé d'épines et estoqué par la lance et Sa Sainte Mère en pleure des larmes de cristal qui roulent sur ses joues de jeune fille – bien que le Fils soit âgé de trente-trois ans – et je crois en ce miracle de la Mère et de la Vierge éternellement jeune. D'ailleurs toujours ma mère le fut, surtout lorsqu'elle me grondait, même lorsque j'eus passé trente-trois ans, et que je lui répondais des mensonges (« oui oui, je te jure que je ne conduirai pas trop vite... », par exemple), en bougonnant comme un petit garçon.

Séville enterre la nuit et le froid, gorge de sève les orangers de ses places dont les fleurs vous enveloppent d'une mousse parfumée lorsqu'on passe sous les branches basses, dore les citrons de ses patios. Parfois, le vent froid qui souffle de Matalascañas réussit à franchir les collines de l'Aljarafe, à quelques kilomètres, mais il ne s'agit que d'un malentendu. Dans quelques jours, ce sera la Feria et les mêmes qui piétinaient, dans leurs suaires, cierge au poing ou croix sur l'épaule, fouetteront allégrement les chevaux entraînant sur le sable la masse noire du toro immolé. Les mêmes danseront « por sevillanas » au lieu d'écouter le sanglot des saetas et se saouleront de jerez. Le Frère se transformera en torero et le pénitent en aficionado. Les vierges piqueront des peignes de couleur dans leurs cheveux et les toros qui courent en soufflant – vrroumpf! – le long des barrières, se plantent au milieu de l'arène, majestueux comme ceux de la publicité du cognac « Osborne » qui découpent leur silhouette de bois sur les collines; et le soleil invaincu descend du ciel et doucement s'inscrit entre les deux cornes dressées. Torquemada-apoderado, qui s'y connaît, murmure au matador qu'il peut avoir confiance : le dieu est un bon toro qui prendra bravement sur lui tous les péchés du monde.

Alors, partout, en ces jours et ces nuits de Semaine Sainte, par dizaines de milliers, les pénitents surgissent de terre en longues asperges noirs, blancs, violets, bleus... et de toutes les tailles. Il en pousse partout. Et ce sont des asperges qui marchent! Miracle! Certains même se hâtent à grands pas vers leur église, de peur d'être en retard, ou le logis où ils se défroquent. Dans les rues étroites du Barrio de Santa Cruz que la lune, prenant le relais du soleil, continue de peindre d'un blanc immaculé, dans la calle Agua ou, plus étroite encore, la calle Mezquita, tunique noire et cagoule blanche, ce pénitent marche vers moi et l'ombre de sa silhouette tantôt le précède, tantôt s'agrandit sur le mur. Superbe et terrifiante vision. Je vais me heurter à cet homme possédé de Dieu, ses yeux capteront un éclat de lune et son regard me foudroiera – mais non, il passe et sa robe me frôle.

Jouons à nous faire peur à contempler ce pullulement d'asperges sinistres et, après tout, même les enfants sont effrayants (et si c'étaient des inquisiteurs nains?) mais leur démarche rassure et les petites mains roses qui tiennent les cierges ne sont pas celles de méchants nains. A propos de mains, on peut grâce à elles deviner « la condition » des pénitents. Il y en a de fines, de longues, courtes, calleuses, racées, grasses, osseuses, paysannes, ouvrières et preuve est ainsi donnée, bien que l'on ne voie pas les visages, que le désir de pénitence et l'ardeur de foi ne sont le privilège de personne. Tous les Hermanos, sous les cagoules et comme leur nom l'indique, sont frères.

Ils évoquent la puissance d'une religion qui fut immense et souvent terrible. L'imagination aidant, on rêvera de caves où fument des torches et encombrées de pals, de crochets et de tenailles. L'hérétique hurle, bouche grande ouverte, et ses lèvres découvrent une fosse édentée. Il avoue qu'il a mangé des cœurs de crapaud et invoqué le Malin. Et quoi d'autre? Les Inquisiteurs se penchent sur lui et ils ahanent, ces rudes travailleurs, et leur souffle se précipite qui gonfle le bas de leur cagoule. Au fond des trous, les yeux brillent, charbons luisants de foi et de pieuse cruauté. Un Christ se tord, accroché au mur dont les pierres suintent d'angoisse. Entre Jiménez ou Torquemada (pendant que le fantôme d'Érasme s'étrangle d'indignation et prend à témoin le doux saint François de Paule) et les encagoulés se figent de respect. « Alors, ça marche? » demande Torquemada. « Ça peut aller, Grand Inquisiteur Vénéré. Nous travaillons sans relâche et nous avons une moisson de minutes qui prouvent que ces maudits (il désigne un tas de créatures, fers aux pieds, accroupies dans un coin) ont été téméraires, erronés, impies, malicieux, pécheurs, durs, perfides, hérétiques et sourds aux avertissements maternels de notre Sainte Fraternité. Celui-ci par exemple (le moine-bourreau en chef désigne un paysan aux épaules de colosse) élevait des corneilles pour les sacrifier à Satan... » Torquemada se signe.

« Par le sang de Notre-Seigneur, qu'ils soient pris en pitié au jour du Jugement. En attendant, mes frères, continuez d'être ardents à l'ouvrage. » Il sort, remonte sur sa mule et trotte vers Grenade où il continuera son inspection. Tout cela est vrai. Je l'ai lu dans des livres du XIXe siècle avec gravures à l'appui. Et même le cuivre des planches, sadiquement mordu par l'acide des reporters-graveurs, en gémissait d'horreur. Les morisques mangeaient des croissants en forme de lune, ce qui revenait à adorer Diane et Tanit; dans les ourlets de leurs caftans, les Juifs dissimulaient des pièces d'or frappées d'une tête de bouc portant les lunettes du mauvais sçavoir. Des moines, des curés, des princes et des valets sombraient dans le stupre et le commentaire diabolique. Je crois, j'ai lu, j'ai vu toutes ces choses. Ils étaient capables de tout, ces égarés. Je l'ai même vu au cinéma, dans des films en noir et blanc.

C'est pourquoi, depuis des siècles, les pénitents escortent chaque année, dans Séville, les Images incorruptibles. C'est pourquoi des milliards d'abeilles catholiques fabriquent de la cire pour que brûlent les buissons de milliers de cierges à la flamme pure. Cette année, soyons précis, Séville consommera plus de dix mille cierges et hautes bougies. Les cierges mesurent en moyenne 1,50 mètre (ceux de la Confrérie du Cristo del Silencio battent le record avec 1,60 mètre) et pèsent près de trois kilos. Chaque Hermandad brûle, durant la Semaine Sainte, de trois cents à cinq cents kilos de cire. J'ai été précis.

« Notre Semaine Sainte est la plus belle », disent les Sévillans. « Mais Málaga se vante de... » On est interrompu. « C'est exactement ça : Málaga se vante! » Pourtant de Cádiz à Grenade, de Jerez à Arcos où le cortège monte la nuit à l'assaut du rocher, comme un serpent de feu, vers la place du Cabildo où se dresse la cathédrale; de Ronda, la Tolède du Sud, qui n'accepte d'être visitée que si l'on conquiert le roc colossal qui la hisse et la protège...

Et Ronda hésite dans son orgueil. De quoi doit-elle être le plus fière? D'avoir été la ville qui, sept ans avant la capitulation de Grenade, offrit, en 1485, une résistance héroïque de vingt jours aux soldats de Ferdinand le Catholique dont on n'avait jamais pu imaginer, ces gueux, qu'ils vaincraient les montagnes de la Serranía pour s'élancer aux cris de « Christ vaincra! » vers Ronda l'imprenable? Mais les paysans de Castille et d'Aragon, devenus artilleurs, faisaient pleuvoir le boulet de fer sur le turban du Maure étonné de voir tomber du ciel pareils grêlons. Ou bien sera-t-elle orgueilleuse d'avoir abrité la plus pure race andalouse de contrebandiers et brigands détrousseurs, de dresseurs de chevaux et de produire – depuis Pedro Romero, né en 1754 et mort en 1839 à quatre-vingt-cinq ans, premier et illustrississime pape de la tauromachie moderne qui tua 5 600 toros! – jusqu'à la lignée des Ordoñez, cet ample toreo rondeño dont seule Séville lui disputa, jusqu'à lui donner une légèreté de dentelle, la grâce?

De Ronda à Linares, de Linares à Cordoue, la Semaine Sainte andalouse fait tournoyer dans les rues des villes et villages sa ronde lumineuse de derviches encagoulés. On pourrait croire qu'à Cordoue les tombes vont se soulever et que Sénèque le Romain, Averroès l'Arabe, Maimonide le Juif se donneront la main pour stopper le flot, dans une rue étroite, des chrétiens pénitents. J'allai, entre deux rendez-vous sévillans, rendre visite à Maimonide. Il était assis, tout tranquille, dans sa robe de bronze, sur une minuscule place située à trois pas de la synagogue. Je n'ai pas lu son *Guide des égarés*. Il m'en fit le reproche à voix basse car il était doux d'intelligence. Nous devisâmes. « Que pensez-vous, maître, de la Semaine Sainte ? – La foi, mon fils, est aussi une intelligence du monde. – L'intelligence ne fut-elle pas votre unique foi et la beauté des Semaines Saintes ne bouscule-t-elle pas votre raison aimable ? » Il m'avoua qu'il avait discuté de cela maintes fois avec son ami Averroès, en s'appuyant toujours – évidemment – sur Aristote. Ils en avaient conclu que dès lors que Manolete, maître idéal – et donc platonicien – de la tauromachie et El Cordobés, maestro infiniment plus accordé au monde étaient nés à Cordoue ou l'avaient prise (El Cordobés est en vérité né à Palma del Río...) pour patrie, il ne fallait s'étonner de rien. « Savez-vous, mon fils, qu'à l'aube du dernier Vendredi Saint, un pénitent épuisé est venu s'appuyer à ma statue et m'a caressé le visage ? Ensuite, il s'est endormi à mes pieds. Nous sommes très tolérants, à Cordoue, depuis vingt siècles... »

J'apprends que l'excelentísimo señor alcalde socialiste a déclaré qu'il est agnostique mais pas athée. Surtout pas. Prudence. Il y laisserait son fauteuil et sa canne de commandement qu'un larron, d'ailleurs, lui a volée cette semaine. Ce qui enchante ses adversaires. Agnostique. Bouddhiste peut-être ? Musulman et sultan démocrate de Séville ? Qui le sait ? En tout cas, son fils est nazareno, tunique crème et cagoule bleu ciel, de la Confrérie de San Estebán. Quant au señor conseiller aux Fêtes et aux relations publiques, il est porteur d'un paso. Saint socialisme ! Mais nous sommes à Séville et quel impudent oserait y être apostat ? Chaque année, la ville renoue avec son passé et le rebrasse, se souvient d'autres semaines saintes, honore la mémoire de « saeteros », de sculpteurs d'Images, de capataces qui furent fameux; replonge au fond des siècles. Jour et nuit, la radio commente tout ce qui advient sur le trajet des processions...

– J'en suis à ma soixante-quatrième heure de commentaire, me dit mon ami Filiberto qui, dans quelques jours, se convertira en éminent critique taurin de la Feria.

... la Télévision filme à tous les carrefours, les colonnes de journaux ruissellent de réflexions, d'émerveillements, de rappels historiques. On interviewe même don Alfredo Flores, procureur général du Tribunal territorial.

– Auriez-vous accusé le Christ, don Alfredo, si vous aviez été, à cette époque, procureur ?

– Oui, je crois que sur de nombreux points, je l'aurais accusé.

– Vous savez pourquoi ?

– Je vais vous l'expliquer.

– Pour être en paix avec votre conscience ?

– Pour être sincère, il faut partir du fait que Christ promouvait une révolution contre tous les pouvoirs alors constitués en Israël.

– Qu'est-ce qui vous aurait le plus irrité ?

– Son silence.

– Monsieur le procureur, qu'auriez-vous aimé dire face à cet accusé, à ce révolutionnaire rempli de sérénité ?

– Il n'est pas question d'aimer ou de ne pas aimer dire.

– Question de quoi ?

– De courage.

– Pourquoi ?

– Pour déclarer : « Cet homme est le fils de Dieu. Je ne l'accuse pas. »

Hier, mercredi saint, le paso du Christ de San Bernardo a stoppé soudain sans que son capataz en donnât l'ordre. Sous le pavois un porteur de quarante-deux ans, pourtant costaud, venait d'être foudroyé par un infarctus. On l'a emporté.

Il était mort. Tout Séville célèbre sa mémoire, son courage, sa piété. Toutes les autorités vont s'incliner devant son cercueil. On apposera un azulejo dans la rue où il nous a quittés « en portant son Christ sur ses épaules ». Déjà, un poème le célèbre.

Il n'est pas, à Séville, de hauts faits et de mémoire, de fêtes religieuses ou profanes, sans chants et poèmes. Et à quelle cérémonie assisterons-nous, dans quelques jours, au théâtre Alvarez Quintero ? Eh bien, nous aurons l'honneur et le plaisir d'écouter le traditionnel « Pregón de los toreros ». (La meilleure traduction serait, à mon avis, « Louange des toreros ».) Sur la scène, transformée en noble salon avec tapisserie aux armes de Séville, trônent solennellement, sur des fauteuils, neuf importantes personnalités du monde des toros. Une table-pupitre noyée sous des fleurs, une chaise sur laquelle est posé un habit de torero et que drape une cape de parade. Figée comme une sentinelle, une autre cape de combat que sa raideur maintient debout, sur le sol. Dans la salle, l'afición de haut vol, éleveurs, apoderados, chroniqueurs, etc. Quelques orateurs se succèdent puis voici le gros morceau : le pregón. Stupeur et ravissement, celui qui le prononce, cette année, s'en acquitte non pas en prose mais en vers. Et pas en dix, vingt ou cent vers mais en un fleuve à rendre jaloux, par sa longueur et sa majesté, le Guadalquivir en personne. Mille, deux mille vers ? Interminable mais scandé par des « Olé! », le flot s'écoule et chante. L'aède reprend souffle, le temps d'un tonnerre d'applaudissements, puis s'élance à nouveau, la voix ample, vers les sommets du sublime. Toute l'histoire de la tauromachie sévillane y passe. Nul n'est oublié. Madrid est peut-être la Rome taurine mais Séville est Jérusalem. Les sénateurs de l'afición, veston strict et cravate, d'enthousiasme à la fin applaudissent à tout rompre et brandissent mille mouchoirs. La queue et les oreilles pour le nouvel Homère! L'hymne national éclate. A la sortie du théâtre, le Vates, ses lunettes de travers, est juché sur de vigoureuses épaules. Jour mémorable : je n'avais jamais entendu un poète réciter deux mille vers et, la dernière rime lancée, être porté, dans la rue, en triomphe.

Jour mémorable et, ensuite, au cœur, un pincement d'angoisse. Jusqu'à quand l'Andalousie et ma Séville conserveront-elles cette innocence? Moi-même n'en suis-je pas déjà le spectateur un peu ironique et mon âme est-elle assez pure pour participer tout entière et absolument s'abandonner? Les auditeurs du « Pregón de los toreros », eux, n'avaient pas cette inquiétude. Une admiration totale pour le poète qui les soulevait. Ils étaient là, pleinement heureux, d'entendre célébrer l'éternité immobile de la corrida et aucun doute ne les effleurait. Pour moi, je suis moins innocent et j'ai peur même si, par sa *résistance*, Séville me donne quelque espérance, j'ai peur et des questions m'assaillent. Est-ce que la corrida ne livre pas, en cette fin de siècle, un combat impossible contre le monde moderne? A Séville, non, où Feria (Semana Santa) ne s'est jamais si bien portée et où l'afición, intacte, possède la même pureté et l'infinie science. Mais ailleurs, l'amour « de los toros » n'est-il pas devenu une attitude, un chic, manière d'être touriste original en feignant de se mouiller l'âme? Je reçois, je lis beaucoup de livres écrits par des Français sur la tauromachie; une chaîne de télévision, en France, donne à voir des corridas. Dans le sillage qui n'en finit pas de se refermer tracé par Don Ernesto (Hemingway) toute une intelligentsia pagaie allégrement sur les flots aficionados et, là où mon étonnement est à son comble, c'est lorsque je m'aperçois que toute une belle part de cette intelligentsia se piquant d'afición est, ô stupeur, de gauche. De gauche! Rodrigue, qui l'eût cru, Chimène, qui l'eût dit, que la Gauche aux toros un jour se convertît! Je ne citerai personne (ils se reconnaîtront) et me contenterai de leur demander comment ils arrivent à faire contenir dans leur cabeza parisienne la tauromachie et, par exemple, leur égalitarisme socialo-cosmopolite. Comment ils peuvent marier ce rite impavide, passéiste, avec ses raideurs, ses hiérarchies, son vocabulaire (casta, sangre, noble, bravo, raza, tierra, maestro, muerte, etc.) à leurs idées immaculées et à leurs comportements gaucho-californiens? Comment – oui, c'est arrivé! – ils interrompent leur lecture de Lacan pour jargonner sur la tauromachie dans un pathos si épais que dedans la cuillère tient debout! Qui aime – profondément – les Toros est, en son profond, « de droite ». Qui les vomit est, quelque part, « de gauche ». (En France, qu'on m'entende, et je ne parle que des intellectuels...) Voilà qui me semblait clair. Eh bien, pas du tout. Le gauchisme, récupérant tous les « chics » et tous les « in », s'est mis en tête de faire des grâces à la tauromachie. Je n'y comprends rien, je m'égare et passons, passons vite de peur d'être accablé, une fois de plus, par la confusion de nos jours.

Saetas. Chants sacrés de la Semana Santa. « Paroles qui percent le cœur », a dit Antonio Mairena, l'un des génies du flamenco. Des balcons ou fenêtres, les chanteurs, gorge gonflée comme des crapauds, sanglotent et hoquettent à la sortie ou sur le passage des pasos. Quelques vers à peine. Une flèche (traduction de *saeta*) lancée par un homme ou une femme et qui, de ses barbes, déchire le cœur. C'est le chant pur, sans accompagnement de guitare, qui naît des entrailles, monte à la gorge et que l'adoration et une souffrance vomissent.

Le paso est enfin sorti de l'église et les costaleros invisibles l'ont posé à terre, sur ses quatre socles de bois, doucement et comme s'il s'agissait d'une immense jarre pleine d'or liquide dont aucune goutte ne doit déborder. La cascade de lumière est figée et la Vierge qu'elle dessine écoute crier les trompettes et rouler les tambours. Mais les musiques des bandas se taisent et tous les regards, tous les visages se tendent vers un balcon, entièrement protégé par une grille, d'où une sorte de hurlement modulé vient de jaillir. La foule bout sourdement et la saetera va devoir la dompter – oui, toréer ce monstre qui se convulse et l'on raconte qu'un jour maintenant lointain Antonio Mairena célébrait à un balcon la sortie du Cristo de San Román, par les bruyants gitanos révéré, avec derrière lui, en silencieuse cuadrilla et comme s'ils eussent été ses peones, les matadors illustres Belmonte, El Gallo, Bienvenida et Fuentes Berejano. Et les maestros avouèrent qu'ils se demandaient si Mairena allait réussir, en déployant son chant – sa cape – large et frémissant de sanglots, en enchaînant ses accents comme le torero lie ses passes de muleta pour les casser d'un mouvement de poignet où lancer la faena au ciel en une dernière passe de poitrine, et les matadors écoutaient et regardaient le chanteur qui toréait la foule. Mairena, devant pareils connaisseurs, se surpassa. Un premier « Ay! »..., sublime, avait déjà fixé le toro qu'il ne restait plus qu'à faire passer au ras des cœurs. Un hoquet craché comme un diamant pulvérisé et dont la poussière se répandit sur la foule. Un formidable « Ooolé! ». Les matadors avaient sorti leur mouchoir et toute la gitanerie les imita.

Maintenant, une grosse saetera chante sur son balcon. Elle gonfle la poitrine, branle du chef, tend ses mains potelées au bout de deux bras courts de matrone. Elle serait ridicule, cette lourde pigeonne dilatant son jabot derrière les barreaux de sa cage, si une grâce – un *duende* – ne la possédait pas. Le ridicule se dissout, brûlé par le chant. La pigeonne est bacchante et prêtresse. Elle est lourde sibylle qui a mâché le laurier d'Apollon et lance le cri de prophétie et d'adoration.

Saeta.

Dieu prit dans sa main une fleur de lys
Belle comme nulle autre pareille
Il la bronza avec du sel brun
Déposa à ses pieds la lune
Et la nomma Macarena.

Vierges innombrables. La Hiniesta. La O. La Esperanza de Triana. La Macarena. La Estrella. La Amargura. La Guadalupe. De Los Desamparados. De las Mercedes. De la Candelaria. Peuple de Vierges qui surgit pour accompagner son fils – chacune a son Christ – dans les rues de Séville transformées en sentiers de la mort. Mais quelle erreur ce serait de croire qu'un nuage de désolation s'abat, durant la Semaine Sainte, sur la ville. Les Vierges sont des femmes et, toutes malheureuses qu'elles soient, exigent d'avoir la douleur somptueuse. Qui sera vêtue du plus lourd manteau, des brocarts les plus riches ? Qui arborera les plus riches bijoux ? Qui recevra les plus beaux cadeaux de ses plus célèbres admirateurs ? (Cette année, la duchesse d'Albe a offert un manteau à la Vierge des Angoisses dont l'un de ses fils, d'ailleurs, est costalero...) Laquelle pourra se vanter de posséder des joyaux offerts par Joselito, Ignacio Sánchez

Mejías ou Manolete ? Qui avancera au son des plus éclatantes musiques ? Qui aura le plus grand nombre de nazarenos porteurs de croix et les plus pécheurs vont jusqu'à en porter trois, liées entre elles par de larges bandes adhésives noires. (On n'arrête pas le progrès : des croix plates superposées et retenues par du plastique adhésif !) Qui aura les plus diligentes habilleuses ? Que de querelles ! La Esperanza, par exemple, n'est pas peu fière de rivaliser en toilettes avec sa grande rivale la Macarena. « Oui, mais, lui répond celle-ci, tout le monde sait que les hommes qui t'habillent et papillonnent autour de toi, pour t'attifer, sont de mœurs équivoques ! » Les Christs, que seuls des hommes, des machos, ont le droit de vêtir ne se mêlent pas à ces bavardages et à ces cancans. Ils savent que, pour séduire les cœurs, leurs saintes mères ne sauraient sortir en ville vêtues comme des clochardes. En outre, au contraire des Vierges italiennes, elles sont extrêmement sérieuses et, même peintes, vous n'en verrez aucune exhiber son sein sous prétexte d'allaiter l'Agneau de Dieu ou, pis encore et telle « la Madone au long cou », du Parmesan, laisser deviner, sous des voiles vaporeux, des formes qui offusquent la vertu. Tout, en Italie, passe après la beauté mortelle. Tout, en Espagne, après la parure. Et voici un secret : les Vierges andalouses *n'ont pas de corps*. Mains et visages, sertis dans les énormes écrins dorés, brodés et couronnés, seuls apparaissent, seuls sont sculptés. Le reste n'est que treillis, châssis, souffle, peut-être, d'une immatérielle pudeur. Le support de si riche beauté ? Le néant. Telle est Séville qui tant aime la volupté qu'elle désincarne ses Vierges afin de mieux les aimer de pur amour. Et comment Don Juan les séduirait-il lui, l'irrésistible, puisqu'elles ne sont que lumières ? Enfin, imagine-t-on des yeux de chair – ceux des habilleurs et habilleuses – découvrant seins, épaules, bras et cuisses de la Amargura ou de la Macarena et des mains de chair drapant sur des formes parfaitement sculptées et donc louches, les vêtements de cérémonie comme s'il s'agissait d'une présentation de haute couture sur mannequins de bois – mais lascifs ? Parfois, dans des vitrines, on voit, de plastique ou de bois, des mannequins nus qui gisent, obscènes, en attente de leurs oripeaux. L'imagination glisse sur son erre. A Séville, elle est stoppée. Les mannequins sacrés n'ont leurs robes que gonflées de vent.

Le corps du torero, si au cours de la faena sont lentement enchaînées les passes, devient lui aussi immatériel. On oublie que ce phare étincelant autour duquel la vague noire déferle, roule, se meurt et renaît, est bâti de chair et d'os. Le coup de corne! Le phare s'écroule. Un « Ho! » de stupeur horrifiée. Et si une tornade s'abattait sur le pavois où vogue une Vierge, si elle le renversait et le saccageait, et si parures, couronnes et manteaux étaient arrachés, et si, sur le sol, on n'apercevait soudain que deux mains et une tête en bois emportés par l'eau... Ce « Ho! », plus horrible encore, devant le sacrilège. Comment le toro a-t-il pu tuer Paquirri ? Comment l'orage a-t-il osé déshabiller la Vierge ?

Comme elles sont femmes, elles sont jalouses. Il n'y va pas de leur faute mais de celle de leurs adorateurs qui les invitent à la querelle en déclarant que Celle qui reçoit leurs hommages et dont ils arborent les couleurs est la plus belle, la plus riche et, au ciel, la favorite. En vérité, j'affirme qu'elles vivent, entre elles, en excellente intelligence et considèrent avec une douce indulgence et quelque amusement l'excitation de leurs supporters. Ce sont de grandes Dames et je ne serais pas étonné si, durant toute l'année, la nuit, quand Séville dort, elles se rendaient visite pour papoter divinement entre elles. « As-tu reçu des cadeaux, cette année ? Est-il vrai que ta couronne sera en or massif ? » « Comment seras-tu habillée ? Comme d'habitude ? » « On m'a promis trois cents douzaines de fleurs, glaïeuls et œillets rouge et rose pâle. » « Il paraît que la Télévision me filmera. C'est moi qu'elle a choisie », dit la Candelaria. « J'étrennerai une mantille », dit Notre-Dame de la Palma. La Vierge de la Consolation, la seule qui ait les yeux bleus, se tait. « J'ai comme pénitents, cette année, deux footballeurs du " Sevilla " : Francisco et le gardien de but », assure la Vierge de La Plus Grande Douleur. « Toujours ta couronne d'argent et ton manteau gris acier ? » « Oui, toujours... » répond la Vierge de Loreto d'un air pincé.

Deux d'entre elles se tiennent un peu à l'écart et bavardent amicalement à voix plus basse : elles sont pourtant grandes rivales puisqu'il s'agit de la Macarena et de la Esperanza de Triana. Toutes les deux très belles, elles sortent, noblesse oblige, le Vendredi Saint. Elles pleureront mais la première semble bouleversée et la seconde étonnée par la douleur. Écoutons la Macarena : « J'ai été couronnée canoniquement, moi, et décorée de la médaille d'or de la ville, en 1976. Ma couronne est d'or massif et je possède une garde-robe somptueuse : trois manteaux de sortie ! » « Je sais, je sais... », répond la Esperanza. « Cette année, je mettrai celui de mon couronnement, brodé d'or sur velours vert et ma confrérie compte huit mille Frères et mille neuf cents nazarenos... » « Je sais, je sais... » Amie des toreros, elle porta le deuil de Joselito qui était d'ailleurs son Frère majeur et la comblait de présents. En 1936, l'église qui l'hébergeait, San Gil, fut brûlée mais des Frères avaient eu le temps de l'emporter et de la cacher dans une maison amie, au fond d'une caisse, d'où elle sortit bientôt lorsque les Rouges furent obligés, par le général Franco, d'éteindre leurs torches. Chose curieuse, Séville La Rouge fut la première ville, lors de l'*alzamiento* (le Soulèvement) à devenir blanche... La Esperanza, à peine moins fortunée que sa rivale, porte également couronne d'or et si la Macarena est escortée de soldats romains casqués, cuirassés et emplumés qui roulent le tambour et soufflent dans les trompettes, elle, la Esperanza, est louée par une banda fameuse, qui, musicalement, n'a rien à envier à la Centurie romaine. On l'entend, parfois, s'entraîner sur le quai du Guadalquivir. Les trompettes sonnent clair, dans l'air du soir, et l'écho, renvoyé par les parapets et les ponts, va jusqu'à heurter la Maestranza, tournoie dans l'arène vide et revient mourir sur le fleuve. Il n'empêche que si passe une jolie fille, les musiciens aux joues gonflées louchent un peu du côté de ses jambes. Tant de musiques, tant de bandas qui accompagnent les Vierges! Funèbres, criant leur peine cuivrée et puis, soudain, on n'en croit pas ses oreilles, une sorte de rythme très tango et le paso glisse on dirait langoureusement; ou une musique joyeuse et la Vierge, là-haut, danse pendant que le paso merveilleusement sautille. Là, ce sont ses yeux qu'on n'en croit pas : elle danse, espiègle, et le paso, à petits bonds précis avance et ses cierges tordent leurs flammes comme des lutins de feu qui se trémoussent. La foule applaudit l'exploit des galériens invisibles sous le pavois. Après tout, pourquoi ne danseraient-elles pas un peu, malgré ce qui leur arrive, au cours de cette tragique semaine, puisqu'elles sont ravissantes, habillées comme l'exige leur rang de Reines du Ciel et si jeunes! Entre quinze et dix-huit ans, à mon avis. Pourtant, comme leur fils est mort à trente-trois ans, elles devraient, même en supposant qu'elles l'aient mis au monde très tôt – à quinze ans par exemple – friser la cinquantaine. Mais Dieu, père tout-puissant, décida qu'elles ne vieilliraient jamais et qu'elles seraient jusqu'à la fin des siècles ornées de la même jeunesse qui était la leur, ce jour de Noël où elles mirent leur fils au monde. C'est ce qu'on appelle un miracle.

Les Christs sont moins bien vêtus. Une tunique ou un pagne, selon la scène de la Passion qui se déroule sur le paso (Jugement, Nuit au mont des Oliviers, Portement de croix, Crucifixion, etc.) et la couronne, évidemment, est non pas d'or mais d'épines. Ils ont chacun, aussi, leur caractère. Certains sont résignés, d'autres ombrageux. Celui du Silencio, par exemple, puissant et amer, en 1777 refusa de sortir pour protester contre la prétention de son rival, le Gran Poder, de sortir lui aussi dans la matinée du Vendredi Saint. Même refus en 1795 et rude querelle avec le Gran Poder et le Christ de las Tres Necesidades. Très antinapoléonien, il resta obstinément enfermé dans son église durant toute l'occupation française. Du Cachorro, j'ai raconté l'histoire.

Quel est le Christ número uno? Eh bien, de même que la Macarena est, qu'on le veuille ou non, reine des Vierges, le Gran Poder, revêtu d'une belle tunique, croix sur l'épaule, couronne d'épines qui a la forme de serpents entrelovés (ce sont nos péchés) est le roi des Christs sévillans. Aucune musique ne l'accompagne et c'est en silence, sur son pavois, qu'il se traîne vers la mort. Au contraire des Vierges, les Christs ne dansent pas. Visage creusé, traits burinés par la souffrance, regards désespérés, suant l'angoisse, ils sont fort éloignés de ressembler à leurs frères d'Italie qui parfois semblent attendre athlétiquement le supplice et soignent artistiquement la pose. (A ce propos, évitons de parler de quelques saint Sébastien italiens qui, parfaits culturistes, supportent d'être criblés de flèches de manière si béate qu'elle en est suspecte...)

Sévillanes

Huit jours de procession. Ors, cierges, fleurs, musiques, balancement des pasos-caravelles sur la mer toujours recommencée de la foule, nazarenos solennels, croix sur l'épaule ou cierge dans une main et l'autre toujours fixée au bas de la cagoule pour qu'elle reste arrimée et que les yeux soient en face des trous. Et quand le nazareno porte lunettes, ces deux hublots, au ras des trous, derrière lesquels tremble un regard. Est-ce un poisson pénitent, dressé sur sa queue et qui glisse ? On le croirait. Les enfants, inquisiteurs pour rire. Plaza San Fernando, une mère voulait entraîner son bambin, les reins ceints d'un cilice, hors de la procession. « Viens, il y a quatre heures que tu marches ! » Le gosse refuse et tape du cierge contre le sol. A la fin relève sa cagoule pour donner de l'air à son chagrin et je m'aperçois qu'il pleure, le Torquemada miniature. Il pleure. « Bon, hombre, continuons ! » dit la mère vaincue.

« Pourquoi " Torquemada " ? La foi n'est pas inquisition », me reproche un ami. Il dit vrai. Mais, d'une part, je ne résiste pas à la comparaison et, d'autre part, la faute en est à ma mémoire encombrée de vilaines images agressivement laïques et républicaines où l'on voyait toujours les membres de la Santa Hermandad incliner au-dessus du corps des suppliciés leurs longs entonnoirs funèbres et murmurer, sous la cagoule : « Avoue, misérable, que tu as blasphémé le nom de l'Agneau ! »

CINQUIÈME CAPRICE GOYESQUE ET QUI CONCERNE UNE SAINTE FORT MALADE

Le vieux curé, dans un village près de Grenade, était un peu simple mais triste parce que les vers lui mangeaient sainte Rufina qui avait déjà perdu un œil, un morceau de joue et un gros bout du gras de l'épaule, mais il n'osait pas la plonger dans l'eau pour que les vers, noyés, s'étouffent. « Que faire? » il se disait. Il demande au docteur de venir. « Vous êtes malade, padre? Non, pas moi, c'est sainte Rufina. Les vers me la mangent et il me faut un remède. » Le docteur pense qu'il ne doit pas décevoir le pauvre curé un peu simple et lui dit qu'il doit nettoyer la sainte à l'eau oxygénée et puis tamponner avec de la teinture d'iode. C'est pourquoi, maintenant, dans sa niche, sainte Rufina, miraculeusement ressuscitée, a un œil, une joue et une épaule rouge-noir. Le reste est doré. Les vers sont morts. Le vieux curé aussi.

Le Seigneur, lui aussi, est ressuscité, dimanche, et Christs et Vierges ont regagné leurs domiciles respectifs mais les rues de Séville sont brillantes de cire. On glisse. De vieilles gens s'étalent. Ça dure des jours. Dans les virages, les voitures patinent et miaulent de rage comme de gros chats auxquels on marche sur la queue. Hermanos et Nazarenos rangent tuniques, croix et cagoules dans malles et placards. On glisse délicieusement. On vacille mais c'est peut-être au souvenir des adorables mères-enfants qui pleuraient au son des tambours et dansaient au rythme des musiques sans que leurs larmes de cristal figé roulent sur leurs joues.

Alors, à peine le Ressuscité, cette fois très musclé, sans couronne d'épines mais trois faisceaux d'or lui jaillissant de la tête, a-t-il soulevé, triomphant, la dalle du sépulcre et parcouru la ville pour revenir, à 13 h 30, dans sa chapelle de la Salle, que sonnent des clarines, cinq heures plus tard, à 18 h 30, pas une minute de plus, pas une de moins, et que s'avancent, sur le sable ocre doré de la Maestranza, les cuadrillas, maestros en tête, et que déboule le toro, ronflant de stupeur contre les burladores puis cadrant ses quatre pattes au milieu de l'arène, pointant ses cornes vers le ciel et proclamant, mufle fermé : « Maintenant, tous cierges éteints, au soleil c'est moi le Dieu! »

Le même jour, Christ ressuscité, les habits de lumière ne sont plus ceux des Vierges mais des toreros, les montres sont avancées d'une heure et le soleil prié de se lever plus tôt, les églises ferment leurs portes, la Maestranza, pimpante et vêtue de blanc, ouvre les siennes, les aficionados, entre pouce et index, pelotent leur cigare et se préparent, gravement, à marcher vers le temple avec, plié dans la poche, un mouchoir blanc qu'ils espèrent brandir.

Hier pénitent, aujourd'hui aficionado. Hier, la cathédrale et la tunique, aujourd'hui la Maestranza et le sombrero légèrement incliné sur l'oreille. Hier la mantille noire, aujourd'hui la robe gitana constellée de pastilles de toutes les couleurs.

A l'affiche de cette corrida de ce Domingo de Resurrección trois épées fameuses : Curro Romero, « Le Pharaon de Camas » (Manolete fut appelé « Le Monstre », Lagartijo était « Calife de Cordoue », Ostos « Lion d'Ecija », Puerta « Diego Valor », etc.), Rafael de Paula, gitano gitanísimo et Espartaco, ainsi nommé parce qu'il est né à Espartina, à une portée de flèche de Séville. Cela dit, comme Curro – ainsi l'appelle-t-on familièrement et, dans toute l'Espagne tauromachique, Romero est Curro comme Rossi était Tino et comme Rousseau est Jean-Jacques – comme Curro, disais-je, est le mystère n° 1 de Séville, comme pendant trois semaines le palabre tauromachique va prononcer cent mille fois son nom en y mêlant souvenirs éblouis, fureurs toutes fraîches, indulgences, rages et extases, nécessité m'oblige à dire quelques mots afin de percer, rude tâche, ce redoutable mystère. Donc, Curro, né à Camas en 1935, et qui porte maintenant la cinquantaine grassouillette, torée et tue des toros depuis plus de trente ans. Sauf qu'il est, également depuis plus de trente ans, le plus extraordinaire burlador de Séville auquel l'afición, bonne fille, ait jamais eu affaire. Elle en hurle de colère, l'afición sévillane, d'être si souvent – presque toujours – faite honteusement cocue, elle jure ses grands dieux qu'on ne l'y reprendra plus et que cette fois c'est fini, non, Curro, tu me trompes tout le temps, tu es un couard, un maquereau, un traître, un menteur, non, Curro, je n'irai plus à tes rendez-vous, le soir, à la Maestranza, je t'ai assez vu, chaque année ça s'aggrave, tu n'as aucune fierté, aucune once de simple amour-propre, tu me fais honte, honte, honte, je ne veux plus te voir et je ne t'aime plus. Elle met définitivement son Curro à la porte, l'afición, mais, à peine a-t-il passé le seuil et lancé : « Bon, chérie, rendez-vous demain, à six heures et demie, à la Maestranza ! » que le cœur de cette Doña Elvira défaille en le voyant s'éloigner. Elle rentre, se regarde dans un miroir et murmure : « Et le pire, c'est que j'y serai, demain, à son rendez-vous... » Elle ira. Curro, comme d'habitude, sera lamentable. Elle lui expédiera, en guise d'assiette, son coussin à la tête. Elle le traitera de « Sinvergüenza ! » Elle jurera, pour la millième fois, qu'elle a cette fois compris. Dans deux jours, elle l'applaudira au moment du paseillo. « Je suis sûre qu'aujourd'hui il ne va pas me tromper... » Il la trompera. Elle dure depuis trente ans cette incroyable scène de ménage entre Curro, l'amant, et Séville, cette femme.

– Qu'est-ce que tu veux, c'est un artiste, dit El Vito.

– Il nous trompe avec art, dit Bartolomeo.

– Rien à faire, je suis currista, c'est une maladie, dit Pepe en étrillant son cheval.

– Je lui ai donné cinq corridas, cette année pour la Feria, dit Don Diodoro qui préside aux destinées taurines de la plaza, mais à qui la faute ? Tant que le public voudra le voir, comment l'en empêcher ?

Non pas un amour mais une passion, Curro ? « Un dixième de la loterie. On perd à chaque fois mais ça n'empêche pas de croire qu'un jour on touchera le gros lot. » Curro ? « Un enfant gâté dont on attend des merveilles. Quand il entre dans l'arène en secouant la tête comme un jeune eucalyptus sous le vent et qu'il regarde en boudant les peones voleter autour du toro, tu peux être sûr, ay!, que ça va mal. » Curro ? « Le Messie, on l'attend toujours... » Curro ? Dans son palais de Las Dueñas, la duchesse d'Albe, qui s'y connaît, me confiera : « Pour le comprendre, il ne faut pas oublier qu'il est cuchichi. – Cuchichi ? – Oui, qu'il a une moitié de sang gitan. »

Et parce qu'il arrive qu'on aime encore parce qu'on a aimé, autrefois. Je n'ai plus aucune raison de t'aimer mais je t'ai tant et tant aimé que je t'aime encore. Il y a des femmes, ainsi, qui n'oublient jamais des *choses.* Quoi ? Des choses, vous dis-je, et ne cherchons pas à comprendre. Et Séville, cette femme, n'oublie pas quels bonheurs elle éprouva, avec son Curro. Comment il la toréa – de très rares fois mais ce fut inoubliable – penché sur elle, souvenez-vous, comme le Minotaure de Picasso au-dessus de la femme endormie ou, c'est plus probable, pâmée. Cette grâce, cette lenteur d'amour lorsque la caressait la cape, tenue, eût-on juré, à deux doigts et découvrant doucement, sur la couche, le corps ébloui. Les deux mains très basses et comme abandonnées au bout de bras fluides. Le long mouvement. Le torse qui pivote, le bras gauche qui semble draper le tissu autour de la taille mais le bras droit fuit, là-haut, et en éventail le déplisse et le poignet se casse, reste en suspens, et l'énorme ceinture noire qu'enroulait Curro l'Inspiré autour de ses hanches et de ses reins cambrés, c'était un toro. Cette lenteur, cette si douce et gracieuse majesté, cette caressante allégresse, cette séduction sévillane du Tenorio qui, d'un sourire à peine étiré sur ses dents qui brillent, à peine étiré pour que l'on ne s'aperçoive pas qu'il est un fauve, cette musique, c'était soudain Curro Romero. « C'est la Terre Promise, dit Antonio Olano. On ne sait pas si elle existe mais on marche. Pas moi. Je ne suis pas de Séville. » Galicien et madrilène, il ne marche pas, Antonio. Il exige du travail, du solide, du courage. Ces trois mots ne veulent strictement rien dire, pour Curro. Ou bien il est inspiré ou bien il ne l'est pas. Mais, comme l'inspiration est une grâce, il n'y va pas de sa faute s'il « fracasse » (presque) toujours. Fracasse. J'écris ce verbe parce que *fracasar,* en espagnol, signifie *échouer.* On entend le bruit du bateau qui se brise sur les rochers, on voit la coque qui se disjoint – et Curro qui revient vers la barrière, tête basse et brisé, une fois de plus, mais il en a l'habitude.

– Curro! Tu ne vas même pas voir les toros? Tu n'as même pas demandé de quels élevages ils viennent? Tu laisses faire?

– Et qu'est-ce que tu veux que ça me fasse qu'ils viennent d'ici ou de là?

– Mais...

– En ce moment, je sais de toute façon que je ne ferai rien. Alors?

Alors, puisqu'on l'en prie, puisqu'on le paie, il prendra la guitare, remuera les lèvres mais aucun son ne sortira de sa gorge. D'ailleurs, il danse et chante comme un professionnel, Curro. Il est « flamenco » de chair et d'os. Des pieds à la tête.

Flamenco... D'un homme, d'une femme, d'un geste, d'une réflexion, d'une allure, on vous dira, à Séville, que, « eso es muy flamenco » (ça, c'est très flamenco) et si vous n'avez pas l'œil, l'ouïe, le flair, le frémissement de peau qui vous font déceler immédiatement que ce geste, par exemple, ou cette plaisanterie est « très flamenca », vous feriez mieux d'aller à Genève voir sur le lac glisser les cygnes en récitant du Sully Prudhomme mis en musique par Saint-Saëns ou à Saint-Cloud assister à un match de golf. Pas flamenca du tout, la Suisse. Pas flamenco, le golf. Flamenca, oui, et mille fois, Séville. La Maestranza, la Tour de l'Or, la Giralda, les Vierges qui dansent, flamencas.

– Écoute ça. Une nuit de l'hiver dernier, un type masqué entre dans une petite bodega qui allait fermer, revolver au poing, et menace les trois derniers consommateurs. « L'argent! », il gronde. Les trois, tout à fait tranquilles, lui disent : « Hombre, tu tombes mal. On n'a pas un douro! – L'argent! » et le type se tourne vers le patron. « T'as pas de chance, ma femme est partie à la maison ranger la caisse, mais si tu veux, je te paie un verre. Allez, tiens! » Et il lui verse une copita qu'il lui tend. Déconcerté, le type boit, en soulevant un peu son masque. « Bueno, j'offre encore à boire à tout le monde! – Assieds-toi... » disent les trois philosophes au voyou. Il s'assied. Ils boivent. Au bout de cinq à six copitas, tout le monde discute de football et de toros. Le voyou, en bout de table, a tout de même posé son revolver devant lui mais discute avec animation. Il est du « Betis [1] » et son torero c'est Paula. L'un des philosophes lui répond : « D'accord pour le Betis mais Paula c'est un torero pour les photographes. – Qu'est-ce que ça veut dire, ça? – Ça veut dire que si tu fais une photo de Paula, quand il torée, elle est extraordinaire mais voilà, c'est tout, y'a pas de film. Dis, ça t'embêterait pas d'enlever ton masque pour qu'on t'entende mieux? – Bueno... » dit le voyou, et il ôte son masque. Un philosophe se frotte la joue. « Hé, hombre, tu serais pas par hasard Manolito, de San Bernardo? C'est pas toi que j'ai entendu chanter à Carmona, il y a... » Mais l'autre l'interrompt, très fier. « Si si, c'est moi, je suis Manolito, je suis le chanteur. – Attends, dit le patron, j'habite à côté... » Il sort et

1. Le « Betis » est le club rival du « Sevilla ».

revient au bout de cinq minutes avec une guitare. « Olá, Manolito, montre-nous ce que tu sais faire... – Allons-y... » a dit le voyou. Et il a chanté jusqu'à cinq heures du matin. Quelle histoire, hein ?

– Eso es muy flamenco, dit le maître de maison.

Ça, c'est flamenco. Et ça signifie que la vie, soudain, flambe d'une rage ou d'une joie complice. Ou bien qu'on se jette dans un défi et puis, sans crier gare, qu'on se dérobe, qu'on brise là mais avec une allure. Qu'on est voyou mais avec élégance, aristocrate mais avec un je-ne-sais-quoi de pícaro; qu'on est sérieuse mais avec, sans prévenir, un déhanchement qui en dit long; qu'on est pute mais qu'un soir, on ne sait pas pourquoi, on décide de donner tout l'argent des passes de la journée à la Vierge de la Soledad. Puis, dans l'église, on discute âprement avec elle et on en garde la moitié. Être flamenco, c'est être superstitieux, croire aux signes, tricher quand ils sont mauvais pour les rendre bons, mentir mais en vacillant sur son mensonge comme un fildeफériste sur son fil et, si l'on se rattrape, l'autre criera « Olé! »; c'est avoir le goût de la parade, même si on traîne un haillon, le génie d'un geste. Un torero vient de « rematar » une série de véroniques et s'éloigne, dos tourné au fauve qui en est resté stupide. Mais il entend, sur les gradins, un « Ho! », un friselis de frayeur parce que l'animal a baissé les cornes et avancé un sabot. Le maestro s'arrête, dos cambré, puis se retourne lentement, regarde le toro, s'avance au ras des cornes, attend, cape traînante et tenue d'une seule main, se retourne de nouveau et revient, cette fois plus lentement encore, vers la barrière. Aucun aficionado bon teint n'est dupe. Le toro avait épuisé son gaz. C'est du théâtre mais très réussi. On applaudit en riant. Eso es flamenco. Rafael de Paula, à Jerez, pique une colère et, chose inouïe, lance à travers l'arène son épée qui se plante, sec, dans la barrière. On le hue. Il défie les gradins, menton dressé. Lorsque, brusquement, il retire l'épée fichée dans le bois, se tourne vers le public, s'incline et demande pardon. Ensuite, il chasse les peones. On l'applaudit. Il a un geste qui signifie : « Pas encore ! » On l'applaudit plus fort. Eso es muy flamenco. Sa femme l'a trompé. Il soudoie deux ou trois copains qui rossent durement le séducteur et l'endommagent. Séville s'indigne. Non pas parce que le rival a été mis hors d'état de nuire mais parce que « Rafaé » n'a pas fait le travail lui-même. On le met en prison. Quand il en sort, c'est pour toréer – quel toupet ! – à la Maestranza et voilà qu'il est très bon. On oublie sa couardise devant le séducteur de l'épouse, on applaudit sa bravoure devant le toro. Un clou a chassé l'autre et un défi une frousse. « Et maintenant, Rafaé, que toute cette affaire est terminée, est-ce que tu vas pardonner à ta femme ? » Réponse : « Comme chrétien, oui. Comme gitan, jamais ! » Et Paula toréait six toros à Madrid, à Carabanchel, et était exécrable. Injures et sarcasmes scandaient ses paniques mais le maestro, dont le teint jaune avait pourtant viré au vert bronze, ne s'en enfonçait pas moins dans le fracaso total. Soudain, comme sort le cinquième quadrupède, un grand gitan se lève sur les gradins et, debout, mains jointes comme un prophète, lance : « Rafaé, si tu n'avais pas été des nôtres, qu'est-ce que tu serais devenu ? » Paula regarde l'homme. Oui, s'il n'avait pas été soutenu par toute la gitanerie qui l'idolâtre, que serait-il aujourd'hui ? Cireur de bottes à Jerez ? Gardien de chèvres dans la sierra entre Ronda et Arcos ? Spécialiste à Séville du ramassage des vieux cartons et attelé lui-même à la petite charrette avec, à l'arrière, la marmaille qui pousse ? Le prophète a raison. « Rafaé, qu'est-ce que tu serais devenu ? » Argent, Mercedes et toutes ces broderies d'or, sur les épaules... Alors, Paula se mit, magnifiquement, à toréer. Brusquement, l'allure. Par caprice ou défi. Je t'emmerde, vieux con, ou, non, tiens, j'ai changé d'avis, je t'honore. Eso es muy flamenco.

Pour simplifier, provisoirement, nous dirons qu'est flamenco tout ce qui vous arrache un « Olé! ». Et même la prouesse d'un garçon de restaurant qui trébuche et tout le plateau va choir mais le garçon évite par miracle la corne du ridicule, rééquilibre en fin de parabole le plateau fou et marche, grave comme un pape, vers les consommateurs qui crient « Olé! ». Et le garçon salue. Deux oreilles pour l'exploit. C'était à Arcos. Ça n'arrive jamais à Bilbao. A Paris, on dirait : « Hé là! On l'a échappé belle! » Le patron regarderait sévèrement le pauvre loufiat. Celui-ci balbutierait : « Excusez-moi... » En Andalousie, on vient de vivre une petite tragi-comédie dont un héros sort vainqueur et on crie « Olé! ». Eso es muy flamenco. L'allure, vous dis-je, la grâce, la courbe dans le geste et son arrêt sec, le paraphe du torero qui, en un superbe « remate », signe dédaigneusement son œuvre et marche, ventre creusé, épaules rejetées, vers la barrière. Flamenco. Ce pourrait être une morale. Elle serait celle d'une certaine allure que l'on donne à sa vie. Elle serait certaine manière aristo-populaire de réagir au spectacle du monde. Dans les veines de la reine Andalousie coule beaucoup de sang gitan et, pour cela, quand on l'embrasse, ses lèvres sont un peu salées. Délicieux, ce goût est flamenco. Flamenquismo ou le sel du sang andalou.

Une précision cependant : le gitanisme d'Andalousie, enchâssé dans cette terre bénie, est unique. Le gitan sévillan, grenadin ou cordouan est parfaitement intégré à, comme l'on dit aujourd'hui, son « environnement ». Ni sous-homme, ni paria, ni minorité « opprimée ». Un « S.O.S.-Gitan », une L.C.R.A.G., Ligue Contre le Racisme Anti-Gitan, etc. serait étonnamment saugrenue. Que se passerait-il à la porte de ses locaux? Des femmes mendieraient. Et à l'intérieur? Des hommes chanteraient et des garçonnets s'entraîneraient au « toreo de salón [1]». Bref, le

1. Le toreo dit « de salón » consiste à s'entraîner avec un partenaire qui « fait le toro » et fonce, en tenant entre ses mains une sorte de joug armé de cornes, sur cape et muleta.

gitan andalou assume, tranquille, ce qui le rend singulier et, notamment, sa paresse et son afición pour le chant et la danse. Son *caractère*. Il assume aussi sa paresse fameuse. Il a une excuse puisque l'une des légendes de son peuple assure que les gitans seraient les fils d'Adam lui-même et d'une première épouse. Conséquence : ils appartiennent à l'unique race qui n'a pas été contaminée par le péché originel si bien qu'ils échappent à la malédiction. (« Et tu gagneras ton pain à la sueur de ton front... ») Hombre, comment trouver meilleur alibi à la douce paresse? Il sait, en outre, qu'il a imbibé ses compatriotes non gitans de son flamenquismo. « Nous, en Andalousie, nous travaillons bien et vite parce que nous n'aimons pas ça. Pour être débarrassés le plus tôt possible du travail. » Parfaitement exact. On est à la fois lymphatique et nerveux, dans ce pays; d'où cette qualité particulière du toreo andalou, son style mêlé de rêverie langoureuse et de fantaisie vibrante de nerfs, cette mollesse et soudain, comme une fleur éclose en un accéléré, sa souveraine fantaisie.

Dimanche de Résurrection. Sera-t-il celui de la résurrection de notre Curro ou bien, encore une fois, allons-nous sentir pousser sur notre front de cocu les cornes devant lesquelles se sera dérobé le « Faraón de Camas »? Je tâte mon front. Pour le moment, il reste lisse mais j'éprouve, tout de même, sous le crâne, une douleur suspecte. Ça n'a pas tardé...

Pourtant, mon âme (mi alma, mi « arma », comme disent les Andalous en transformant le l en r...), la Maestranza s'était faite si belle pour recevoir son amant! Jupon d'or et d'ocre brodé de rouge-violet, corsage de colonnettes s'élançant vers le ciel, chapeau bleu de dentelle céleste et un soleil piqué dessus. Et parfumée par l'encens des cigares. De toute l'histoire de la tauromachie, Curro est le torero qui, à Séville, a effectué le plus grand nombre de fois le paseillo. Cent quatorze fois, il est entré dans la chambre de son amante. Un record. Il en détient aussi un autre : celui des broncas. Mais, comme je vous l'ai dit, il a été si « fenómeno », parfois, qu'il vaut la peine de courir le risque – insensé – d'un espoir.

Il s'avance engoncé dans son costume qui moule ses formes désormais replètes, salue avec ses compagnons (Paula et Espartaco) la présidence, déploie sa cape pour se dérouiller les poignets. « Ah! si seulement ils se contentaient de me voir faire le paseillo... Ils sont trop exigeants. Non seulement ils veulent me voir mais ils me demandent de toréer. Séville séduite me demande de lui être fidèle. Décidément, les femmes... » Ainsi pense Curro pendant que toute l'afición, pour Rodrigue torero, a les yeux de Chimène.

Ça n'a pas du tout tardé. Avec son premier toro, il me rappelle quelqu'un que j'ai bien connu, il y a longtemps, et qui s'escrimait devant un novillo, ahuri de se mesurer à pareil client. Cul en arrière, bras tantôt en bois et tenant l'étoffe comme si elle eût été enflammée à l'essence, tantôt replié par une ankylose du coude, le souvenir de ce torero débutant est resté gravé dans ma mémoire. C'était Curro Romero aujourd'hui. Une seule différence : pendant qu'il se démenait, ce débutant plutôt pitoyable ne gonflait pas ses joues, comme le fait Curro, qui n'émettaient pas des « ploufs » comme des pets de trouille. Sa taille était aussi plus mince. A part ça, ressemblance troublante. Gravée, ici, tenez je désigne mon front, et jamais oubliée, puisque ce torero grotesque, c'était moi, planté pour la première fois de ma vie, devant un noiraud cornu. Bide de Curro. A son deuxième, re-bide. L'animal, ultra-piqué férocement, se convertit en toro de bois d'où sourd une source qui lui laque le flanc d'une peinture rouge dégoulinant jusqu'au sabot. Une mise à mort sale. Terminé pour Curro, aujourd'hui. En France, à Nîmes par exemple, la fureur du public réduirait en poudre le cirque millénaire. A Bilbao, l'ETA condamnerait à mort cet Andalou qui prétend l'imiter en massacrant un toro comme elle assassine un garde civil et ne souffrirait pas cette concurrence dans la lâcheté. A Séville, doña Elvire se tait et soupire. Quarante mille cornes ont poussé sur vingt mille fronts, avec un bel ensemble, mais l'habitude, y compris celle d'être cocu, est, pour les Curristas, une seconde nature. Paula, tête de loup pirate, pattes gitanes qui lui ornent les joues, œil, cheveu et regard noir fabrique avec ses deux toros des dentelles qui aussitôt se déchirent. Mais voici, à son deuxième, Juan Antonio Ruiz, dit Espartaco (d'Espartina), le jeune Spartacus âgé de vingt-deux ans, frange sur le front, le teint frais, les dents éblouissantes de blancheur. Il a un petit piano dans la bouche, ce garçon, mais qui ne comporte que des touches blanches et dont son sourire joue avec allégresse. S'il était énarque français, on le qualifierait de « jeune loup » pour cause de volonté, d'ambition, rapidité et sûreté d'esprit dans les diverses calembredaines que l'on apprend à l'ENA. Dieu soit loué, le loup est espagnol, torero et fils de torero. Un fou de la Fiesta, le papa.

– J'avais douze ans et mon père a décidé que nous irions faire un tour en Amérique, tous les ans, dans une troupe de toreo comique. En Colombie, en Équateur... Je tuais les becerras [1] au cours de la partie sérieuse du spectacle. J'étais parfois déguisé en loup.

Puis, retour à Madrid, toute la famille logée dans une cave et père, mère, frères se saignent aux quatre veines pour que le petit soit un jour torero. C'est de l'Emilio Zola, mais qui

1. Vaches braves.

finit bien : El Espartaco, aujourd'hui, est dans le peloton de tête des « figuras » du toreo et, dans les jardins de sa villa, à Sanlúcar la Mayor, les citronniers sont chargés de fruits... d'or.

– Et quand tu triomphes, aujourd'hui, à quoi penses-tu ?

– A mon père. Toujours à mon père.

D'or, les citrons, et le cœur du même métal.

Sous l'œil blasé de Curro, il sera superbe, à son deuxième toro. Les bras tombés, le compas des jambes exactement ouvert, point ne sera besoin, à la télévision, de repasser son travail au ralenti. Tel, ce prodige de l'art tauromachique : pratiqué par des maîtres – et certains après-midi, quand les dieux s'en mêlent – il inventa le « ralenti » bien avant le cinématographe. Il inventa cette cadence en laquelle se meurt la charge du fauve mystérieusement enchanté par l'étoffe qui, lentement, balaie l'arène. Une oreille pour Spartacus. Un tour de piste sur les épaules des admirateurs. Tout à l'heure, Abelardo, sur le trottoir de la calle de Los Reyes Católicos, savourera son bonheur. Il a été le plus rapide à sauter la barrière et c'est lui qui, sur ses épaules, a porté le gladiateur.

J'allais oublier de conter que Rafael de Paula s'est livré à une comédie intéressante. Avec l'un de ses toros, il donnait une passe de muleta magistrale mais, n'ayant pas envie d'enchaîner, il stoppait aussitôt, représentait le chiffon, respirait profondément deux fois, regardait le toro, respirait encore et, nada de nada, la bestiole, découragée, ne voulait plus jouer à ce jeu-là. Il est donc exact que Paula est le meilleur torero pour rendre un photographe célèbre et qu'à l'aide de colle et de ciseaux, un monteur de cinéma pourrait fabriquer, avec des passes du gitan, la faena du siècle. Don Virgilio, aficionado et esthète, me dira : « C'est un grand peintre mais il n'achève jamais le tableau. » Des esquisses géniales. A côté de moi, n'oublions pas non plus de rappeler que se trouvait un spectateur désespéré d'assister à la décomposition du Pharaon. Que faire? Que dire? Mon voisin était morne et en avait laissé s'éteindre son cigare pendant que l'idole balançait sous le mufle du toro de pitoyables passes dites « de châtiment ». Silence atterré sur la plaza. A ma droite, au-dessus des toits, la Giralda avait mis un petit nuage devant ses yeux pour ne plus voir ça. A ma gauche, alors, mon voisin, sublime de dévouement, murmura à voix basse : « Allez, Curro, laisse tomber, prends ma place... »

SIXIÈME CAPRICE GOYESQUE OU « COMMENT LE SOUPÇON VIENT AUX TOREROS »

– Tu sais comment le maestro s'est aperçu qu'il était cocu ?

– Non.

– Un jour, en se rasant, il se coupe une oreille. Il pense : « Ça y est ! Il me manque plus que deux cornes ! » et, à partir de ce moment, il a soupçonné sa promise et lui a dit d'aller se faire voir ailleurs. Elle a pleuré.

– Et il était vraiment cocu ?

– Non, mais, dans la glace, avec son oreille qui saignait, il avait vu le toro.

Lorsqu'on est, comme moi, complètement cinglé de toros et qu'on passerait sa vie dans ce « milieu » qui, par ensorcellement, devient « milieu du monde »...

– Et pourquoi ne le fais-tu pas ?

– Je me connais : mes passions se transforment en vices si je ne les tiens pas sous haute surveillance. Du coup, je dose et Gide disait que ce qui est délicieux ça n'est pas l'eau mais la soif.

– *Nourritures terrestres.* Littérature.

– Je m'en tire comme je peux.

– Tu aurais aimé être torero ?

– Ce rêve !

– Pourquoi ?

– Parce que c'est elle, la tauromachie, et parce que c'est moi. Et puis, c'est rond.

– Pardon ?

– Je suppose que le docteur Freud doit avoir une explication à ça : j'aime ce qui est rond.

– Pardon ?

– L'arène, le soleil, les naturelles données en rond, le toro enroulé autour de la taille, la forme d'une pomme, les seins d'une femme, dans la main une boule de billard ou une balle de tennis duveteuse, la course en demi-cercle d'un banderillero et cette émotion quand elle se brise contre celle du toro, la corrida divisée en *trois* temps, sur un rythme de valse, trois matadors, six (2 × 3) toros, le cercle où tournoie en vibrionnant l'afición, l'éternel recommencement des palabres, la mémoire qui remonte en noria les mêmes histoires, le sabir refermé sur lui-même par force centripète, les gestes qui, après la course, miment – pieds qui pivotent et main ouverte qui file au ras de la braguette – les cojones, etc. Tout est rond. Et ronde l'horloge de la plaza où tournent, inexorablement les aiguilles. Ô cette sérénité d'être logé dans cet œuf qu'est le monde des toros!

Ronde la plaza. Au fur et à mesure qu'y meurent les toros, l'ombre dévore la lumière. La sombra vainc el sol. Il torée aussi, là-haut, le soleil. Il dessine sur l'arène sa longue véronique d'or et puis, à la fin, un dernier remate et il s'éloigne, solennel, vers sa barrière d'horizon en repliant sa cape. Et quand sort le cinquième toro, pourquoi la légende dit-elle qu'il est toujours le meilleur? Le soleil décline, la lumière est plus douce, les couleurs naguère éclatantes des habits de lumière brillent à la fois plus fort et plus tiède, la valse se ralentit et maintenant les amants savent qu'ils se sépareront. Je proclame donc le soleil torero. Demain, de nouveau, il s'avancera pour effectuer, sur la terre ronde, son paseillo. Tu m'as maintenant compris, n'est-ce pas? Tout est rond.

– Continue, espèce de timbré.

– Volontiers!

Vois, dans l'arène ronde, éclore les poussins jaunes. Les cuadrillas qui font leur entrée. J'ai encore sur moi, qui me parfume, l'odeur du patio de caballos où j'errais, avant la course. Couleur terre et ocre. Attelages de mules – ou de chevaux – méditatifs dont tintinnabulent faiblement les grelots, comme la peur tintinnabule dans les cœurs avant d'y frapper à grands coups. Grelots, clochettes qui tout à l'heure déchaîneront leurs volées lorsque la Mort, transformée en toro, sera traînée hors de l'arène. La masse noire glisse sur le sable et l'on pourrait entendre trompettes et buccins, n'est-ce pas, pour saluer cette sortie; mais non, c'est au son de grelots que la Mort est traînée sur le sable. Et, en contrepoint, sifflent et claquent les fouets brandis par les hommes de l'arrastre. A Séville, ils sont habillés de vestes blanches, comme des bouchers ou des pharmaciens...

Chevaux ou mules qui encensent pour chasser les mouches espiègles qui leur boivent les yeux. Déjà harnachés, les chevaux des picadors, un œil bandé comme de vieux pirates. Des monosabios [1] les enfourchent, leur font effectuer un petit tour, tirent sur le mors, les placent devant des toros imaginaires, vérifient leur docilité; et les pirates vont et viennent, l'œil bandé afin qu'ils ne découvrent que la moitié du ciel et ne voient point le vaisseau noir qui tout à l'heure foncera sur eux, rostres en avant.

Les picadors fument et discutent gravement. Gros scarabées montés sur deux pattes; et résonnent, clic, clac, les jambières d'acier.

Des spectateurs, invités ou aficionados privilégiés, au fur et à mesure que l'heure avance, se déplacent vers l'entrée de la chapelle pour mieux voir les toreros que voici; ils arrivent, une rumeur les précède. L'éclair des soleils, dans le patio, et qui éteint alentour les couleurs d'ocre et de terre, les robes des chevaux, les argents des boléros des picadors, le noir des sombreros aficionados. Les maestros arrivent, dans un ruissellement de soleils. Ils se dirigent vers la petite chapelle de la plaza, précédée à Séville d'une sorte de hall avec bancs collés au mur et tapissé d'azulejos où s'assoient les banderilleros. Les matadors ont droit à la chapelle. Certains prient debout, lèvres serrées. D'autres à genoux qui se relèvent pour embrasser la Macarena et le Gran Poder peints sur les azulejos luisants fixés dans le mur. Ils ressortent. Quelques

1. Membres du service d'arène que l'on appelle familièrement « monosabios », c'est-à-dire singes savants.

mots qu'on leur adresse à la ronde. « Olá! » « Suerte, Paco! » Mais les matadors n'aiment pas, disent-ils, la lumière et ont hâte de s'enfouir dans le sombre couloir de la porte de cuadrillas, au creux du ventre obscur de l'ombre-mère qui les protège encore et où les ors brillent plus faiblement comme trésors dans une caverne. Et là, ils attendent, bras en écharpe, que les clairons retentissent et qu'à l'horloge de la plaza l'aiguille des minutes hésite puis, d'un mouvement sec, se fixe sur l'heure fatale. Un raclement d'escarpins sur le sol, un raclement de gorge, un dernier geste pour enfoncer la montera, un crachat. Les cuadrillas s'avancent.

Patio de caballos. On sort de l'hôtel, du luxe de la chambre aux rideaux à demi tirés où l'on a revêtu, aidé du valet d'épée, le costume neuf ou nettoyé, on s'est douché, lustré le poil, on foule des moquettes, on s'enfonce dans les coussins de la Mercedes et, quelques minutes plus tard, le patio de caballos. Son odeur de crottin, de sueur, de pisse de cheval, son « côté » corral de ferme, de bruyante foire aux bestiaux, d'étable. Merde! Il va donc falloir tuer des toros! Alors qu'on est si riche et propre, si bien habillé, ay! il faut tuer des toros et se convertir en artistes de ce labeur? Revenir à la ferme où est accouru le peuple pour assister au spectacle. Reprendre contact avec la terre, la crotte, le sang, les odeurs... Luis Miguel Dominguín détestait le patio de caballos, il y restait froid. Un capitaine qu'on obligeait à passer par les soutes du navire avant de regagner, en grand uniforme, sa passerelle de commandement. Un grand seigneur traversant les cuisines...

Évidemment, j'aime cette « atmosphère ». Le torero aristocrate, c'est bien, mais le torero qui s'extrait du peuple et reste collé à la terre, c'est mieux. En « civil », un paysan, de gueule, de voix, de propos – parfois de corps. Une cambrure, cependant, des gestes, une épingle de cravate, un sourire et la crinière trop lustrée qui révèlent le belluaire. Cette démarche lourde de cul-terreux, attendez que les clairons sonnent et vous la verrez se transformer en parade de défi. L'habit et le toro auront fait le moine. Le désir et l'amour, de l'amant inventent le geste; et le toro est le seul animal – le seul *être* – qui, quand tu l'aimes, ne te permet de l'approcher que dans un combat; et quand tu n'es qu'un aficionado tu as le soupçon de cet amour et, comme cette passion te dérange l'esprit, ton regard divague. Tout se torée, dans une vie. A l'entrée de l'Alcázar, à Séville, tu ne prêtes qu'une attention distraite à un bananier chargé de ses fruits verts mais ce palmier de trente mètres, à tes yeux, s'élance vers le ciel avec une élégance gitane et torée, là-haut, un nuage qui passe et auquel tu donnes forme d'un toro blanc aux cornes qui se fondent dans l'azur. Un palmier-torero! Qui l'eût cru? Moi. L'afición est le trouble du regard d'un fol.

C'est pourquoi il a repéré, mon regard, ce torerito qui, avant que ne s'ouvre la Feria, a décidé de camper devant les grilles de la Maestranza pour mendier une corrida. Ce spectacle est assez fréquent. On s'installe, on punaise sur un panneau des critiques découpées dans d'obscurs journaux et on invite l'afición et les responsables de la plaza à vous inscrire au cartel d'une course. Celui-ci s'appelle Diego Moreno.

– Tu vas rester là longtemps?

– Jusqu'à la fin de la Feria.

– Où couches-tu ?

Il désigne, à côté, un buisson.

– Là.

Il est arrivé à Séville en stop, en camion-stop, de Jimena de la Frontera, près d'Algeciras.

– Toute ma famille est aficionada. Mon père et mes frères m'ont donné un peu d'argent pour que je vienne à Séville. Moi, j'ai décidé d'être torero à onze ans après avoir assisté à un festival où il y avait El Jerezano, Paula et El Monaguillo.

Les tientas, ensuite, dans toute l'Andalousie. A quinze ans, la première becerra tuée, et, en 1981, sa première novillada avec picador, à Benalmadena, près de Málaga.

– J'ai volé un jambon pour payer le picador !

Il a les cheveux bruns, des yeux vert et noir.

– J'ai tout fait. Le plus terrible, c'est les capeas, dans les villages, avec les spectateurs saouls et les toros de cinq à six ans, que fournissent les éleveurs de deuxième catégorie, des toros vieux, défectueux, grands. Dans les villages, ils veulent de grands toros. J'ai eu neuf accidents, des luxations, des fractures, un pied écrasé, des coups aux genoux, un tibia cassé. Terribles, les capeas.

Ou, à la fin, les villageois attachent le toro et le tuent eux-mêmes. Ou il arrive qu'ils balancent le torero dans la fontaine située au milieu de la place. Ça lui est arrivé. On l'a foutu à l'eau avec son costume que lui avait donné un vieux banderillero gentil. Sa muleta, une vieille cape, cadeaux de Ruiz Miguel et d'Emilio Muñoz. « Tu m'offres cette cape, maestro ? – Oui, allez, elle est à toi, niño... »

– En revanche, s'ils sont contents, les paysans, ils te fêtent et te saoulent. A Meco, près d'Alcalá de Henares, ils m'avaient tellement saoulé que je ne pouvais plus marcher.

En Andalousie, les fêtes villageoises du toro prennent

plutôt l'allure de réjouissances champêtres. En Castille, d'août à septembre, elles conservent toujours leur caractère sauvage. Les paysans gardent l'âme calleuse. Ils ont la brutalité carrée, la rigolade pas compliquée. Une colère si le malheureux torerito, vert de peur, n'« en » a pas comme ils les aiment. Une hilarité énorme si le toro déchire le pantalon et apparaît une fesse ridicule. On est, là, au royaume séculaire des âmes fortes. Il manque quatre dents dans la bouche de ce type qui injurie le torerito. Des vieilles agitent furieusement, comme des ailes, leurs bras noirs. Les jeunes filles crient, aigu : « Couard, tu n'es pas un homme! », s'ébouriffent et transpirent. Le torerito barbote dans la fontaine d'où des garçons l'empêchent de sortir. On s'amuse beaucoup.

Évidemment, j'aime cette « atmosphère » d'Espagne immobile et goyesque.

– Que fait ton père?

– Il travaille aux champs. Il est journalier.

– Et tes frères?

– Dockers à Algeciras.

– Tu veux un peu d'argent?

– Non, non.

Il repousse le billet.

– Mais si, prends. Un jour, tu me le rendras.

Il secoue la tête.

– Je ne veux pas d'argent. Je vais vous dire une chose : ce qu'il y a de plus dangereux, dans les capeas où les toros sont tellement vieux, tellement gros et tellement mauvais, ce qu'il y a de plus dangereux, parce qu'on sait qu'on risque sa vie ou l'hôpital pour cinq ou dix mille pesetas, c'est qu'on apprend à fuir. On fuit, même sous les bouteilles qu'on vous lance. Et, ça c'est mauvais. Si on apprend trop à fuir, on ne sera jamais torero. L'argent, c'est pareil. Si je commence à en accepter, je deviendrai un mendiant et, moi, je veux être torero.

– Et ton torero préféré, qui c'est ?
– Moi.

Quand on est invité à déjeuner par Don Fernando de Parias, ancien maire de Séville, rayonnant de cordialité et tranquille de noblesse (olá! Fernando, je m'étais promis de citer ton nom, dans ce livre, et, voilà qui me remplit de joie, de te faire un quite [1] d'amitié...) et qu'autour de la table ne se trouvent que cinq personnes dont deux adorables femmes, l'épouse de Fernando, Evita, et María Luisa, héritière de l'illustre élevage des Guardiola, et le comte de Peñaflor, lieutenant général de la Real Maestranza de Caballería de Séville, on ne se sent pas modeste. D'ailleurs, si Reagan, ce jour-là, m'avait prié à la Maison-Blanche, je lui aurais répondu : « Désolé, mais j'ai mes snobismes de maniaque, et préfère déjeuner chez mon ami Don Fernando, à Séville, et il y aura là le lieutenant général de la Real Maestranza de Caballería, comte de Peñaflor qui, auparavant, m'aura fait l'honneur de me guider, en visite privée, dans les salons de l'hôtel particulier de la Real Maestranza attenant, comme vous l'ignorez, monsieur le Président, à la plaza de toros avec laquelle il communique. Et si vous voulez en savoir plus long sur l'antiquité et la noblesse de ces lieux, lisez mon livre. Je m'adresserai à vous et ce subterfuge me permettra d'opérer une transition tirée par les cheveux grâce à laquelle, président, chef suprême des États-Unis d'Améri-

1. Le matador doit laisser ses deux camarades, s'il leur prend fantaisie, toréer brièvement à la cape le toro qui lui est échu. Le quite est aussi, plus généralement, l'acte qui consiste à écarter le toro du cheval ou d'un camarade en danger.

que, pays le plus riche du monde où sont élevés des millions de bœufs mais pas un seul toro brave et des millions d'informaticiens mais pas un seul torero (raison pour laquelle je n'aime pas New York mais Séville), vous saurez enfin que les origines de la Real Maestranza remontent jusques au temps de la Reconquête de Séville par le saint roi Fernando, au XIIIe siècle. Mais, comme le Maure continuait de rôder alentour, le bon roi décida de récompenser deux cents de ses braves chevaliers (« hijosdalgos de sangre »), en leur offrant à chacun une maison à Séville, vingt « aranzadas » (le dictionnaire m'apprend que l'aranzada correspond à 447 déciares...) d'oliviers et de figuiers, six de vignes, deux de jardins et quelques champs à blé. Ces hidalgos fondèrent l'hôpital de Los Caballeros et se formèrent en Confrérie dédiée à la mémoire de Hermenegildo, roi (wisigoth) et martyr. En échange des bontés du monarque, les nobles chevaliers devaient contenir le Maure et, à cet effet, continuer de pratiquer des exercices équestres. Et rien de mieux, pour se maintenir en bonne forme, que de combattre à cheval des toros. Au cours des siècles, la Confrérie chevaleresque de saint Hermenegildo alla s'éteignant pour revivre, sous le nom de Real Maestranza de Caballería, en 1670, sous le règne de Charles II. J'abrège. Aujourd'hui, les Maestrantes (id est les membres de l'Ordre) continuent de former un noyau de cent vingt membres environ, par voie héréditaire, et tous issus d'une douzaine de familles, férus de tradition, mainteneurs d'histoire en même temps que mécènes et protecteurs de diverses activités. Ils ne gèrent pas la plaza de toros attenante à leur hôtel mais en sont les propriétaires. Cet hôtel qui ne date que du début de ce siècle communique, par un passage aérien, avec la plaza où les Maestrantes ont leurs places réservées ad aeternum et séparées par des grilles du reste du public. Leurs épouses ont également les leurs mais également séparées, cette fois, toujours par une grille, de celles de leurs maris. Cette noble hiérarchie, cet antique machismo, cette volonté de maintenir le sens de la « hidalguía » contre l'esprit du siècle, l'existence d'un Ordre de Cavalerie aux règles d'une stricte sévérité à l'époque des missiles m'enchante à l'extrême. Ou mon enthousiasme redouble, c'est lorsque je vois, conduit par le lieutenant général, la salle du conseil que préside un fauteuil vide recouvert d'une tapisserie et que j'apprends qu'il est celui du roi, de par sa qualité Frère majeur de l'Ordre. Au-dessus, un tableau voilé. Lors des réunions, le fauteuil est découvert, le tableau dévoilé et Sa Majesté, absente mais portraiturée, préside. Ou mon enthousiasme ne connaît plus de bornes, c'est lorsque glissent les anneaux sur la tringle et que je ne découvre point le roi Juan Carlos mais son père, parce qu'il ne sert de rien que Juan Carlos ait brûlé une étape pour devenir roi d'Espagne. Tant que son père ne sera pas décédé, il attendra avant d'être Hermano Mayor de la Real Maestranza de Caballería de Sevilla. Le témoin, pour l'heure, est entre les mains de son auguste papa, le comte de Barcelone. Aux murs, dans les différentes salles et salons, les portraits des rois ainsi que ceux des prédécesseurs de mon hôte. La chapelle au retable d'or, où se marient les Maestrantes, est fort belle.

Visitons encore, avec révérence, la Maestranza, c'est-à-dire la plaza de toros – ainsi qualifiée – proprement dite. Corrales, chiqueros, écuries pour les chevaux de rejón [1] ou de picadors, la minuscule prison (« El Calabozo », la geôle, elle n'est plus utilisée...) pour toreros ayant provoqué un scandale, l'infirmerie ultra-moderne aux deux blocs opératoires où six chirurgiens, les jours de corridas, montent leur garde savante; et, enfin, sous d'amples voûtes de pierre, ce qui sera le futur musée sévillan de la tauromachie et où, déjà, sont déposées quelques « pièces ».

– Et ceci?

1. Toreo à cheval.

– Ça, c'est une très antique tête de Maure fabriquée avec une sorte de torchis coloré. Comme tu vois, il a l'œil gauche et une partie du crâne arrachés.

– Que lui est-il arrivé à ce pauvre homme?

– Les cavaliers se servaient de mannequins de Maures sur lesquels ils fonçaient, lance en avant, pour s'entraîner.

Dans des vitrines, des costumes de matadors. Par exemple, celui de Joselito encore enfant. Au mur, des têtes de toros que leur bravoure a rendus immortels. Salut à toi, ô « Nazareno », qui, le 8 décembre 1893, reçus quinze piques et tuas six chevaux. Mais qui est cette coquine, de poils roux, à l'œil malin et à la longue corne? Nom : « Islera ». Signe particulier : robe rousse. Profession : vache brave qui mit au monde « Islero », toro de Miura qui tua Manolete.

– C'est elle?

– Oui. Un don de Don Eduardo Miura à notre futur musée.

– Ravissante, la mère du tueur.

Le tueur, lui, dépêché à la hâte, n'eut pas sa tête empaillée car on se serait aperçu que Manolete toréait des bêtes aux cornes rasées (« afeitadas », épointées puis habilement effilées de nouveau, à la lime...), ce qui eût causé un dommage à sa légende. Reste que tout rasé qu'il fût, « Islero » tua le demi-dieu.

Et qu'annonce cette vieille affiche? Elle annonce une corrida avec toros de Buendia à la date du 31 août 1947. Toros qui seront combattus et mis à mort par le fameux diestro Manolete, accompagné de Paquito Muñoz et de El Andaluz. Mais Manolete, bien que l'affiche eût été imprimée, ce jour-là ne put honorer son contrat : il avait été tué quatre jours auparavant. Soyons poète, ce 31 août, deux toros furent toréés par un fantôme.

– Mon Dieu, ce n'est pas un miracle, ai-je dit au déjeuner puisque nous avons aujourd'hui l'occasion de voir toréer le fantôme de Curro Romero.

On a parlé toros. María Luisa (Guardiola) a prétendu que les toros braves ressemblaient à leur éleveur.

– Mon père disait que ses toros lui ressemblaient.

Sur-le-champ, j'ai ri, mais plus tard, la profondeur de cette réflexion m'a ébloui. Qui, en effet, lors des tientas, décide que telle vache sera digne de mettre au monde des toros de combat ? Qui décide que telle autre n'a pas les qualités requises ? Qui est séduit par la manière particulière qu'a la vache de foncer, d'aller à la pique, de se retourner ? Qui remarque ce type de charge, de distance qui a l'heur de plaire à la vache ? Qui prend la décision de croisements, de dosages pour aviver ou apaiser un sang ? L'éleveur. Certes, son jugement et son choix se fondent sur des données classiques et objectives, mais son goût à lui – sa subjectivité – pèse dans la balance et fait peut-être la différence. Et c'est pourquoi existent des toros qui *ressemblent* à leur éleveur ! Proposition qui me mène loin : par exemple au choix que font certains hommes de certaines femmes (et réciproquement), à cette différence que l'éleveur, lui, ne torée pas le toro alors que l'homme devra toréer l'amie ou l'épouse choisie (et réciproquement) parce qu'elle éveille en lui le désir de tel type de course. En somme, l'éleveur très chaste serait cet homme qui choisirait des femmes mais en confierait l'usage à d'autres. C'est toute la différence entre l'humaine espèce et celle des toros. Dans la première, l'homme (ou la femme) est à la fois sélectionneur et usager. Il (ou elle) croit réduire le péril : il l'augmente. Du temps de nos aïeux, la famille décidait du choix de l'animal de course. « Cette fille, mon garçon, est celle qu'il te faut : toréable sous tous rapports. » « Ce garçon, ma fille, est l'animal qui doit être lâché dans ta vie. » « A vos ordres, père. » Impossible, ensuite, de s'échapper de l'arène mais, comme tout était prévu, en tauromachie comme dans le mariage, on avait la possibilité d'exécuter des quites avec maîtresses ou amants. Quel heureux homme je suis! Grâce à mon afición, je comprends tout.

« Au travail! » a dit El Vito. On va avoir une rude journée. Trois élevages où El Vito doit promener son œil-laser pour y choisir des corridas. On est allé d'abord chez Soto de la Fuente où Manolo, le mayoral (plus souvent appelé « El Conocedor », en Andalousie), est resté d'un calme colossal sous l'avalanche des avis et des tapes et des rires et des plaisanteries du Vito. Normal, quand on pèse entre cent vingt et cent cinquante kilos. On a frappé sur la portière de la voiture, on a tournicoté autour des monstres, on a trié, on a bu un coup et on est reparti. Chez Pepe Ortega, sur la route de Merida, près de Santa Olalla, après avoir franchi la Sierra de Aracena aux puissants coups de reins. On est reparti chez Juan Pedro Domecq, à « Los Alvaros ».

– C'est la ganadería qui a le sang le plus vieux d'Espagne. Ses toros ont du sang de Veragua.

Cela a été dit avec respect. On ne plaisante pas avec le sang, dans le monde des toros. On y révère les origines. Sangs de Vistahermosa, Santa Coloma, Saltillo, Villamarta, Veragua, aussi illustres que ceux du Capétien, du Habsbourg ou du prophète Mohammed. Sang fiché, dosé, dispersé en gouttelettes miraculeuses sur les élevages, mélangé à d'autres sous haute surveillance afin d'éviter la roture qui tout démolirait. L'origine, la race, le sang, on est jalousement raciste – au nom de la « noblesse » – chez les toros.

Aux « Alvaros », les toros de Domecq étaient sculptés au milieu des pâquerettes, sous les chênes, et colossaux d'indifférence.

– Regarde celui-là... Cette allure! Harâââh! Toro!

D'un mouvement lent, il tourne la tête. Tiens, des

hommes! Il connaît cette espèce. Il y préfère celle des bouviers à cheval. Eux, au moins, ont quatre pattes.

– A Séville, en ce moment, les vétérinaires sont en train de refuser les toros par fournées pour manque de trapio. D'accord, le trapio, ça compte, ça compte, mais la noblesse, elle, est dans le sang.

On a, sur les petites routes, salué des amis et des connaissances. On a bu des copitas dans les ventas. Il y avait grande effervescence et rencontres imprévues. Les Ferias approchent. L'Andalousie des élevages est en ébullition. Il n'y a plus une minute à perdre et l'on s'agite dans les coulisses du monde des toros pour être exact au rendez-vous des Ferias. Apoderados, éleveurs, concessionnaires de plazas, matadors, tous enfiévrés, tous suspendus au téléphone, tous se donnant des rendez-vous, concluant ceci, dénouant cela, acceptant telle corrida, refusant telle autre, tous sur le pont et les quais. Or, caravelles et galions allaient appareiller et lancer leurs voiles, avec leurs équipages de brigands raflés dans les tavernes, de héros, de soldats qui déjà avaient été « là-bas », de prêtres aux joues creuses, d'aventuriers sans loi mais avec foi, et ça bouillonnait autrefois sur les quais du Guadalquivir. Et ça bouillonne aujourd'hui, avant les Ferias, de Cádiz à Séville, de Jerez à Cordoue, de Grenade à Málaga avant que les cuadrillas et l'afición s'embarquent pour les Ferias – ce Nouveau Monde chaque année conquis.

Un camion s'arrête. Toros. « Où tu les emmènes, Miguelito ? – A Alicante. – Bon voyage... »

– Julio, qui pourrait détrôner Curro Romero ?

– Tant qu'il sera là, à Séville, personne.

– Même pas Paco Ojeda ?

– Non, il n'est pas de Séville.

– Il te plaît, Ojeda?

– Je vais te dire : techniquement, aujourd'hui, il y a beaucoup de garçons (« chavales ») qui savent toréer. Impeccable. Très bien. Techniquement, il peut y avoir des progrès et il y en a eu. Ojeda est venu rappeler qu'il y a aussi l'art. C'est vrai qu'il n'a pas une technique parfaite, c'est vrai que des fois, il manque de recours mais il y a l'art. C'est bon de rappeler et de prouver qu'il existe. Toréer, c'est pas poum! poum! poum! donner des passes comme ça (geste d'une repasseuse faisant aller et venir son fer à toute allure), ça, *me cao en su muerte* (je chie sur sa mort), c'est facile. Toréer, c'est ça... (Sur la planche de la repasseuse, transformée en arc de cercle, le fer glisse doucement) *Me cao en la madre, eso es.*

(Ces terribles injures, couramment utilisées dans le peuple, sont purement sonores et ont la valeur affaiblie de notre « Merde alors! ». On ne les entend plus et elles ne servent qu'à reprendre souffle.)

Le compte à rebours des jours qui nous séparent de la Feria est commencé. Dans toutes les vitrines, fleurissent gaiement les robes gitanes qu'il faudra arborer, et pour les hommes, les costumes andalous, chemise au jabot brodé, pantalons rayés, hauts de ceinture et tombant à mi-bottes, boléro, sombrero. Les robes s'étalent, sont suspendues en grappes, moulent des mannequins à la taille de guêpe et aux seins parfaits pour se déployer en volants. De l'autre côté du fleuve, au-delà du quartier de Triana, sur un immense terrain vague, on accélère la construction des casetas, baraques de bois et de toile. Légère mais qui commence à friser la peau, une fièvre monte. Séville masse ses chevilles, affine sa taille et creuse son ventre pour se préparer à danser. Les « sévillanes » remplissent de leur musique les grands magasins. A les écouter, les vendeuses claquent des doigts.

Pour calmer cette fièvre, la pluie. Une pluie andalouse avec nuages impressionnants, torses gris et noirs bombés dans le ciel. Nous sommes dans le Sud de l'Espagne où le ciel ne s'engrisaille pas comme dans notre Ile-de-France, avant de pleurer sans caprice. Ici, il roule ses muscles de nuage, souffle de tous ses poumons, fronce d'énormes sourcils noirs et l'on serait très intimidé par ce colosse si, de temps en temps, le soleil n'expédiait pas un clin d'œil qui éclaire ses joues et les dégonfle de leur colère. De toute façon, ça n'est pas ce ciel démagogue qui nous empêchera de nous rendre à la plaza pour voir toréer Ruiz Miguel que nous avons salué ce matin lorsqu'il arrivait à Séville au volant de sa belle Mercedes; Marismeño dont l'étoile clignote assez faiblement et, enfin, Montoliú, sympathique et athlétique garçon à qui nous pardonnerons une mine très rose et le cheveu blond puisqu'il n'est pas andalou mais du Nord, de là-bas, de l'Est, de ce pays qui s'appelle la province de Valence et ne mérite une existence géographique, selon notre cœur fanatique, que parce qu'on y célèbre « Las Fallas » – ainsi appellent-ils leurs fêtes – où l'on court le toro. Être né dans ce pays et venir toréer à Séville alors que, l'année précédente, on n'était qu'un banderillero d'excellente renommée, c'est de la chance si on triomphe à la Maestranza, c'est très très très emmerdant si on s'y ramasse. Dans sa chambre, le maestro est conscient de l'enjeu en enfilant le bas rose sur la jambe solide. Mais, dans la salle de bains, pourquoi y a-t-il un rémouleur? En sortant, je verrai que c'est le valet d'épée qui, sur le bord du lavabo, aiguisait consciencieusement les armes de son maître. L'apoderado, qui n'est autre que notre bon ami Simon Casas, Français, de

Nîmes où il a en charge les manifestations taurines, qui lui-même revêtit naguère l'habit de lumières et dont l'œil noir qui pétille mériterait d'être andalou, Simon Casas, donc, encourage son torero. « Tu fais ce que tu dois et les gens s'apercevront que tu es un torero " de responsabilidad ", c'est ce qu'ils attendent de toi, ici. – Sí, sí, claro... » répond Montoliú.

Sans doute, le tri qu'effectuera la Feria ne s'est-il pas encore produit parmi l'afición puisque le public a hué à pleins poumons la présidence lorsqu'elle a refusé d'accorder une oreille à Ruiz Miguel après la mort de son deuxième toro. Il faut s'étonner de cette conduite lorsqu'on sait que ce public sévillan est le meilleur du monde. Le plus avisé. Le plus connaisseur. Celui qui a les réactions les plus sûres. Une merveille. Bayreuth avant le tourisme de masse. La Scala lorsque Stendhal allait y écouter Cimarosa.

Vrai qu'à la cape, Ruiz Miguel n'avait pas été remarquable mais vrai aussi que le toro, fuyard, allait dans l'étoffe à grands coups de faux et refusait de s'y laisser embarquer. Il cherchait comment fiche le camp de la plaza et fauchait la cape comme s'il se fût agi d'un carré de blé mûr. On le piqua. Il renonça à moissonner. Ruiz Miguel alors le toréa à longues passes de muleta, serrées et liées, qui provoquèrent, en vagues, les « Ooolé! ». Il tua, l'épée un peu fichée sur le côté, mais le toro tomba. On réclama l'oreille. La présidence resta de marbre. On la hua. Pas moi. Mais le matador eut droit à trois tours de piste. Un, deux, et le public l'applaudissant toujours, pour se venger de la présidence, il en fit trois. Hélas, trois tours, même à Séville, ne vaudront jamais une oreille. Trois valses avec une belle jamais ne valent le feu d'un baiser. Ruiz Miguel, tout de bleu vêtu, était vert de dépit malgré les sourires qu'il adressait à la foule. Par-dessus le marché, le ciel se mit à pleurer et la plaza se casqua de noir. A cause d'une première pluie, la corrida avait commencé avec vingt minutes de retard et la nuit tombait lorsque Montoliú eut à s'expliquer avec le sixième toro. La pluie redouble. Des milliers de parapluies, sur les gradins, comme une immense ceinture de deuil. On allume les projecteurs. La pluie, le froid, le ciel noir ou sanguinolent d'effrayantes bandes rouges et mauves. Un ciel de Jugement Dernier qui s'écrase sur la fragile « tortue » que forment les parapluies et, dans la boue, au milieu des mares où les gouttes serrées forment des milliers de cloques, dans une boue rougeâtre où se mélangent le sang qui coule du garrot de la bête et le liquide rouge avec lequel on a tracé les deux cercles qui délimitent les terrains du toro et des picadors, dans ce cloaque, dans cette nuit fantastique, un maestro qui s'est déchaussé pour ne pas s'étaler, dont la muleta n'est plus qu'un torchon ruisselant sorti d'un baquet, et qui n'a qu'une hâte : planter son épée n'importe où et en finir avec ce cauchemar. Dans le callejón, les peones des autres cuadrillas grelottent de froid. Montera sur la tête, cape sur les épaules, inondés par l'averse, ils évoquent des personnages de comédie italienne, aquarellés d'un pinceau baveux par quelque méchant Tiepolo et égarés dans une tragédie. Pitoyables les visages sous les monteras transformées en éponges, pitoyables les mollets gainés de rose qui donnent à ces silhouettes des allures d'échassiers au plumage jaune fouetté par la pluie. Et, là-bas, Montoliú, dont l'épée picore le toro sans parvenir à s'y enfoncer pendant que la plaza se vide en silence et que la nuit descend sur ce désastre.

Dans le hall de l'hôtel, Simon Casas tord les manches de sa veste d'où coulent des fontaines.

Je lui dis :

– C'est ça, aussi, la corrida.

– Oui.

– Plastiquement, c'était magnifique. Une des plus belles et des plus tragiques courses qu'on puisse voir. Du Goya atroce, noir avec des reflets rouges...

– Oui, c'est vrai, plastiquement un chef-d'œuvre.

– La beauté d'une débâcle.
– Oui, mais... soupire Simon.

Séché, lavé, peigné, le matador aura le courage de descendre dans le hall de l'hôtel. Encourageons-le. Disons-lui que, cet après-midi, les dieux ont confondu la Maestranza avec une piscine. Assurons-le que le public a compris que sa tâche était impossible. Et caetera, mais personne ne m'empêchera d'être poète et, si la corrida rate le sublime, je veux en aimer le grotesque. Dans ce monde fou de la tauromachie, on n'aime rien si on n'aime pas tout et ceux qui disent le contraire ne sont pas de vrais croyants mais des hommes de peu de foi. Pardonnez-leur, Seigneur, car ils ne savent pas ce qu'ils aiment.

A partir de ce onzième jour d'avril, au cours de onze après-midi, soixante-dix toros vont être immolés. C'est dire ma joie. Chaque jour ce rendez-vous. Chaque jour, le même chemin vers le temple. Chaque jour l'espoir et, s'il est déçu, la stoïque résignation aficionada. Après tout, Sénèque était andalou et a écrit que « Unum habet assidua infelicitas bonum quod quos semper vexat novissime indurat ». Autrement dit : la continuité du malheur offre au moins cet avantage qu'à force de maltraiter elle finit par endurcir. A l'abri derrière cette haute sentence, soyons prêts à tout. Même à apprendre que cet après-midi, le maestro Julio Robles a refusé de toréer parce que les vétérinaires n'ont pas voulu de quatre toros de l'élevage de Sampedro qui ont dû être remplacés par des animaux d'autres provenances. Robles a déclaré : « En ce cas, je ne torée pas. Les Sampedro étaient choisis et c'est eux que je devais affronter. Puisque les vétérinaires ont changé d'avis, eh bien, moi aussi! » A qui donner raison ? A l'austère maestro, natif d'Avila, patrie de saint Jean de la Croix et de sainte Thérèse qui certainement approuvent l'orgueil de cette conduite ? Aux vétérinaires ? De par leur verdict, nous verrons surgir tout à l'heure des malabars pesant jusqu'à 590 kilos. Violente polémique. L'afición écume de colère. Elle est contre les vétérinaires. Qui sont-ils ? D'où sortent-ils ? Ne savent-ils pas que les Sévillans s'enorgueillissent d'être « toreristas » et point du tout « toristas » ? Ce qui signifie qu'aux mastodontes, fort prisés ailleurs, ils préfèrent des toros plus fins, plus légers afin de permettre aux toreros de faire étinceler leur art. Ici, on aime le toreo élégant et des bêtes qui se prêtent au jeu. Ici, on aime que ça chante. Ici, l'artiste est acclamé et le belluaire boudé. Ici, un simple quite, donné avec une grâce aérienne, éblouira plus qu'une faena obtenue à l'arraché. Ici, le dessin à main levée et non le cuivre gravé au burin. Nous sommes andalous et notre divin maître, Don Juan, nous a appris quelle règle devait gouverner tous nos actes : d'abord séduire. Pantalon couleur sang séché, casqué de cheveux blancs, l'apoderado de Pepe Luis Vargas est dévoré d'inquiétude. Après la défection de Robles, qu'en sera-t-il du mano a mano entre son poulain et Tomás Campuzano. C'est un apoderado, Antonio Escobar, à l'ancienne mode, qui couve son matador comme une poule son unique poussin. Sa femme l'engueule. Dirait-on pas que Pepe Luis passe avant ses propres fils ?

– Il y a deux jours que je ne mange pas. Aujourd'hui, ma femme m'avait préparé pourtant un plat que j'adore, des pois chiches, et je n'y ai pas touché.

Honte aux vétérinaires! Les toros furent mols et ne se réveillèrent que pour donner des coups de corne boudeurs. L'un d'eux fut même descabellé par un peón caché derrière un burladero. Encore une scène de tragi-comédie : le peón, accroupi, son court poignard à la main et, tel un traître glissant sa tête de spadassin à travers un rideau, portant le coup de grâce au héros déjà lardé par un autre sbire. Mais, comme nous disons en Andalousie, « mañana será otro día... » et l'espérance, là-bas, dessine à l'horizon du désert son minaret. Mirage ? Nous verrons. Peut-être oasis puisque demain torée Paco Ojeda.

El Número Uno, Ojeda ? Je ne sais pas tant il y a de mystère dans ce paysan taciturne de Sanlúcar de Barrameda, dont le père était quelque chose comme plombier-ferblantier parcourant les rues de son village. Brillant novillero. Puis il s'éteint. Puis il rame dans les rangs des matadors de moyenne catégorie. Puis une éclipse. Enfin il décolle et, ces dernières années, s'envole.

– Tu as des toreros, dit El Vito, qui d'un coup sont à point, très jeunes, comme Paco Camino à dix-huit ans. D'autres qui doivent mûrir, lentement.

– Comme une banane ?

– Voilà. Comme une banane. Ou comme ces dattes qu'on a mangées, hier. Tu te souviens, elles étaient presque noires. Tu m'avais dit : « J'aime pas les dattes. » Je t'ai répondu : « Impossible. Pas celles-là. Goûte. » Tu as goûté et tu aimes les dattes. Ojeda, c'est pareil. Il est mûr.

A Séville, on est prêt à savourer la datte Ojeda. L'année dernière, il a très peu toréé en faisant l'impasse sur les grandes Ferias. Cette année, il se doit d'y revenir mais l'enjeu est d'importance car il s'agit de prouver qu'on doit de nouveau lui avancer son trône et, sur un plat ciselé, lui offrir des oreilles.

Ils sont venus de Sanlúcar, les « pays », les « fans » de Paco en apportant à la plaza une panière. Quoi, à l'intérieur ? Du pain, du chorizo, du jambon, des bouteilles ? Non... Mais alors quel est ce bruit étrange que l'on entend à l'intérieur de l'osier ?

Encore des rhinocéros à double corne. Un aficionado très érudit prétend que ces toros descendent des toros monstrueux – du temps où l'Andalousie était gouvernée par le légendaire roi assyro-babylonien Gerion – que l'on utilisait comme arme de guerre. On leur piquait des torches enflammées sur les cornes et on les lâchait, en ruée folle, sur l'ennemi. Donc, conclut l'aficionado, les vétérinaires croient que Gerion règne toujours sur la vallée du Guadalquivir...

Au cinquième toro, voici *mon* Ojeda. Ô lassitude exquise des bras tombés, ô lenteur défaillante de la capa qui chante profond son chant d'or et de rose et le cœur qui se balance dans nos poitrines, est-il à gauche, est-il à droite, on ne sait plus car il roule comme une cargaison désamarrée mais un bonheur nous monte aux lèvres, un nectar et non une nausée. Pourtant, il était arrivé tout fringant, ce cinquième toro, mais telle est la corrida que tout s'y dévoile. La vie. Le toro surgit et voici ta jeunesse ardente qui croit qu'elle va tout balayer sur son passage et qui fonce, cornes triomphantes, sur les obstacles qui soudain se dérobent. Des leurres, des illusions qui fuient. Ensuite, durement, le châtiment des piques et nous appelons cela des « épreuves », nous, les hommes, les banderilles et ta vie égratignée par des crocs comme si toute douleur, comme si toute épreuve devait par le malheur être ravivée et fleurie d'ironie. L'âge mûr arrive. Tu as été trompé, blessé, égaré dans des assauts qui furent tes passions mais tu charges encore bien que plus avare soit ton élan, plus réduite l'ampleur de tes rêves en lesquels tu t'embarques toujours jusqu'à ce que l'archange de la mort, parce que tu es trop las pour rêver encore à son appel, décide que tu dois mourir. Regarde ce toro dont la course emportée vide l'arène et admire sa gloire innocente, regarde ce toro épuisé qui tombe foudroyé ou attend le coup de grâce. C'est l'histoire de toute vie. C'est toi.

Il n'était pas d'une bravoure remarquable ce cinquième toro d'Ojeda et il fallut que le maestro le pressât comme un citron pour en extraire la liqueur d'une faena. Très difficile d'enrouler autour de soi une ceinture qui parfois se brise ou va s'effilochant doucement. Des méchants, à Madrid, disent que « El Sanluqueño » (il est natif de Sanlúcar) est prodigieux pour toréer des toros immobiles... Mettons cela sur les excès critiques de l'anti-ojedisme. A qui l'ojedisme répondra que, s'il était pianiste, Paco Ojeda embrouillerait ses doigts sur les quatuors de Beethoven mais n'aurait pas d'égal pour interpréter valses et nocturnes de Chopin. Cet après-midi, à tout prix, le maestro voulait couper une oreille à une bestiole qui ne collaborait qu'avec distraction. Impossible, par exemple, de lui faire relever superbement le chef à la fin des passes de poitrine et d'obtenir d'elle une charge suffisante pour que la muleta glissât des cornes jusqu'à la queue – « De pitón a rabo » – mais l'illusion y était et Ojeda balayait le râble du monstre et l'on eût dit que, sous l'étoffe, le mauvais collabo avait tout de même accepté de passer alors que c'était le maestro qui, d'une longue caresse, avait créé le mouvement absent. Telles sont, parfois, les ruses des poètes – tenez, d'un Baudelaire et qui ne fut pas des moindres : ils profitent de la musique dont ils enchantent l'oreille pour plâtrer un vide à l'aide d'un vers-cheville mais nul ne s'en aperçoit car la musique de la strophe emporte tout dans son flot harmonieux, le plâtre et les paillettes d'or, les nénuphars pourris et le cadavre vierge de la blanche Ophélie. Un truc ? Non. Aucun poème, aucune œuvre ne peut soutenir sa perfection continûment et, pour que naisse la statue, combien d'éclats de marbre aux pieds du sculpteur! Nous connaissons cela, nous, littérateurs, ces défaillances de style, ces trous dans une phrase ravaudée à l'aide d'un adjectif ou d'un adverbe appelé au secours et cet instant où la phrase refuse d'être fluide et de couler en modulant son chant. L'idée, la sensibilité, la passion même refusent soudain de « passer » – comme on le dit d'un toro et vous savez alors ce que fait le matador, il élargit la surface de l'étoffe; et vous savez ce que fait l'écrivain, il lance beaucoup de mots en espérant que, dans leur filet, il ramènera, parmi un frétillant fretin, le poisson dont le ventre contiendra l'anneau d'or qu'un roi avait jeté dans les flots.

J'ai, dans un autre livre, essayé d'expliquer ma passion torère de la littérature. Je disais qu'une langue se torée et si, comme le prononce le dicton : « No hay toro que no tenga faena » (Il n'y a pas de toro dont on ne puisse extraire une faena), j'ajouterai qu'il n'y a pas de « sujet » qui ne puisse être soutenu par le style. Tout est problème de distances et voyez un Claudel parler d'un arbre ou Valéry d'une méduse, sujets *mansos* que ces génies de la tauromachie littéraire firent « passer » en ciselant des faenas verbales à couper le souffle. Je ne suis ni musicien, ni ébéniste, ni cuisinier (rien d'autre qu'un torero de la plume, la page mon étoffe, le stylo mon épée...) mais je sais que tout art, que tout style est séduction, solitaire d'abord et dont le créateur éprouve, à l'égard d'un double secret, la puissance d'enchantement, offerte ensuite à la huée si le charme n'opère pas, à l'éloge si le public, ce toro, passe. Suis-je assez déraisonnable mais une histoire tauromachique de la littérature (ou d'autre chose si j'en étais spécialiste) n'effraierait point mon écriture. J'y dirais, par exemple, que Bossuet et Ordoñez, à la cape... De Montherlant, je louerais les « remates » gitanos et rappellerais les amours andalouses; et comment, tantôt d'un sec mouvement du poignet, tantôt d'un arrondi de bras plus lent, il repliait sa muleta. Et ce pas, théâtralement tranquille, pour regagner la barrière. Et son suicide, superbe remate de sa vie. Et Céline, grand matador tremendiste [1] s'il en fut... Paco Camino et ses interminables faenas, taille ployée, à la fois pures et baroques ? Évidemment, c'est Marcel Proust, à l'ombre des capes en fleurs.

De ce temps, à Séville, Paco Ojeda, ayant réussi à rythmer et cheviller son poème signé d'une estocade entière, promenait une oreille autour de la piste. Les fidèles venus de Sanlúcar ouvrent la panière et lui lancent quoi ? Deux blanches colombes l'une à l'autre attachées. Le matador les embrasse, les détache et, dans un frou-frou, elles s'envolent et se fondent à l'horizon. Dans moins d'une demi-heure, à Sanlúcar où l'on guette le ciel, on s'écriera en voyant arriver les candides messagères : « Les colombes! Las palomas! Notre matador a triomphé à Séville! »

De l'immense hall de l'hôtel fusent les jets bouillants des commentaires. On s'étreint, on se tape dans le dos, on hurle, on boit, des remous de cris et de phrases tourbillonnent et s'écrasent contre murs et plafonds.

Des matadors, qui furent parmi les plus grands, vont et viennent à travers le flot avec le tranquille sourire de vieux loups de mer habitués aux pires tempêtes. Il y a Julio Aparicio qui promène une tête noble et assez sèche de Christ de paso. Et j'étais étonné, du temps de sa gloire, qu'il eût un front aussi haut d'intellectuel, ma parole! Pas haut et sec, comme celui de Dominguín, mais vaste et rond où dansaient des cheveux très fins. Il me fascinait, ce front qui n'était pas celui d'un belluaire mais où flottait comme une mélancolie. Aparicio ne ressemblait pas, en somme, à un toro alors qu'un Ordoñez ou un Ostos, avec la pousse drue, et en impeccable ligne noire, des cheveux sur leur front étroit et parfaitement rectangulaire m'évoquaient les toros qu'ils combattaient. Il y a le Litri, casqué de gris, la taille

1. Qui recherche les sensations fortes à l'aide d'effets violents et même brutaux.

toujours bien prise et torère. Il y a El Pipo, Stetson à la peluche brillante, cigare aux lèvres, pochette folâtre, toujours accompagné d'un jeune aspirant torero au respect de lévite pour l'imposant prophète. « Je te présente X..., il sera un grand torero! – Encantado... » dit le jeune qui se souvient que El Pipo, en d'autres temps, abandonna son étal de marchand de fruits de mer pour s'improviser apoderado, activité dans laquelle il développa un génie stupéfiant au service d'un garçon qui n'avait d'autre réputation que celle de voleur de poulets, mais qui brûlait d'une afición colossale, bien que désordonnée. Il s'appelait Manuel Benítez. El Pipo, l'avisé, le baptisa « El Cordobés ».

A la télévision, près du bar, Boris Becker tape, je ne sais contre qui, sur des balles. Tout le monde s'en fout. Une speakerine – une carte apparaît sur l'écran puis, en encadré, le portrait de Kadhafi – commente d'un air pénétré les dernières facéties du dictateur libyen. Tout le monde s'en fout. D'ailleurs, on n'entend même pas le plaf! plaf! des balles de Becker ou les propos de la speakerine qui en est réduite à remuer les lèvres sans qu'aucun son paraisse sortir de sa bouche. Becker, Kadhafi, Wilander, Reagan, qui sont ces gens-là? Si vous les aviez mis devant le cinquième toro de Benítez Cubero, cet après-midi, vous auriez vu ce qu'ils valent. Rien.

Une oreille pour Ojeda. Trois, le lendemain, pour le jeune Espartaco. J'aime, à l'extrême, les accents andalous de la critique taurine. Sévère parfois mais que des oreilles tombent et aussitôt éclate, pour avoir été trop longtemps comprimé, le délirant dithyrambe. Ainsi, écoutez mon ami Filiberto rendant compte, dans *Aplausos*, de la chute de trois oreilles : « Colossaux (c'est moi qui souligne), pour être noble et *exubérante* classe – les deux toros *idéaux* qui composèrent le lot d'Espartaco. Indépassable, celui de l'Aljarafe (nom des collines qui bordent Séville), qui déclama, dans la vérité de l'arène, tout un traité de tauromachie *sublime. Génial* de pure orthodoxie classique. *Colossal* en sa manière de lier les passes difficiles dans une inspiration *glorieuse. Pleines* ses réussites dans le combat et *quintessence* son toreo de *rêve.* D'une *grandeur* pareille ses deux faenas. *Impossible* de nuancer les détails tant il est difficile de *surpasser* l'harmonie de l'ensemble au cours duquel un *torerazo* (traduisons à peu près : un matadorissime) affronta une paire de toros rêvés et qui, avec l'un et l'autre, cisela de l'art. Il tua avec la même *inspiration* qu'il manifesta à la cape et à la muleta. Ce fut le toreo, ce qui fut incarné en Espartaco, en cet après-midi *historique* du 13 avril 1986, ce qui sortit porté en triomphe sous le porche de la Porte du Prince. » Qu'ajouter de plus à ces accents? Premièrement qu'il n'y aurait pas de tauromachie sans ces excès d'enthousiasme qui gonflent les qualificatifs jusqu'à leur explosion. Deuxièmement, le toreo fut inventé avant la radio et la télévision où se susurre le commentaire. Il était donc besoin de crier pour que le peuple entende, d'être prédicateur tonnant, muezzin, ténor de tant de joie, Homère de tant de beauté. Merci, Filiberto. Il faut continuer le combat, avec cette même voix. Brisons nos flûtes et collons des clairons à nos lèvres!

Auparavant, Campuzano avait reçu en cadeau deux toros en sucre qu'il ne sut pas faire fondre complètement dans l'étoffe. Trop tiède, celle-ci. Les toros ne demandaient qu'à s'y dissoudre mais il resta des petits morceaux. Le public, d'une aile, réclama une oreille mais comme l'autre aile restait paralysée, sur les gradins, la présidence ne broncha pas. Curro Romero fut évidemment nul et provoqua quelques huées. Gentilles. Pourtant, Espartaco s'avance vers lui, avant de toréer de muleta le dernier toro, découvre ses vingt-deux ans devant les cinquante-deux berges du maître et, respectueusement, lui dédie la mort de son adversaire. Une émotion nous donne des « plumes à l'âme » (je rappelle que c'est Platon, dans *Phèdre*, qui nous assure que « la chaleur inaccoutumée » devant la Beauté « fait pousser des plumes à l'âme » car, « au temps jadis [âge d'or] l'âme était tout entière emplumée »). Espartaco dédie son toro à Curro. Le Roi se meurt, peut-être même est-il mort, mais David, jeune héros, s'agenouille aux pieds du vieux Saül mort de trouille. Nous sommes en effet à Séville où rien ne s'oublie et où la fidélité aux souvenirs heureux est plus forte que les amertumes du présent. « Regarde ce vieux monsieur au front cisaillé de rides, ce débris qui marche en s'aidant d'une canne. Regarde ces yeux qui caressent ce doux visage de jeune fille et où brille encore une avidité épuisée. – Oui, je ne vois qu'un libidineux vieillard dont les mains tremblotent... – Tais-toi, misérable, et salue : c'est Don Juan. »

Hier, moi aussi, j'ai salué très humblement Curro Romero. Y va-t-il de ma faute si son nom rime deux fois avec torero ? Il me répondit d'un sourire. Complice, je crois.

Après ce que nous a chanté Filiberto, que puis-je souffler dans mon pipeau à propos de cet après-midi « historique » ? Que le Spartacus d'Espartina toréa selon tous les canons, qu'il ne fit point de fautes, que sa faena, composée des passes fondamentales données sur les deux mains, se déroula aux accents de la música, oui mais, fronçons (à peine) le sourcil et osons dire que le jour où il toréera plus lentement, s'il en est capable, ce jeune homme méritera que l'on accroche son portrait dans la galerie des grands maîtres. A la fin, porté en triomphe, et sortie de la Maestranza par la porte principale, dite « Porte du

Prince ». La foule criait « Torero! Torero! » et entoura ensuite sa voiture d'une nuée hurlante. A l'hôtel « Alfonso XIII », il a pleuré dans sa chambre, le matador, puis embrassé longuement les images de ses Vierges et de ses Christs. Son imprésario Manolo González qui fut fin torero pleurait aussi. On apporta une bouteille de whisky et les larmes de joie furent versées on the rock's. « La tête! » avait demandé le maestro. Un peón a transmis l'ordre à un valet de piste qui a vite couru au desolladero (là où les écorcheurs découpent les toros morts) pour transmettre l'ordre. « Vous gardez la tête du sixième pour le matador! – On s'en doutait. Deux oreilles à Séville au même toro... » C'est ici, au desolladero dont le nom, en sa sonorité d'enfer, ressemble à un sanglot, que des démons, à une vitesse et avec une virtuosité extraordinaires, tranchent, dépouillent et écorchent joyeusement en pataugeant dans des mares de sang. Les floc! floc! des pieds, le bruit crissant des couteaux qui décollent les peaux amoncelées en masse molle de manteaux noirs qu'auraient jetés là des géants; les mains qui fouillent les cœurs, curieuses, pour savoir si l'épée les a traversés, les rires et les jurons des bouchers, et les têtes, balancées en tas de bronze noir et rouge où se sont éteints les yeux ouverts, où se hérissent les cornes. Âmes sensibles, ne franchissez jamais les portes du desolladero car vous y verriez l'immonde et ce que deviennent, en enfer, la beauté et la bravoure. Ou bien, au contraire, soyez plus sensibles encore, allez au plus profond et vous admirerez l'innocence hilare des bourreaux, vous respirerez l'odeur fade du sang et chaude des excréments, vous serez fascinées par cette pyramide de têtes, trouée d'yeux, mâtée de cornes et posée sur un socle bas de marbre rouge. Alors, une autre beauté vous saisira à la gorge et comme le souvenir, très obscur, dans vos mémoires, d'une sauvage grandeur. « D'accord, ont dit les bouchers, on la lui garde... » La hache a suspendu son mouvement qui allait fendre le crâne pour extraire la cervelle. On a mis la tête de côté. Empaillée, poils lissés, cornes nettoyées, yeux de verre, elle sera accrochée à l'un des murs blancs de la maison d'Espartaco, à Sanlúcar la Mayor, autour de laquelle, dans le jardin, éclatent en mille soleils les citronniers. Les visiteurs, admiratifs, pourront remarquer qu'il lui manque les deux oreilles.

SEPTIÈME CAPRICE, GOYESQUE ET SOBRERO[1], *OÙ L'ON RETROUVE PENDU UN CROCODILE VERT*

Empaillée, chez Espartaco, la tête du toro, rien de plus normal mais pourquoi, dans la cathédrale, cette nef s'appelle-t-elle nef du Lézard ? Mais pourquoi dans la chapelle de la Vierge de Grenade, pendus au plafond comme lustres, un crocodile, une défense d'éléphant et un mors ? Un crocodile dans une cathédrale, dis-je ? Oui, je dis un crocodile. Et une défense d'éléphant, dis-je ? Oui, je dis une défense d'éléphant. Et un mors! Et pourquoi ? C'est parce que le sultan de l'Égypte, il y a sept siècles, avait eu l'idée de demander, ce grand païen, la main de sa fille Berenguela, au roi, très pieux, Alphonse X le Sage. L'ambassade arriva, en orientale pompe, à Séville et offrit au monarque des présents inouïs : un éléphant et une girafe qui décédèrent. Survécurent une défense, le mors qui bridait l'animal au long cou – et un crocodile. Ce dernier, ce fabuleux lézard aux yeux du bon peuple, se mourut également de mélancolie. On l'empailla.

1. Le sobrero est le toro de réserve dans une corrida. Donc, le septième.

Hélas, il pourrit tout de même. Qu'à cela ne tienne, un habile sculpteur en fabriqua une réplique en bois que l'on peignit plus tard en vert puisque si gros lézard ne pouvait être, évidemment, que de cette couleur. Plus tard, dans la gueule, on lui fourra des parchemins qui célébraient son voyage et sa belle histoire. La défense de l'éléphant fut-elle dérobée pour être transformée en Vierge d'ivoire médiévalement déhanchée ? Nul ne le sait mais, quoi qu'il en soit, celle qui pend au plafond de la chapelle est aussi réplique en bois. Le mors est peut-être d'origine... « Tout cela, padre, est impie... – Non, mon fils. Le lézard, c'est la Prudence. La défense, c'est la Force. Le frein, c'est la Tempérance. Et n'oubliez pas cette sorte de barre que vous voyez aussi accrochée, là-haut, c'est le bâton de Justice. » Ainsi firent leur entrée à Séville, dans un grand tintinnabulement de grelots et au son de maintes trompettes, quatre Vertus que l'on pendit, pour mieux les honorer, haut et court.

Aujourd'hui, ni Paula ni Ojeda, devant des toros de Torrestrella, n'ont été bons. Curro, n'en parlons pas qui, notamment, a tué comme si son bras était un long moignon.

– La Maestranza, maintenant, c'est sa ferme, dit philosophiquement Bartolomeo. Il y passe pour encaisser.

On murmure le montant des honoraires que touche ce Landru pour venir assassiner, en cinq après-midi de récidive, deux toros : cinq millions de pesetas. Deux cent cinquante mille francs par course. (Eu égard au coût de la vie, en Espagne, l'équivalence réelle doit être fortement majorée.) Jusques à quand l'afición tolérera-t-elle *ça* ? Aussi longtemps qu'il plaira à Curro.

Mais Paula s'était tout vêtu de noir. Grande, élancée, juchée sur ses bas roses, sa silhouette se découpait magnifiquement sur le sable ocre. A part ça, rien à signaler ? Si. L'un des banderilleros les plus célèbres d'Espagne, le vétéran chauve Luque Gago, de la cuadrilla du gitan, faisait ses adieux aux arènes et voilà pourquoi, au deuxième toro, il y eut un moment sévillanissime de délice. D'abord, Paula s'avança vers son banderillero et, au milieu du silence ému des gradins, lui coupa la coleta [1] après lui avoir adressé des

1. Petit chignon (postiche) qu'arborent les toreros. « Se couper la coleta » signifie que l'on se retire des arènes.

mots d'affection et de remerciements. Ensuite, on vit les trois matadors, en noria et comme si la même cape eût volé de mains en mains, offrir chacun un quite au vieux peón dont les yeux s'embuèrent de larmes. Trois quites rapides, trois bouquets qui fleurirent et dont on eût dit que les pétales tombaient en pluie aux pieds du vétéran bouleversé. Et cette ronde d'adieu, ces trois « sevillanas » dansées autour du monstre par les maestros, et ça, nous l'avons vu, fit se lever toute la Maestranza, et ça, Olé, c'est très Séville et aucune ville au monde, música, ne te damera cette grâce.

Eso es flamenco, dans la salle austère aux murs blanchis du Cercle El Arenal où « la société » sévillane a organisé un déjeuner-fiesta, avec, après le café, danses et chants. Le rendez-vous était à 13 heures mais nous avons tant bavardé et bu de copitas que nous ne nous sommes mis à table qu'à 16 heures. Nous recevait Curro Velez, célèbre danseur gitano, mais régnaient sur l'assemblée un évêque, un matador de légende retiré mais qui fut le plus grand de sa lignée – j'ai nommé Pepe Luiz Vázquez! – une matrone gitane aux formes hottentotes et, enfin, les ducs d'Albe, Grands d'Espagne une bonne quinzaine de fois. En somme le prêtre, le héros, le bouffon et l'aristocrate. On ne saurait rêver de division sociale quadrifonctionnelle – comme dirait Dumézil – capable de mieux me satisfaire.

– Olá, maestro! Encantado!

– Je me souviens de toi quand tu as suivi une temporada avec Jaime Ostos.

– Gracias, maestro.

On appelait Pepe Luis, en ce temps-là, « le Socrate de San Bernardo » (San Bernardo : nom de son quartier), surnom mille fois mérité tant était exquise sa dialectique taurine pour accoucher des merveilles. Et voulez-vous d'une anecdote ? En 1940, il prit l'alternative à Barcelone et, sur les gradins, entouré d'hommes en uniforme noir, était assis... Himmler qui, trouvant le spectacle trop cruel pour ses nerfs, se leva avant la sortie du deuxième toro. Il y avait un rectangle noir, sur les gradins. Himmler se leva, ses officiers le suivirent et il y eut un rectangle clair. Pepe Luis avait dix-huit ans et malgré tout son jeune génie maïeutique n'avait pas réussi à accoucher d'un aficionado en la personne du maître de la S.S.

Approchons les chaises, tant bien que mal formons un demi-cercle comme si, autour d'un feu imaginaire, les hommes blancs allaient fumer le calumet de la paix avec reines et guerriers de la tribu cheyenne. Trois guerriers debout, l'un guitariste et les deux autres chanteurs. Assises, sur les chaises de paille, les reines dont trois vieilles et deux mûres. La tribu, pour nous honorer, n'exhibe pas cet après-midi les jeunes à taille fine qui, en boléro et robes pittoresques, ondulent devant des touristes. Elle a sorti de leur hutte les ancêtres burinés, les grosses mamás qui connaissent le chant et savent les pas. Un guerrier chante et, soudain, dans le cercle bondit une vieille décharnée, à tête simiesque de sorcière que l'on jurerait descendue de son balai, une robe jaune flottant sur ses os – et qui danse, géniale, un sabbat solitaire pendant que le chant gonfle la gorge de l'homme. Il tend les mains, ses joues se marbrent de plaques rouges et bleues, il supplie l'aimée de le rejoindre sous l'oranger sinon il se meurt. Il ferme les yeux. Est-ce qu'il la rêve, l'aimée, et sera épouvanté lorsqu'il découvrira qu'un horrible charme l'a transformée en ce vieux cep noir qui saute, trépigne et se vrille autour d'une absence ? Non, il continue de chanter et d'implorer, les yeux ouverts maintenant, et ce ne doit pas être une sorcière qu'il voit puisqu'il l'implore toujours et lui jure que pour elle son cœur sera doux comme du sucre et blanc comme une amande. La vieille, sèche, pas une goutte de transpiration sur le cuir, est allée s'asseoir sous les « Olé! » et un orage d'applaudissements et ç'a été le tour des grosses de sauter dans l'arène et de danser. Elles remuent leurs fesses gigantesques, elles proposent leurs poitrines fabuleuses, elles cassent leur croupe d'hippopotame, elles soulèvent un coin de leur robe, tenue à deux doigts, sur des cuisses en forme de poteaux, elles renversent la tête en arrière, elles tordent leurs bras, paresseux pythons, au bout desquels ondulent des mains très fines et c'est obscène, non, ça ne l'est pas parce que la possession par la danse fait bouillir là quelque chose qui tout épure. Une chanteuse, mûre. Les chants murmurés, crachés, écrasés. Elle chante aussi en battant des mains, la paume gauche frappée par quatre doigts de la main droite et le pouce détaché, elle chante puis, comme si elle n'en pouvait plus d'être étouffée par le chant, elle bondit à son tour et danse. Elle est furie, elle est bacchante. Les autres femmes précipitent le rythme des battements, les hommes tendent le cou, la gorge, les yeux, la fille danse au milieu d'un cercle de flammes, les chanteurs aboient des cris « Raï, Raï, Raï! » et la martyre s'affaisse sur un dernier « Olé! » féroce, craque et se redresse, victorieuse des démons, et se rassoit sans saluer.

La nuit, le cercle, le feu, ces hommes qui dansent en tenant leur veston relevé par les deux coins en souvenir d'antiques capes, ces femmes qui relèvent leurs jupes en souvenir d'antiques robes qui traînaient jusqu'au sol; la nuit, le cercle, le feu, nous sommes en Égypte, sous un ciel d'Afrique criblé d'étoiles, ou bien nous avons fait halte, au bord de la route d'un éternel exil, et dansé autour d'un feu de bois volé, après avoir dressé nos tentes auprès desquelles somnolent nos chevaux. Les danses de nos prêtres et de nos prêtresses soulèvent la poussière; nos chants émerveillent et étonnent à la fois les paysans qui entrouvrent prudemment leur porte pour nous écouter. Des ducs et des comtes, un évêque et des marquises, des toreros et des señoras, rien que des caballeros et moi, nous étions tous ces paysans et lorsque dansa – fort bien – la duchesse d'Albe, du haut de ses innombrables titres et quartiers d'une noblesse qui est la plus pure d'Espagne, la gitanerie flamenca comprit qu'elle avait conquis, en Andalousie, cette terre.

Devant la porte du toril, Espartaco attend le toro à genoux, cape déployée devant lui. Un grand frisson nous saisit. Mais Minos, peut-être occupé à flâner dans le labyrinthe, semble peu pressé d'en sortir. Des secondes passent. Le frisson qui se serait terminé par un « Ho! » poussé par des milliers de poitrines s'apaise. Le matador, toujours à genoux mais dont le visage est devenu de craie, attend. Se relever, après avoir traversé l'arène en courant et s'être agenouillé comme pour offrir son corps à la charge, serait ridicule. Or, si cette attente se prolonge ou si, enfin, le fauve sort à petits pas de rentier et ôte à l'homme la possibilité de faire s'envoler la cape pendant qu'éclatera, sur les gradins, le cri aigu des femmes effrayées, cela sera ridicule aussi. Enfin il est sorti. D'un tout petit trot. Le matador a lancé la cape mais, la charge étant avare, le coup a été raté. Quelques véroniques, amples, et puis, crac! cet imbécile d'une demi-tonne se brise la patte gauche et boite que c'en est grand pitié. Entrée des bœufs pour l'inviter à regagner les corrals. Ça commence mal. Ça finira mal. Ni Robles, ni Muñoz, ni le vaillant Espartaco n'arriveront à briller devant des bestiaux mous. Matière première exécrable. Impossible de sculpter là-dedans, dans ces masses d'argile noire, des statues de toros braves. Car il était une fois un torero, Manolete, qui se mit en tête de couper des oreilles chaque après-midi et de donner des passes et des passes, comme un austère métronome, à des toros que les éleveurs lui fabriquaient à la chaîne et qui collaboraient. Mais, hélas, du toro collaborateur au toro couard, il n'y avait qu'un pas et certains éleveurs, à force de produire des bêtes ayant un style, finirent par débiter des « mansos » qui n'en possèdent aucun. Comment se consoler de ce triste après-midi sinon en récitant un poème ? Le voici. Les toros s'appelaient Clavelillo, Zahori, Catador, Alcaparrito, Novelón, Marquesón, ce qui signifie Petit Marquis, Sourcier, Dégustateur, Petit Câpre, Roman feuilleton et Gros Marquis. Un poème. On se console comme on peut.

On danse. La Feria. On ne danse que des sévillanes dans cette ville dont les maisons sont des baraques de bois et de toile (des « casetas ») par des rues aux noms vénérés : rue Joselito, Juan Belmonte, Gitanillo de Triana, Pepe Luis Vázquez, etc. et, on l'a deviné, Curro Romero ! Des casetas par centaines et centaines, des grandes bâties par des Associations, des cercles, des clubs; des moyennes mais richement meublées et décorées; des petites, plus humbles mais mignonnes. Et là on danse, on boit et on se congratule jour et nuit avec une inépuisable cordialité. On se saoule gaiement aussi. L'entrée à l'intérieur des casetas se fait sur invitations distribuées largement par les amis, les amis des amis, les familles, les groupes, relations, connaissances, si bien que malgré les gardiens qui veillent, un libéralisme amical permet aux cœurs vaillants d'aller se mêler aux danseurs et aux buveurs de copitas. Des femmes et des fillettes, partout, vêtues de robes gitanes. Peignes multicolores dans les chevelures. Castagnettes à la main. Hommes et garçonnets en costume du « campo » avec sombreros, bottes, courte jaquette, chemise au jabot de dentelle, large ceinture d'étoffe grise, rouge, noire. Forêts de bras au-dessus des têtes et les mains qui tournoient au bout des poignets souples. Voltes. Virevoltes. Coups de talon des chaussures flamencas à bride et à talons courts. Transpiration. Poussière. Musique des « Sevillanas » qui mêlent leurs rythmes mais, comme il s'agit de rythmes établis et de pas toujours les mêmes, peu importe et l'on peut danser sur ces musiques mêlées. Des fillettes paralytiques, sur leur voiture, en robes gitanes. Des bébés aussi qui trébuchent dans les volants ou ressemblent à des caballeros modèle adorablement réduit. Le bruit, l'éclat, l'explosion d'une joie incroyable et naïve. Toute la ville qui roule ses flots de l'autre côté du fleuve et va se jeter dans la Feria comme rivières dans un barrage. On se perd, on se retrouve, on se devine, on se fait signe à travers les forêts de bras levés qui ondulent. On se tombe dans les bras, poitrine contre poitrine. On se présente à la ronde. « Mi amigo Antonio, Fernando, Juan, Emilio... Mi amigo francés, venezolano... Mi amigo qui vient de Cordoue, de Madrid... » La copita, le bruit, le roulement des castagnettes aidant, l'amigo, dans ce bouillon brûlant, se reproduit comme infusoire. On transpire, les pieds se gonflent, on danse et on discute jusqu'à l'aube. On ne dort pas, on ne dort plus. On revient à midi, le lendemain, pour admirer les attelages de mules ou chevaux, tout allègres de pompons et de grelots, qui fendent la foule et, sur les sièges, la matrone s'évente, la jeune fille étale sa robe et le padre salue. Des cavaliers et cavalières, tirés à quatre épingles et surgis d'estampes, paradent au beau milieu de la chaussée sur de fins chevaux nerveux. Poing sur la hanche. Dédaigneux ou souriants – mais à peine. En groupe et botte à botte ou isolés et comme s'ils marchaient solennellement en tête d'un cortège. Ils paradent. Tout, dans leur allure, dit : « Admirez! Je suis élégant, fier et maître de mon pur-sang comme de l'univers. » On s'arrête devant une caseta, comme cow-boys devant le saloon, et on va boire une copita. Ou bien on ne daigne pas descendre de cheval et on stationne, là, en sirotant le jerez. Les cavalières ne sont pas moins altières et paradent, volontiers impassibles, pour que l'on admire plus amoureusement leur profil, sous le sombrero ou le béret goyesque et l'on rêve de fuites et de chevauchées romantiques, la nuit; de déclarations d'amour, sous la lune, pendant que les chevaux approuvent, à coups de tête. Hélas, elles sont inaccessibles, là-bas, là-haut juchées et, à preuve, le cheval vous le signifie qui danse, parfois, pour vous moquer, en éternuant son mépris.

A la Maestranza, il n'y eut pas cet après-midi de grands éclairs inoubliables et seul Manzanares réussit à sculpter son toro en forme d'oreille. Curro fut grotesque et on le vit même s'enfuir, se percher sur la barrière à califourchon et y rester, trois secondes, comme un gamin voleur de pommes. Pepe Luis Vázquez Junior ne fut honoré que de silences. Très difficile d'être le fils de J.-S. Bach même si l'afición souhaiterait vous marier à la gloire.

– Le problème du jeune Pepe Luis, le voici : il torée entre deux murs. En face de lui, il y a le toro, dans son dos la légende de son père.

– On va chez Peralta, a décidé Antonio.
– Je ne peux pas sécher la corrida.

– Mais si, tu as vu le cartel?

– Oui... on ne sait jamais.

– Si, si! Même s'ils coupent douze oreilles, ce sera mauvais.

Antonio a des idées très précises sur les trophées. Une seule oreille peut en valoir une demi-douzaine. Une queue jamais n'abolira l'absence de génie. Il a raison. Allons déjeuner au rancho « El Rocío » où, pour nous mettre en appétit, Angel Peralta, centaure sexagénaire à tête d'aigle, s'entraîne dans sa petite plaza devant de fougueuses vachettes qui, la corne rageuse, foncent sur le cheval toujours évanoui. Ensuite, pour le spectacle, Angel lâchera une centaine de chevaux que les bouviers conduiront vers la plaza où ils tourbillonneront dans un superbe affolement de croupes nues, de crinières flottantes et de têtes dressées.

Il y a plus de quarante ans que Peralta torée à cheval. Quand il descend de sa monture, on est étonné de la réussite de l'opération chirurgicale. Le centaure, sans douleur, se dédouble. Le cheval s'éloigne, rênes flottantes; l'homme retouche terre et marche sur deux pieds. Quelle chirurgie a-t-elle réussi ce prodige? Autre étonnement : qui croirait que cet homme, lorsqu'il descend de cheval et cesse de courir le toro, cisèle le poème et frappe l'aphorisme?

– Je vais te réciter des poèmes.

Il récite.

– Je vais te lire des pensées que j'ai notées.

Il lit ou plutôt, par cœur, prononce gravement.

– Je dis : « Il faut tromper le toro sans lui mentir. »

– C'est magnifique.

– Je dis : « Le torero enveloppe sa peur dans sa cape de paseo. »

– C'est très bon.

– Je dis : « Le courage, c'est la réunion de la confiance en soi-même et de ce à quoi on aspire. »

– C'est très très bon.

– Je dis : « On naît avec la peur, le courage se cultive avec la sérénité. »

– C'est exact.

– Je dis : « Le toreo se passe entre l'épée et le mur. L'épée c'est le toro, le mur c'est le public. »

– C'est superbe.

– Je dis encore : « Quand l'homme découvre la vraie distance, devant le toro, alors fleurit la morale. »

– C'est extraordinaire.

– J'écris des poèmes.

– Depuis toujours ?

– Oui, je suis un homme d'inquiétude.

Et l'aigle en oubliait de manger ses côtelettes.

– Il faut que tu m'écrives quelque chose sur mon livre d'or. Regarde qui l'a commencé.

Sur une page aux armes de l'Espagne, je lis : « A Angel Peralta, avec l'admiration et l'amitié du – Général Francisco Franco. » Quelle succession ! Assumons-la : « A Angel Peralta, centaure des Dieux, avec l'amitié, hélas mortelle, de – Jean Cau. »

– Tu vas à la Feria, Angel ?

– Trop de monde.

Mais pourquoi la Feria et son bouillonnement d'allégresse ? Ou, dans quelques jours, pourquoi ce pèlerinage qui conduira des centaines de milliers d'Andalous, à pied, à cheval, en charrettes traînées par des bœufs aux cornes fleuries comme pour un sacrifice vers une bourgade perdue où ils feront hommage à la Vierge du Rocío qui a de bonnes joues lisses d'éternité et porte, divin kangourou, un petit

Jésus sur son ventre ? Pourquoi sont-ils *infatigables,* durant la Feria, ces bigres bougres d'Andalous ? J'ai cherché. J'ai trouvé. Parce que, ouvriers, bourgeois, commerçants, aristocrates, employés, n'importe quoi, parce qu'ils sont des paysans, parce qu'ils ont encore des corps et des hérédités paysans, parce qu'ils ne sont pas encore rythmés – comme on l'est à Paris ou New York – selon la ville, parce qu'ils ont le regret et l'amour de ces temps où ils allaient tous montés sur l'âne ou le cheval. (A Jerez, le principal monument de la ville représente un couple de chevaux, gigantesque, se donnant l'accolade...) Or, à Séville, on marche sur des trottoirs de brique ou de marbre, sur l'asphalte des rues, mais la terre est là, dessous, et les bottes le prouvent.

Et Séville est une ville qui se souvient d'avoir été un village.

Et, à la fin du jour, on va voir courir le toro.

Et l'on arrive aux corridas de Feria en attelages tintinnabulants d'où les hommes aident les femmes à descendre avec des gestes d'autres siècles.

Et l'on se pavane en homme du « campo », seigneur ou bouvier, aux cuisses protégées par le tablier de cuir (*los zahones*) fendu au milieu et gravé d'arabesques.

Et les femmes dansent, déguisées en gitanes de faubourg ou de campement, et découvrent des jambes, volants envolés, que l'on cachait naguère durant toute l'année.

Et le rythme des corps et des âmes n'est pas encore celui des villes.

Et la Fête vous saoule d'une fatigue qui n'est pas celle des villes mais défoule des forces contenues que le printemps déchaîne.

Et l'on ira vers le Rocío, en un cortège étiré et interminable, par des chemins de terre; on dormira n'importe où, on chantera, la nuit, autour des feux de camp, accompagné par la guitare et l'on reviendra, épuisé et en forme, la barbe dure et le visage maquillé de poussière.

Sous les villes d'Andalousie, sous Séville, la terre. La Terre. D'ailleurs, parlant de son pays ou de sa province, que dit un Espagnol : « Mi tierra ». Et si l'Andalou est capable de palabrer debout, pendant des heures, sur un trottoir, dans un salon ou un café, sans se soucier de l'heure qui court, c'est parce qu'il sent des racines qui lui poussent sous les pieds, percent le marbre et, de leurs griffes, l'accrochent à la terre.

Séville est une ville par hasard. En vérité, une ferme.

– Olá! Jaime! Qu'est-ce que tu fais ici?

C'était dans la basilique du bourg perdu où trône la Vierge du Rocío. Jaime Ostos, ici et seul. Alors, le matador de mes jeunesses, toujours ventre plat et crinière noire :

– Mon père qui a quatre-vingts ans passés a failli mourir. Personne ne voulait l'opérer et puis un chirurgien a dit : « Allons-y! » Maintenant, il trotte, mange, parle... Si ça réussissait, j'avais promis de venir remercier la Vierge. Et me voilà.

La chirurgie, c'est bien, mais si l'infirmière est divine, c'est mieux. Christs et Vierges andalous, merci. Le chirurgien, lui, n'a fait que son métier. Les matadors savent cela qui s'entre-saluent, avant de s'aligner pour le paseo et se disent l'un à l'autre ces quatre mots : « *Que Dios reparta suerte...* » (Que Dieu distribue la chance.)

Donc, ma déclaration, chers aficionados et das (existent en effet quelques aficionadas qui entendent quelque chose au toro, non pas grâce à l'œil mais à la peau; à travers une sensibilité qui leur frise la peau et les avise que la beauté est dangereusement de passage. Elles pressentent que le toro, quand on l'aime, est [je l'ai déjà dit] le seul être qui n'accepte d'être approché que pour un combat. Aussi elles croient que le matador est une idole étrange : torse étincelant de mage monté sur jambes d'athlète. Divin et mortel. Dans l'interstice de cette union, glissez, ô femmes, le stylet de votre amour. Quoi de plus précieux, enfin, qu'un matador et, quand la corne l'attrape, elles entendent, parce qu'elles possèdent une oreille aux osselets mieux ciselés que ceux des hommes, un bruit effrayant de cristallerie qui se brise. Et le sang sur ces verroteries et ces bijoux, ce saccage de trésors... Elles existent, ces dames, et on voit combien je ne suis pas d'accord quand, à la question : « A quoi reconnaît-on une aficionada ? », un rustre répond, avec un gros rire et sous prétexte que des femmes aiment de près les toreros : « A ce que le mari porte des cornes... »), donc, chers aficionados et das, j'estime que l'une des défaillances du toreo moderne consiste en ceci que les matadors désirent et croient pouvoir toréer sans avoir dominé leurs ennemis. Ils confondent toro de caste, noble et brave; et toro amène se prêtant au jeu. Ils veulent donner des passes sans s'être d'abord imposés, face aux bêtes, comme leurs maîtres. Exemple : Emilio Muñoz, cet après-midi. Bon torero, Emilio, mais il levait la main, avant et après les passes de muleta; il les concluait trop haut au lieu que l'étoffe courût, basse, sous la corne et, de nouveau, la main levée si bien que le toro s'arrachait finalement par saccades car il ne s'éprouvait pas maîtrisé. Pourtant le proverbe ne dit-il pas : « Ni devant la femme, ni devant le toro de caste, il ne faut jamais lever la main. » Mais toréer bas, soutenir fermement la course de l'étoffe et conclure doux et ferme. Dans le cas contraire, femme et toro finiront par mesurer leur charge, donneront des coups de tête désordonnés, s'arracheront de manière imprévisible et, au lieu de suivre votre muleta, contempleront votre cravate. S'il s'agit d'une femme, vous pouvez divorcer. Avec un toro, c'est plus difficile puisque le contrat de mariage stipule que, de toute façon, vous devrez le tuer. Autre exemple : Campuzano. Il toréa – « Toro! Toro! Mira, toro! » – et il y avait presque de la supplique dans sa voix. Quant à l'oreille qu'obtint Ojeda, tranchée ou cisaillée à petits coups? Ça se discute mais voilà qui reste hors de querelle : quand il torée, il n'y a plus *un* public, sur les gradins, mais vingt mille solitudes. On oublie le voisin, derrière, dont les genoux vous percent le dos, le coude du type à votre gauche, la cendre du cigare, à droite, qui choit sur votre pantalon, on n'entend plus la música et la paix entre dans votre âme bercée parce que, à vous seul, le maestro fait à voix basse la confidence.

Cette fois, Curro a exagéré. Il s'est enfui de la plaza en passant par la porte de l'infirmerie, tel un voleur, pour éviter les coussins noirs qui, comme un vol de corbeaux hors du gradin natal, allaient s'abattre sur lui pour lui dévorer les entrailles. Les experts en currismo, les plus indulgents currologues semblent avoir, après sa dernière exhibition de Feria, perdu toute espérance. Séville est humiliée. S'il n'y avait pas des étrangers, passe encore, elle dissimulerait sa honte en famille mais lorsqu'elle pense qu'à Madrid on n'en a pas fini de ricaner sur son infortune, elle enrage. Non seulement Curro la fait cocue avec la peur mais à domicile, dans la chambre conjugale, à la Maestranza! « Il a été, s'écrie un critique, le premier à manquer de respect à ce qu'il y a de plus sacré (sic) : à la Maestranza! Pourvu que l'année prochaine il ait la dignité de ne pas revenir! » Mon Dieu, Séville ne plus croire en Curro? Séville renier à jamais celui qui depuis trente ans est son prince? Ce sera une révolution. Dans le patio de cuadrillas, avant la course, il était serein et même sautillait pour assouplir ses escarpins.

– Tu sais que des billets se sont vendus aujourd'hui neuf mille pesetas ?

– Quand il n'y a plus d'entrées, ça arrive, dit-il calmement.

On se presse autour de lui.

– Curro, signe-moi mon billet. Je suis venu d'Albaran exprès pour te voir. Tu mets aussi le nom de mon fils. Jesús María et Pepe.

Curro dédicace : « A Jesús María et Pepe et à l'Enfant Jésus de leur village qui est le meilleur du monde. » Voilà.

– Gracias, Curro ! Et suerte !

Curro secoue la tête et sourit. Un sourire dévastateur. Il demande à Gonzalito, son valet d'épée.

– Il reste combien ?

– Dix minutes, maestro.

Il sautille. Ortega Cano, dernier matador arrivé, regarde la pointe de ses escarpins. Il prie, à mon avis, la Vierge des Douleurs qui est sa favorite. Une chose le rassure. Au tirage au sort lui sont échus le 92, Barato (Bon Marché) et le 100, Zurcidor (Le Raccommodeur), les deux toros qu'il avait vus aux champs et qui lui avaient flatté l'œil. Victor Mendés, le Portugais, champion du monde de la pose des banderilles, est tranquille. Il sait que de toute façon il soulèvera des ovations avec ses bâtonnets. Ce qui arriva. Et rien d'autre si l'on accepte d'oublier que cet après-midi nous assistâmes à la mise à mort, peut-être définitive, du dernier Don Juan, « Burlador de Sevilla ». Et qui le tua, la peur, l'argent, l'âge venu ou quelque dégoût mélancolique ? Je poserai aux dieux une question... Non... Je dirai le châtiment terrible infligé au Tenorio. Le Commandeur s'avance et lui dit : « Je ne vais pas te foudroyer mais te tuer vivant. Écoute ma sentence : désormais, séducteur, tu seras impuissant. » Un orage gronda, la nue se déchira, la terre s'ouvrit et le Tenorio répondit : « Je le savais... »

Enfin les Miuras! Leur légende et leur réputation de tueurs de toreros. Les Miuras, les Formule 1 de la tauromachie mais que beaucoup de matadors refusent de conduire. Les Miuras dont le seul nom, puissant, monte comme un mugissement. Avec eux, on en est à peu près sûr, il se passera quelque chose dans l'arène. Quoi? On l'ignore mais quelque chose.

– C'est pas qu'ils soient plus forts, plus lourds, plus vicieux ou plus nobles que les autres, dit El Vito qui en affronta dans ses jeunesses.

Autour de la table basse, on écoute avec respect. On ne discute pas les opinions du Vito.

– Le secret des Miuras c'est qu'ils sont différents.

Un toro arrive. S'il est manso, il y a toutes les chances qu'il le reste jusqu'à la fin. Brave, aussi. S'il a telle distance, s'il passe bien de la droite et mal de la gauche, il continuera. Tu peux le prévoir et bâtir le combat à partir de là. Avec un Miura, non. Il peut changer, être manso et devenir brave. Facile puis dangereux. Frapper de la droite puis, brusquement, de la gauche. Avec eux, il faut que le matador soit toujours en alerte. Dans le mal comme dans le bon, ils sont capables de tout et un torero qui n'a qu'un registre ne peut pas les combattre sans prendre beaucoup de risques. Déjà, d'allure, ils sont différents, plus longs, plus creux des hanches, les cornes plus hautes.

Même mansos, ils ont de la caste.

De la race et, moi, je rêve à Marie-Antoinette et à Louis XVI, couple manso mais qui, digne de sa race, sut mourir avec de la caste.

Un homme marqué par la dégénérescence et qui s'est

laissé glisser aux abandons lorsque, soudain, un geste, un mot, une conduite et la caste de nouveau le hante. Beaucoup d'aristocrates français, pendant notre Révolution, décomposés sous leurs perruques par la vie de cour et alternant l'insolence impunie avec le rond de jambe, allèrent au bourreau – au tueur – de superbe manière. Ils avaient tout perdu sauf, pour livrer le combat suprême, la caste. Dans le vieux sang pourri, quelques globules bleus prirent le commandement et galvanisèrent l'armée corrompue. Tous moururent avec beaucoup de grâce et un courage auxquels ils ajoutèrent parfois l'ornement d'une insolence. Attention, pas une insulte, pas un mot ronflant de jactance, juste une légère insolence.

– Je vais te raser pour la dernière fois, ci-devant!

– Merci, mon ami, mais qui te paiera?

Au bas de l'échafaud, la foule éclata de rire que le marquis de Bernay salua avant de s'agenouiller et de tendre le cou. Bref, les Miuras, mansos ou braves, sont des aristocrates. Ils combattirent « con mucha casta » contre trois adversaires extrêmement « machos ». Un combat, de part et d'autre, rude mais le courage des hommes était au rendez-vous. Devant le cinquième toro qui s'appelait Escandaloso (Scandaleux) et promenait ses 619 kilos d'os et de muscles, nous vîmes comment le « machisme » transfigurait un garçon au physique de poids coq. Pepe Luis Vargas, déchaîné de courage, en désordre mais déchaîné. Le combat héroïque tournant à la capea sauvage. La rage non plus du torero et du toro mais de l'Homme et de la Bête. Adieu, style et calcul, rien que la bagarre comme il arrive, sur un ring, quand les boxeurs, oubliant gardes et esquives, s'assomment à coups de massue. Un crochet du gauche, expédié par Escandaloso et mon Pepe Luis au tapis. On le relève. Il halète, cassé en deux. Il revient sur le ring, traînant la patte et réussit à tuer, mal. On l'applaudit. Il vacille. On l'emporte à l'infirmerie mais la sirène de l'ambulance qui file vers la clinique de Fatima ne couvre pas le bruit du paso doble qui accompagne la pose arrogante de banderilles de Victor Mendés.

Le lendemain, un miracle : six toros nobles et de caste. Des Guardiola. Des preux, des héros. Braves, les six, de la pointe des cornes au dernier poil de la queue. La corrida véritablement de toros, les hommes n'étant là que par hasard, sauf Manili qui sortit de la plaza une oreille en poche. On arrive à la Maestranza où, collés au mur de l'escalier d'honneur, des gardes civils ont l'air, raides et plat à barbe sur la tête, de se préparer à chanter *Carmen*. Ah! Si seulement Manili avait eu le physique d'Escamillo, vingt centimètres de plus, le cou plus long et un visage non taillé à la hache, ah! comme le cœur de Carmen aurait battu pour lui.

– Olá, maestro, buena la corrida?

– Sí, sí...

Il traversa le hall de l'hôtel. Deux rides lui cisaillaient les joues. Il ne savait plus où était l'ascenseur. Il en rata l'entrée. On le recadra et il s'y engouffra comme un automate.

Des centaines de fourmis sont montées à l'assaut des casetas et les dévorent. Séville s'écroule de fatigue heureuse. Personne dans les rues où tous les magasins sont fermés. S'il prend l'envie aux Arabes de reconquérir El Andaluz, je leur conseille d'entrer dans Séville le lundi qui suit la fin de la Feria. La ville qui dort ne leur opposera aucune résistance et c'est sans coup férir qu'ils planteront leurs oriflammes de soie au sommet de cette Giralda que fit bâtir l'émir Abou Yakoub (XIIe siècle) et au sommet de laquelle il montait à cheval par la vaste rampe voûtée pavée de briques roses.

Aujourd'hui la Giralda, qui a deux sœurs jumelles, la tour Hassan à Rabat et la Koutoubia, à Marrakech, est surmontée d'une statue de la Foi qui, malgré son poids de bronze (1 288 kg), vire – gire – à tous les vents. Quand ils soufflent d'Afrique, la Giralda tourne le dos à ses sœurs; quand ils soufflent du nord, elle leur crie sa victoire sur les cavaliers d'Allah « aux dix mille chevaux » comme il est chanté dans le *Romancero.*

Séville s'effrite et qui croirait que c'est la même ville qui, hier, faisait tournoyer ses longues robes gitanes, enroulées et déroulées autour de ses jambes au rythme de la danse – et soudain le dernier « Olé! », la dernière rafale de castagnettes, les bras retombaient, las, et la danseuse gonflait les joues, faisait « pffft! » pour chasser la longue mèche qui avait échappé aux peignes multicolores et qui dansait elle aussi, devant son visage – et Séville allait se rasseoir, comblée, sur la chaise de paille.

La ville s'affaisse. Les mendiants sont beaucoup moins nombreux et les estropiés et les aveugles. Les limpiabotas ont disparu mais reste tout de même leur vieille garde sévillane dont l'essaim est allé se poser ailleurs ou est revenu aux ruches natales pour rapporter le pollen des pesetas. Moins attifée, moins superbe, moins joyeuse mais étrangement moins misérable, la sultane andalouse.

La Feria est terminée. Après avoir campé à l'extérieur des murs, le peuple est revenu au bercail. Demain, ô douleur, le travail. Pourquoi la vie n'est-elle pas une adoration et l'on passerait son temps à applaudir les Christs et les Vierges, un spectacle et chaque jour on irait voir des sacrificateurs immoler rituellement le toro, une fête et l'on danserait? Pourquoi, sur la terre, le printemps n'est-il qu'une saison?

Pour ajouter au bouleversement, voici que gronde sur Séville une tornade venue du nord. Une armada qui se veut invincible, composée de quarante mille Catalans, déferle dans les rues et déjà célèbre la victoire historique qu'elle n'a pas encore remportée mais sur l'issue de laquelle les guerriers n'ont pas de doute : Barcelone écrasera Bucarest en finale de la Coupe d'Europe de football sur le champ de bataille désigné par la Fédération, Séville, ville neutre puisqu'elle n'est située ni en Roumanie ni en Catalogne. On a oublié qu'elle était tout de même ville d'Espagne, plus proche de Barcelone que de Bucarest, et que l'armée catalane pourrait facilement faire donner ses régiments. Alors, venus par dizaines de trains spéciaux, par centaines de cars et milliers de voitures, débarqués d'avions, quarante mille Catalans se sont abattus comme une nuée sang et or – fières couleurs de la Catalogne – et rouge et bleu (celles du F.C. Barcelone) – sur Séville en quelques heures conquise. La Ruée. L'Invasion. Des sauterelles. Des criquets. Les barbares. En bon ordre, le Sévillan s'est replié dans ses Alcazars personnels et se prépare, un brin narquois, à assister – « suave mari magno »... – à la formidable bataille. En attendant, pour intimider l'armée roumaine pourtant étique, puisqu'elle ne se compose que de onze soldats, la Grande Armée catalane hurle et braille, défile et zigzague à travers toute la ville en brandissant d'immenses drapeaux ondoyant à la chinoise et en faisant bramer les trompettes de guerre, c'est-à-dire des trompes fixées à des bouteilles d'air comprimé. On appuie et ça brame. Passent les convois de blindés (les automobiles) hérissées de banderas, klaxons bloqués, aux équipages fanatiques et heureux, torse jeté hors des portières. Les fantassins les acclament. On jette en l'air des bonnets, casquettes et ponchos aux couleurs sacrées. « Hommes, femmes, enfants, vieillards, tout était descendu... » Des grands-pères ont le visage balafré de rouge, de jaune, de bleu, pour terroriser le Dace abhorré. Des femmes, jeunes ou vieilles, fluettes ou matrones, portent sur le ventre des bébés de plastique habillés en joueurs. Elles crient, elles poussent leur ventre en avant. Elles signifient – je suppose – à l'ennemi que quelles que soient les pertes qu'il s'aviserait d'infliger à la patrie, elles enfanteront de nouveaux héros. Des hommes mûrs et qui peut-être, hier, étaient gravement assis derrière des bureaux, dansent des sarabandes ou se promènent, drapés dans de vastes toges sang et or, montent sur une chaise et, augures congestionnés, prophétisent la victoire. La jolie Sévillane presse le pas poursuivie par les quolibets galants de jeunes guerriers catalans. « Olá, niña! Olé, Sevillaniña! » Mais elle fuit, la gazelle effrayée.

La Maestranza, elle, close et silencieuse, ne daigne même pas savoir ce qui se passe hors de ses murs. Le football? Un jeu d'enfants, n'est-ce pas? L'afición footballistique, rien que des hurleurs qui s'écrasent dans les bars et qui tout à l'heure se déchireront les poumons dans un cercle de béton. Ça n'est pas sérieux. Point de toros sur l'avare gazon – invention anglaise! – mais des garçons en culottes courtes se disputant un ballon à coups de pied. Parlons plutôt d'afición noble, à nulle autre pareille, qui se célèbre dans mon temple. Voyez mon public, dont il ne faut point se lasser de répéter qu'il est le meilleur du monde. Ce public – le plus distrait et le plus attentif qui soit – spécial parce qu'il sait qu'il est venu assister à un spectacle spécial. Il *attend,* telle est l'explication. Il regarde le feu et attend que, dans l'âtre, jaillissent les étincelles. Si le bois fume, si les bûches se meurent sous la cendre, il n'est au fond ni triste ni déçu. C'était ainsi.

Et il nous fait frémir celui qui dit : « J'ai vu une corrida, un jour, à Bayonne, et je n'ai pas aimé. Les " toreadors " couraient de tous les côtés, les " taureaux " tombaient et il y en a eu un qui a vomi tout son sang, c'était répugnant, je n'aime pas ça... » Tant mieux. On ne se marie pas avec la corrida pour éprouver un bonheur de croisière. On l'épouse, señor, pour le meilleur et pour le pire.

L'armée catalane en déroute abandonne Séville en rasant les murs. Les sauvages se sont démaquillés. Les oriflammes se sont éteintes. Les bébés-soldats en plastique, fourrés dans les sacs de toile, pleurent sans doute. Les voix, trop enrouées, ne sont plus que murmures de deuil. « Eheu! Eheu! », comme gémit dans *Eschyle* le Perse vaincu, Bucarest a écrasé Barcelone et le vent du nord apporte le bruit des sanglots hoquetés sur les ramblas. Honte et malheur sur toi, ô Catalogne! Que veux-tu, c'est le football. Tu n'entendras jamais un bon aficionado de toros crier : « On va gagner! On va gagner! » Au pis, il dit sentencieusement : « Je crois que cet après-midi, avec les toros qu'il a, Paco (ou Antonio, Pepe, etc.) “ va a armar un escándalo ”. Je le crois... » C'est posément prononcé, en tétant le cigare et « armar un escándalo » signifie à peu près provoquer un scandale de beauté.

La défaite des Catalans, mais il faut le dire tout bas, ne désola pas le cœur de Séville.

Heureusement, l'afición, elle, toujours enfermée dans sa soucoupe volante en forme de bulle, se prépare à d'autres transes. Dans quelques jours, la Feria de Jerez, ensuite la San Isidro de Madrid et ses vingt-trois corridas! Près de cent quarante toros à embrocher! Entraînons-nous!

A Sanlúcar, Pepe Arjona (le meilleur photographe taurin de toutes les Espagnes mais andalou comme il se doit) et moi sommes allés droit à la plaza où le maestro s'entraînait. La petite plaza de Sanlúcar de Barrameda absolument déserte et, dans l'arène, Ojeda, en short et baskets, jouant à une sorte de tennis à l'intérieur d'un rectangle tracé sur le sable à l'aide d'une vieille banderille. Ojeda et Diego, son valet d'épée, s'expédient des balles de dur caoutchouc à l'aide de lourds battoirs de bois à décourager la plus accorte des lavandières.

– C'est du tennis, ça ?

– De mon invention, répond le maestro. J'ai inventé aussi la raquette. Ça pèse dans les mains et ça entraîne plus raide. Ça aide aussi à avoir les poignets plus costauds et plus souples.

Paco Ojeda : sur un corps d'athlète, une tête burinée d'homme de la terre, à la peau cuite de père en fils depuis l'aube du monde se levant sur l'Andalousie. Il n'aime ni les longs discours ni les belles phrases. Il recèle une tranquille capacité de silence. Il ne crie pas, ne plaisante pas et n'envoie pas le battoir en l'air après un point raté, mais frappe et renvoie avec une rapidité de tigre. Le genou gauche est serré dans une bande rose de caoutchouc.

– Une vache à l'entraînement a glissé et m'est tombée sur la jambe. Elle a failli me casser le genou. C'est rien.

Et retapons dans la balle sous un ciel impeccablement bleu. Transpirons. Ça ruisselle.

Ensuite, séance de « toreo de salón ». Diego s'empare d'une paire de cornes, montées sur un joug de bois, et « fait » le toro. Il fonce, échine cassée, dans la cape déployée par le maestro. C'est un toro magnifique d'allant et de noblesse, Diego, et Ojeda le reçoit, l'embarque, vire et dessine tout l'éventail des passes de cape. Cadeau du ciel! Diego est ce toro miracle dont rêvent tous les matadors. Un seul regret : il sera interdit, tout à l'heure, de lui plonger l'épée entre les épaules et de lui couper les oreilles. « Toup! Toup! Toro! » Ojeda l'appelle. « Toup! » Diego, en nage, s'élance encore et le torse du matador tourne sur les hanches, les bras tombés glissent. A chaque « remate », Arjona murmure un : « Oléé... » Moi aussi.

– Quel toro extraordinaire, Diego ! Il connaît tout, il sait tout, il a l'œil juste.

– Il a été torero. Il faut que celui qui fait le toro connaisse à fond les toros sinon ça ne marche pas pour celui qui tient la cape. *Embestir* (charger), deux cornes dans les mains, c'est ce qu'il faut apprendre d'abord. Si tu ne sais pas *embestir,* tu ne sais pas toréer.

Autrement dit, si un homme n'est pas d'abord toro, il n'apprendra jamais à être torero. Tauromachie, je sais mieux encore pourquoi je t'aime. Imagine-t-on un footballeur « faisant le ballon » ? Alors que le torero, lui, dans l'arène, se souvient qu'il a été toro et, ô Pascal, que pour être capable de faire l'Ange, il a appris à faire la Bête. Je savais que l'homme ne toréait pas seulement un toro mais son double. Qu'un matador me le confirme et c'est toujours ça de pris pour augmenter, dans ma cassette, le trésor de mes émerveillements.

On a mangé des gambas et des poissons, dans un restaurant en plein air, sur le petit port devant lequel se meurt en delta le Guadalquivir où languissent des îles. Naguère, des bêtes y paissaient avant qu'elles n'aient été transformées en réserves d'oiseaux. Après les lourds toros, les cigognes, les oies, les cormorans, les hérons, les cygnes, les flamants roses. Sous le soleil, la brume tremble et les îles paraissent prêtes à s'envoler accompagnées dans le ciel par une immense escadre d'oiseaux.

– Quand j'étais gosse, on traversait et on allait, la nuit, toréer dans les îles.

– Tu as eu l'afición très jeune, Paco ?

– Sí.

– Tout gosse ?

– Sí.

– Il y avait eu des toreros dans la famille ?

– Grâce à Dieu, non.
– Pourquoi « non »?
– Grâce à Dieu, non.

Et si on parlait plutôt de Renault, de Mercedes, des ganaderías, de l'automobile et de n'importe quoi? Les toros, les toros...

– Tu es allé à l'école ici, à Sanlúcar?

– Je ne suis jamais allé à l'école. Heureusement, je n'ai rien appris. Moi, tu vois, je crois qu'il ne faut pas savoir beaucoup de choses. Si tu sais trop de choses, ça va pas, ici (il désigne son front), tu cherches, tu es inquiet et malheureux, tu n'es plus calme... Moi, je crois qu'il faut savoir une chose, penser à elle, l'aimer et, si on en est capable, la réaliser.

Ce n'est pas un fou de toros qui parle mais un pêcheur de Sanlúcar ou un paysan qui dirait, l'un : « Il faut bien connaître la mer... » et l'autre : « Il faut savoir tailler la vigne et soigner le vin... » Aimer l'eau, la terre, les toros – ces éléments – la langue, si on est écrivain. Sur l'eau et sur la terre, veiller au grain (qu'on me pardonne!) et, dans l'arène, au toro. A ta table de travail, scribe, vois ce nuage d'encre qui sort de ton encrier et prend dans l'espace la forme d'un monstre. Tu devras le capturer puis le hacher en milliers de morceaux, en milliers de fourmis transportant sur leur dos des signes. Profession : écrivain. Plus clairement dit : matador de fourmis sur pages blanches.

Que n'ai-je été torero! L'épée et non le stylo. C'est mon « refoulé ». Il y en a de pires.

– Tu élèves des toros, dans ta finca d'Estrémadure?

– Un jour, un spectateur m'a lancé un lapin blanc. Je l'ai gardé et il a fait des petits. J'élève des bœufs et des lapins blancs.

– Où est ta prochaine corrida?
– Heu...
– A Jerez?

– Oui.

Il n'aime pas parler de l'avenir.

Deux jours plus tard, comme on cavalcadait dans les collines de la Sierra de Aracena, avec Pepe Arjona et un torerito mexicain, on a carrément versé dans le ravin. On n'était pas loin de la finca et le petit Mexicain a couru à perdre haleine et nous est revenu, perché sur une Land-Rover comme un Imperator romain sur son char. Pepe, bien qu'endolori, n'avait pas perdu son calme. Nous avons fait une arrivée glorieuse devant la petite plaza où allait commencer la tienta.

Tout autour, la sierra aux hautes collines qui nous encercle et nous protège; et la finca blanche, perchée sur l'une de ses vagues vertes, danse – immobile vaisseau – sous le soleil. Des toros et des novillos noirs, de l'herbe jusqu'aux testicules, paissent sous les chênes et eucalyptus et fouettent d'une queue lasse les papillons qui leur disputent les fleurs ou les insectes qui ont l'insolence de jouer aux picadors sur leur robe de cuir.

– Ça me donne le meilleur miel de la terre, dit fièrement le ganadero.

– Je me demande, dit Pepe Arjona sur un ton philosophique, pourquoi toutes ces choses nucléaires, pourquoi les hommes sont fous. Quand on voit ce que nous voyons, ces toros, ces fleurs, cette sierra parfumée, ces colombes partout, ces biches (trois d'entre elles, mignonnes, s'approchaient en folâtrant), cette finca... On se demande si les hommes ne sont pas fous dans les villes. Hein? Qu'est-ce que tu en penses?

– Tout à fait d'accord.

On a éprouvé six vaches. Allons-y! Allegro vivace. Quatre toreros, Manili, Pepe Luis Vázquez, son frère et le petit Mexicain. Ruée des vaillantes filles noires. A la cape, allez! les maestros. Le ganadero qui lance les ordres. « Tu me l'arrêtes, Manili! » Le maestro y va. A la cape. Freine la vache. La torée. La stoppe. L'amène au picador. « Sors-la, Manili! » Il la sort. Il la ramène au cheval. Elles foncent, inlassables, les filles braves. Très bien, très bien. « Assez! A la muleta! » Très bien. Quelle becerra! Une merveille! « Assez! » Poursuite à mains nues. Queue attrapée. On se jette sur ses cornes. On la terrasse. On la maintient à terre à cinq ou six. On lui scie la pointe des cornes. On lui badigeonne le garrot qui saigne avec une brosse molle trempée dans un seau de désinfectant. Elle se relève et sort de l'arène. A l'autre. « Bien! Très bien! » Un ballet. Manili, les Vázquez, le torerito mexicain donnent des passes et des passes. « Regardez-moi celle-là! Cette allure, ce temple qu'elle court, cette noblesse! » Les filles qui chargent. Qui tapent contre le caparaçon du picador. Qui reviennent. Manili à la muleta. Andante. Bottes rivées au sol. Son copain banderillero qui se jette dans le burladero, contre moi, dans un grand froissement de cape. « Regarde comme il torée! Magnifique! Et dire qu'il n'a qu'une corrida à San Isidro! Incroyable! Une injustice! » Naturelles en rond. « Attends! Laisse-la souffler un peu et elle va revenir à la guerre... » Tout le monde très torero. Les vaches toutes braves. Sur la terrasse qui domine la plaza, des spectateurs venus on ne sait d'où et alertés on ne sait comment. Une vingtaine. « Qui veut toréer? demande le ganadero. Ici celui qui veut toréer peut y aller. » Des gosses de quinze ou seize ans y vont. Bravo. Bien. « Qui veut encore toréer? » Un niño apparaît, haut comme trois pommes, muleta sur le bras et casquette sur le nez. « Tu veux toréer, niño? » Il fait « oui » de la tête. « Va! » La vache noire, alors, parut énorme. Une montagne couronnée de cornes, auprès de l'enfant qui pâlit, déploya l'étoffe et s'avança pourtant. Trois cents kilos de fureur contre quarante kilos d'enfance. Manili accourt, traînant sa cape. « Non, c'est pas possible, elle va le cueillir... » Il entraîne le gosse qui le suit, docile. « Pas possible... » Il lui caresse la tête : « Une autre fois, niño... » Soulagement de tous, sauf du père, grand gaillard qui tempête : « Il peut! Il peut! Il a toréé des novillos plus gros, il y a huit jours! Laissez-le! Vous allez voir! » Mais le maestro conduit l'enfant qui, lui, ne proteste pas, hors de la plaza. La vache, déçue, racle l'arène du sabot et, l'œil luisant, regrette qu'on ne lui ait pas abandonné cette proie qu'elle aurait expédiée jusqu'au ciel. C'est léger, un petit enfant.

Les filles noires ont regagné le corral, contigu à la plaza où les attendaient des bambins, qui ont vu leurs mamans revenir avec le dos badigeonné de désinfectant. Elles leur racontent qu'elles ont combattu vaillamment, qu'on les a jetées à terre pour leur scier la pointe des cornes qui sanguinole parce qu'il n'y a plus de raison, maintenant, après l'épreuve, qu'on leur laisse les terribles poignards intacts. Les enfants tètent les mamelles hautes, pas gonflées car ce ne sont pas des mamás normandes et elles ont de ravissants petits seins; et ils sont très fiers.

– La cinquième, dit Juan José, le ganadero, qui a été la plus brave, vient de me donner un macho. Le voici. Le machito joue et rue de bonheur. Il est content. Puisque maman a été si brave, il sera toro de combat, un jour, dans quatre ans.

– Lâche les vaches!

Le bouvier a ouvert les portes du corral et les filles noires et les petits, pas rancuniers du tout, sans un seul mugissement de reproche, sont passés devant nous qui déjeunions pour se diriger vers les collines et y croquer des fleurs. Les petits sautillaient, cabriolaient presque et donnaient des coups de tête contre le flanc des mamans. Ils criaient, fous de joie : « On sera toros! On sera toros! » et dans le ciel, là-haut, au-dessus de la sierra, le soleil riait.

Au retour, le coche de Pepe qui, pour s'être fichu dans le ravin, avait aussi subi son épreuve mais qui, étant très brave, n'avait pas trop souffert de son combat, a accepté de nous ramener à Séville.

– Je vais en changer, dit Pepe. Il a presque deux cent mille kilomètres. Il a été très bon.

– Très brave, dis-je.

– Oui, oui, exacto, très brave.

En Andalousie, coches, toros, hombres, vaches, voilà le critère : être brave ou pas. Seules les Vierges font exception et d'elles on dit qu'elles sont bonnes. Dans la voiture se balance celle, je crois, du Rocío, accrochée en médaille à un ruban.

– Elle est très bonne, dit Pepe. C'est la meilleure.

A Séville, examen de passage devant El Vito.

– Tu es allé voir Ojeda, l'autre jour?

– Oui. Il a même toréé de salón, dans la plaza de Sanlúcar.

– Ay! Comme ça, hein? (Il torée une ombre. Il rit.) Olé! Et la tienta?

– Très bonne. Six vaches. Très grandes.

– Tu as toréé?

– Du chevreuil, dans mon assiette!

– Hombre, me cago en la madre! La prochaine fois, tu torées, la vache t'attrape et tu restes à Séville.

Ça n'était pas du chevreuil mais un grand plat d'œufs aux fèves que maman Camino avait préparé. « Il y a Jean Cau, l'ami de Paco, qui vient déjeuner au chalet », avait annoncé mon copain Jean Ducasse qui, par-dessus le marché, est le meilleur artiste taurin français et qui fut quasi peintre officiel de Paco Camino comme Lebrun peintre du roi. « Oh, alors, je lui fais des œufs aux fèves », a dit la maman. Elle habite, à Camas, la maison où je vis autrefois naître Paco à la tauromachie et monter au ciel d'une gloire immortelle.

Les rues, en ce temps-là, étaient de terre battue que l'on arrosait, en festons savants, pour lutter contre la poussière; les maisons étaient plus basses et, l'été, quand le soleil jette sur toute l'Andalousie sa peau de lion (on disait que « seuls les Français et les chiens, au mois d'août, osent traverser les rues... »), on entendait, derrière un store de corde tressée, marmonner deux aïeules qui ne faisaient pas la sieste, ou pleurer un bébé. Aujourd'hui, Camas veut rester village mais s'est tout de même ennobli en faubourg de Séville à laquelle le réunit une chaîne ininterrompue de maisons.

Paco Camino, Ordoñez le prince, Diego Puerta brave des braves, Julio Aparicio et El Litri qui se défiaient en « mano a mano » et le deuxième appelait le toro d'un bout à l'autre de l'arène, El Viti solennel, Ostos qui tuait à l'antique, Dominguín le Dominateur (et sûr de lui-même), le pieux Mondeño qui avait été moine, les frères Cesar et Curro Girón, importés des Amériques, aux faces jaunes d'Indiens, quelle époque, que de « figuras » en ces années 60! Et Paco Camino, « el niño sabio » (l'enfant savant) dont l'apparition avait ébloui Sa Majesté Dominguín elle-même et qui tout balayait sur son passage. « Il est ressuscité! » s'écriait-on. Qui? Joselito l'Incomparable. On dansait sur les marches du temple et le niño, si je l'évoque aujourd'hui, je me souviens de ses longs cils de fille, de son visage boudeur aux joues encore imberbes, de sa taille de liane et des toros si lentement ondoyés par la cape, enroulés dans une muleta qui devenait de soie et qu'un ensorcellement rendait complices de Jesús torero afin que d'admiration il rendît muet les Docteurs.

Ou Bonaparte à l'armée d'Italie, si vous préférez. Aujourd'hui, Paco Camino est à Sainte-Hélène – je veux dire qu'il vit à Madrid – et Bonaparte, que les années ont enrobé, a passé le sceptre à l'Aiglon, à son fils Rafi Camino, espoir suprême et suprême pensée de la dynastie.

– Il ne vient ici que de temps en temps, dit Charro, sa sœur, Andalouse comme dans les romances et jolie à accrocher tous les cœurs. Il vit à Madrid! On dirait qu'il n'est pas né ici mais à Toledo. (Et, pour elle, Tolède, c'est Stockholm...) Nous, la famille on est resté ici, à Camas.

– Et la rue où Paco est né s'appelle: « Rue Paco Camino », dit Ducasse. On vient de saluer la madre qui nous a préparé des œufs aux fèves.

Le chalet (El Tchalet). Sur la colline qui domine Séville. Il y a deux tombes, à Camas: celle où repose Joaquín, le frère de Paco, tué par le toro à Barcelone et où, chaque jour, la mère, vêtue de noir, vient déposer des fleurs et cette maison où personne n'a pénétré depuis des années parce qu'elle était celle que Paco avait offerte à son frère. On ne l'a ouverte – faut-il qu'il soit l'ami de la famille! – que pour la prêter à Ducasse. Au sous-sol, dans une grande pièce aux murs blanchis, un véritable musée Paco et Joaquín Camino. Affiches, trophées, photos. Des photos, le père en possède des dizaines d'albums où elles sont rangées, par milliers mais selon les années et les passes. Album des véroniques, des chicuelinas, des naturelles, etc. On feuillette et l'on voit l'enfant qui fut prodige s'alourdir un peu, vieillir et toréer, toréer, toréer au long des pages lentement tournées par le père. Un roc de sagesse aux cheveux blancs, papa Camino qui administre les centaines d'hectares d'oliviers entourant la finca achetée par la gloire du fils.

– Quel torero, hein?

– Oh oui!

– Mais ici on ne l'a jamais compris et on n'a jamais su quel génie il était. Ah! toutes les oreilles qu'on lui a volées, à

Séville! Curro donnait trois passes, et Olé! Oreilles! Paco en donnait vingt et rien! A la fin, ça l'a dégoûté et il a choisi de vivre à Madrid. Il s'occupe de ses affaires et de mon petit-fils. Il sera aussi un grand torero, celui-là.

Le grand-père, puis Paco le fils, puis Rafi le petit-fils et, en plus, Rafael le neveu. Et l'autre fils encorné et tué.

Pourquoi les foules crient-elles « Torero! Torero! » lorsque le matador est tué? Parce que vient de mourir le Héros et elles ne crient pas : « Coureur! Coureur! » quand se tue le champion automobile...

Mais quand meurt le torero, c'est l'Espagne qui meurt. C'est la Mère qui enterre le Fils. Et le secret de sa douleur – ay, dolor! – c'est qu'il monte du ventre de cette femme, « monceau d'entrailles, pitié douce ». C'est qu'il est *populaire.* C'est que dans le village (peuple et village sont même nom en espagnol : pueblo) s'élève le cri rauque des pleureuses et qui sera demain le llanto – le sanglot – des cantaores flamencos qui chanteront le torero. J'assistai, il y a bien longtemps et dans un village andalou, à l'enterrement d'un vieux banderillero. Les hommes, nous attendions dans la rue, devant la maison. Les femmes étaient à l'intérieur et, quand le cercueil sortit, il y eut ces cris qu'elles poussèrent, affreux, déchirants, arabes, mais un frisson étrange, car il était heureux, me parcourut. A l'église, le padre déclara, dans son sermon : « C'était un bon banderillero, Clarito, c'était un vaillant torero... » Et tout le village approuva. Les hommes n'avaient pas de cravate mais leur chemise était blanche avec un lacet noir autour du cou. Une grandeur, à ce rendez-vous, et je ne l'ai pas oubliée.

« Torero! Torero! », trompettes aigres des bandas ou

tambours battus sourdement quand se balancent dans les rues les pavois des Vierges et du Crucifié, saints pieusement momifiés par l'air sec de la terre d'Espagne et que l'on exhibe, sous un autel, derrière une protection de verre et quatre fois par an, les fidèles, dans la cathédrale de Séville, sont admis à contempler les restes du Saint Roi Ferdinand, enterré il y a plus de sept siècles; et sous l'autel de la Capilla Real, rangés dans des armoires, des cercueils encore, que l'on dirait pour enfants, mais qui contiennent ce que l'on a pu recueillir, os et poussière, de Pedro le Cruel, de sa favorite María de Padilla et d'autres princes ou plus humbles serviteurs de Dieu; ces triomphes de la Mort – chapelle de la Caridad – de Valdés Leal : un archevêque et un chevalier, grouillants de vers dans leurs cercueils entrouverts (Murillo déclarait qu'il se bouchait le nez pour admirer ce chef-d'œuvre) et la Mort hideuse étreignant la lumière de la Vie; dinamiteros républicains et ce « Viva la muerte ! » poussé par un général croisé de Dieu et qui horrifia et fascina le Basque Unamuno, l'Espagne, qui aime la mort, « reconstruit avec le cœur ce qu'elle démolit avec la tête » et vains sont les « professeurs qui rédigent des histoires de la philosophie alors qu'il n'y a que des aventures et des destins ». Alors, et Dieu ? Alors nous l'inventerons, s'il n'existe pas – telle est l'essence du « Quichottisme » espagnol – comme l'austère Hidalgo, sec de chairs et avalé de visage (« seco de carnes y enjuto de rostro ») inventa ses chevaliers et ses princesses. Quant à la Raison, qu'elle nous accompagne, mais qu'elle aille sur son âne en bougonnant sa fidélité à nos folies.

Llanto. C'est aussi, peut-être, de la Mort, de toute mort et de la mienne, que je suis venu parler avec l'Espagne, en essayant de remettre mes pas, vingt ans après, dans des traces mais – ay dolor ! – comme elle est mélancolique la recherche de celles qui se sont effacées. « Et la vérité, demande Unamuno, doit-on la vivre ou la comprendre ? » La vivre, heureux et angoissé puisque la vie est tout et rien – *todo y nada* – car il y a la mort mais sur elle, torero! torero! la victoire que tu remportes et que je te vole.

Dolores! L'Espagne est ce pays où des femmes s'appellent Douleurs.

– Bueno, dit pépé Camino, pour ma femme, pour la grand-mère c'est dur d'avoir encore deux petits-fils qui aujourd'hui sont encore dans les toros. Pour moi, non. Ç'a toujours été comme ça. Il faut laisser la vie faire ce qu'elle veut. Joaquín a été tué mais Charro a des petits, Paco aussi. La vie, ça ne sert à rien de lui montrer le poing.

Quelques copitas aidant, avant les œufs aux fèves, nous avons avec bonne humeur reproché à l'ombre de Paco de vivre à Madrid, en terre barbare. Mais, bien que je l'aie celée, j'ai une explication. Il était une fois deux rois, à Séville, nés, hélas! tous les deux à Camas : Curro Romero et Paco Camino. Séville dont les princes étaient deux enfants, mais le premier comprit comment il fallait séduire la Reine – en la trompant jusqu'à ce qu'elle devînt folle d'amour et en perdît la raison – alors que le second estima que Séville était trop petit royaume et voulut être partout empereur et prophète. Don Juan dans mon village, pensa Curro, et que m'importe Rome. Conquistador de toutes les Espagnes, de la France et des Amériques, que m'importe Séville, pensa Paco. Alors Séville se jeta sur la poitrine de Curro et lui cria : « C'est toi que j'aime. » « Avec celui-là, elle n'a pas fini d'en baver », dut penser Paco jeté hors du lit. C'est ce qui arriva, mais des quelques étreintes de celui qu'elle avait élu, Séville gémit encore. Les œufs aux fèves sont un plat excellent.

Chez Paco, on mange des fèves. Chez Curro des gambas. Papa Camino, qui avait été un novillero obscur, vivait l'inquiétude au cœur. Est-ce que son aîné, aux si longs cils de fille comme au pinceau de maquillage recourbés, avait hérité de la « sangre » et serait un jour le grand matador de toros que lui n'avait pas été ? Très tôt, il le mit devant des vachettes et c'était folie et rêve, par la volonté paternelle mêlés, que de voir ce niño frêle (« Autrefois, à Delos, je vis telle beauté : un rejet de palmier qui montait vers le ciel », dit Homère...) à la taille de guêpe et aux pattes fines, se planter face à des bêtes de plus en plus lourdes et obéir à la dure volonté du père. Il faut qu'il soit mon héritier, il faut qu'il réussisse là où j'ai échoué, il faut qu'il sorte de Camas et aille sur les routes pour conquérir un empire. Il a la sangre, puisque je la lui ai transmise, mais il faut qu'elle bouille dans ses veines. Et l'enfant toréait, sous la férule sévère, et l'orgueil montait, l'habitude peu à peu et le macho tuait la fille dans ce corps androgyne. C'était à la fin des années 60 et l'on allait jusqu'à dire : « C'est Joselito revenu! » Boudeur comme un qui sort de l'enfance avec des élans de confiance naïve mais, sous la douceur, l'orgueil – et les mélancolies soudaines – de ceux qui marchent à l'étoile et, plus tard, au sommet de la gloire, ces indolences qui ressemblaient à des renoncements. Il n'a pas eu d'enfance et d'adolescence, Paco. Comme les rois. Quant aux filles, elles passaient, ordre du père! après les toros.

Curro, à quinze ans, galopait dans Camas pour livrer les remèdes que l'apothicaire du coin broyait dans ses pots de grès ou dosait dans ses balances. Mais il toréait « de salón », devant des toros de vent, jusqu'à ce que l'on remarquât sa grâce. Bien sûr, il toréait comme un danseur danse la mort, l'amour, l'agonie ou la victoire, mais cette grâce, Seigneur! chez cet enfant, qui au contraire de celle de Paco, ne naissait pas de la sangre et de l'orgueil mais d'elle-même. Tout lui serait pardonné si un jour il osait, même en tremblant, s'avancer devant le toro noir. Curro et Paco. Ils prirent l'alternative qui les sacrait matadors la même année mais le premier avait déjà vingt-quatre ans et le second à peine dix-huit.

Don Juan toujours fringant et qui la cinquantaine sonnée continue de briser les cœurs. « Romero, señor? » vous disent à Séville les gitanes en vous tendant la brindille dont le parfum grise la narine... et le romero, c'est le romarin, fleur des collines au parfum sauvage mais vite évanoui. A l'andalouse.

Charles Quint abdique, se retire dans le sombre monastère de Yuste et chaque jour s'agenouille, dans la chapelle, devant une « Gloria » du Titien. L'empereur, né d'un sang que sa mère Jeanne la Folle a brouillé de démence espagnole, a parcouru la France, l'Espagne, les Flandres, l'Allemagne, l'Italie, l'Autriche; il a régné sur les terres d'un Nouveau Monde. Tant de rois il a vaincus, tant de triomphes et de broncas, tant de villes saccagées – et même celle qui est dite Éternelle! – par ses reîtres, et puis cette lassitude et ce volontaire exil sur le rocher de Yuste. A d'autres, l'afición. A mon fils, la couronne.

El romero. El camino. Le romarin andalou, entre le pouce et l'index de Don Juan, toujours séducteur et « burlador » de Séville; le chemin de l'exil, à Madrid, au bout du monde, pour celui dont un vieux père garde les palais déserts à Castilleja de Guzmán, à Camas, au bord des ruines d'Italica où naquirent – Hadrien, Trajan – d'autres empereurs mélancoliques et l'un mourut à Tivoli au milieu des fastes de sa gloire et l'autre à Sélinonte, là-bas, en Cilicie, loin de la Ville. Loin de Séville.

L'Exil ou le Royaume, il faut choisir un jour de se retirer, fourbu de gloire, dans la ville ou le monastère, à Sélinonte ou à Madrid, et d'y attendre la mort bonne ou méchante, sceptre tombé du poing. Ou bien on caracole encore, dans les rues de sa Séville, en proclamant, même sous les quolibets et les volées de coussins, qu'il n'est pas né celui qui, d'entre les doigts, vous ôtera le romarin magique dont le parfum, après votre passage, continue de griser les foules, sur un morceau de terre qui reste, en forme d'arène, votre conquête gracieuse. Exil ou Royaume. Conquistador ou burlador. Comment vieillir. Comment posséder une terre. Ou toute la terre. Comment « se mourir de ne pas mourir », dit le cri de flamme qui monte des rochers brûlés d'Avila. Comment être andalou. Comment être espagnol.

TABLE

Cet ouvrage a été réalisé sur
Système Cameron
par la SOCIÉTÉ NOUVELLE FIRMIN-DIDOT
Mesnil-sur-l'Estrée
pour le compte des Éditions Julliard
le 30 juin 1987

Imprimé en France
Dépôt légal : mars 1987
N° d'édition : 4851 – N° d'impression : 7264